Diogenes Taschenbuch 23884

Ladies of Crime

Kriminalgeschichten
Ausgewählt von
Daniel Kampa

Diogenes

Nachweis am
Schluss des Bandes
Umschlagillustration:
François Berthoud, ›Good Girl, Bad Girl‹

Originalausgabe

www.diogenes.ch
150/09/44/1
ISBN 978 3 257 23884 6

Ich bin friedfertig und harmoniesüchtig. Morden könnte ich höchstens mit vergifteten Pralinen.

Ingrid Noll

Meine Spezialität sind ruhige Morde von häuslichem Interesse.

Agatha Christie

Was um alles in der Welt sind denn die hellen Seiten der Seele?

Ruth Rendell alias Barbara Vine

Inhalt

Doris Dörrie *Mit Messer und Gabel* 9
Ingrid Noll *Herr Krebs ist Fisch* 18
Ruth Rendell *Der Pfeifer* 55
Celia Fremlin *Spiel mit dem Feuer* 89
Donna Leon *Iss nur, das tut dir gut!* 113
Agatha Christie *Villa Nachtigall* 122
P. D. James *Das Mädchen, das Friedhöfe liebte* 166
Joan Aiken *Das Lateinfossil* 198
Margaret Millar *Das Ehepaar von nebenan* 213
Fred Vargas *Fünf Francs das Stück* 246
Patricia Highsmith *Damit muss man leben* 276

Anstelle eines Nachworts
Donna Leon *Ohne ein Geheimnis ist alles nichts* 309

Nachweis 324

Doris Dörrie

Mit Messer und Gabel

Meine Mutter behauptet, sie habe es kommen sehen. Schon als kleines Mädchen sei ich so gewesen, unzufrieden und bösartig. Sie kommt zweimal im Monat und bringt mir Nescafé, Zigaretten, Illustrierte, manchmal einen Lippenstift, heute grüne Wimperntusche, das ist jetzt modern da draußen, sagt sie und beißt in einen Apfel.

Ich kann nichts dafür. Wenn meine Mutter einen Apfel isst, macht sie so komische Geräusche, da läuft es mir eiskalt den Rücken runter, ich fange an zu zittern und würde sie am liebsten umbringen.

Das war schon immer so, früher bin ich einfach aus dem Zimmer gegangen. Sie hat mich kalt und herzlos genannt, weil ich, während sie mir ihr Herz über meinen Vater ausgeschüttet hat, einfach aufgestanden und gegangen bin, aber hätte ich ihr sagen sollen, dass es mich anekelt, wie sie einen Apfel isst? Sie kann ja nichts dafür.

Mein Vater hat immer seine Füße aneinander gerieben. Wenn er abends in Hausschuhen vorm

Fernseher saß, habe ich, sosehr ich mich auch bemüht habe, wegzuhören, immer auf dieses leise, schabende Geräusch von seinen Hausschuhen horchen müssen. Hat mich ganz verrückt gemacht, manchmal musste ich mir die Ohren zuhalten, um ihn nicht anzuschreien.

Es hat also schon ganz früh angefangen. Ich habe gedacht, es hört irgendwann auf, es hört auf, wenn ich den Menschen finde, den ich wirklich mag, so ganz und gar mit all seinen Fehlern. Dass mich meine Eltern wahnsinnig gemacht haben, ist doch ganz natürlich, nicht?

Mit 16 habe ich mich zum ersten Mal verliebt. Er war 18 und hatte ganz große braune Augen. Die Haare trug er lang, er hatte so ganz feines Babyhaar, das habe ich ihm immer gebürstet. Ich hätte alles für ihn getan. Als er zur Bundeswehr eingezogen wurde und in der Heide stationiert war, bin ich von zu Hause weggelaufen und habe mir ein Zimmer in Lüneburg genommen, um in seiner Nähe zu sein. In einer Bäckerei habe ich gearbeitet, um das Zimmer bezahlen zu können. Der Geruch von frischem Brot saß mir in den Kleidern, im Haar, ich konnte duschen, sooft ich wollte, ich wurde ihn einfach nicht mehr los, und Brot konnte ich auch keins mehr essen.

Er war sehr lieb zu mir. Zu unserem einjährigen

Jubiläum hat er mir ein Paar wirklich teure Ohrringe geschenkt. Ich hätte zufrieden sein können.

Und dann verlor er seine Haare. Obwohl er erst 19 war. Sie wurden immer dünner, und dann wurden sie fettig. Ich wusch sie ihm jeden Tag, und trotzdem waren sie fettig. Irgendwann haben sie mich an alte Spaghetti erinnert. Ich konnte ihm nicht mehr über den Kopf streichen, ohne mir sofort danach die Hände zu waschen. Das habe ich heimlich gemacht, ich wollte ihn nicht verletzen. Zu einem Bürstenhaarschnitt habe ich ihn überredet, Fotos aus Illustrierten von Männern mit ganz kurzen Haaren habe ich ausgeschnitten und sie ihm gezeigt, bis er zum Friseur gegangen ist. Es hat auch geholfen, allerdings nur kurze Zeit, bis er von der Bundeswehr entlassen wurde, da hat er sich geschworen, nie mehr die Haare kurz zu tragen, weil ihn das an die Armee erinnerte. An dem Tag, an dem er um meine Hand angehalten hat, hingen sie ihm schon wieder in fettigen Strähnen bis auf den Kragen. Vielleicht hätte er mich am Morgen fragen sollen. Wenn sie frisch gewaschen waren, war's ja nicht so schlimm. Er war ein wirklich lieber Kerl.

Danach hat mir lange kein Mann mehr so richtig gefallen. Schon nach dem zweiten oder dritten Abend wusste ich, ich würde ihn irgendwann hassen wegen seiner feuchten Aussprache oder wegen der Art, wie er an seinem Schnurrbart zwirbelte, wegen seiner Angewohnheit, den obersten Hemdknopf geschlossen zu tragen oder ständig die Hose hochzuziehen.

Ich bin eben kritisch. Auch mit mir. Eine Schönheit bin ich nicht, meine Beine sind zu kurz, also trage ich keine kurzen Röcke, mein Mund ist schief, also schminke ich ihn so, dass es weniger auffällt, mein Gesicht ist ein bisschen zu rund, deshalb würde ich mir nie die Haare abschneiden. Unangenehme Angewohnheiten habe ich, glaube ich, nicht. Und wenn ich eine an mir entdecke, zum Beispiel fasse ich mir, wenn ich unsicher bin, immer ans Ohr, versuche ich, sie abzustellen. Ich werde nie fett werden. Ein Pfund zu viel auf den Rippen macht mich schon ganz krank, und ich fühle mich erst wieder wohl, wenn ich es mir abgehungert habe. Möchte nicht jede Frau schön sein?

Schöne Männer mag ich nicht. Sie machen mich misstrauisch, weil sie glauben, dass sie alles haben können, nur weil sie mit einem hübschen Gesicht geboren worden sind. Dafür können sie schließlich nichts.

Mit Berthold war das anders. Er wusste gar nicht, wie schön er war. Lange habe ich auf den Moment gewartet, wo mich irgendetwas an ihm stören würde. Ich war sehr vorsichtig. Als ich ihn nach einem halben Jahr immer noch makellos fand, haben wir geheiratet. Ich konnte mich nicht sattsehen an ihm. Morgens habe ich ihm zugesehen, wie er sich gewaschen und rasiert hat, alles, einfach alles an ihm habe ich gemocht. Er konnte völlig geräuschlos einen Apfel essen, kein einziges Mal habe ich ihn mit fettigen Haaren erwischt, immer sah er elegant aus, selbst wenn er Schnupfen hatte, war er attraktiv. Er war so attraktiv, dass ich mir Mühe geben musste, mit ihm Schritt zu halten. Nie zuvor habe ich mich so schön gefunden wie mit ihm. Selbst gegen Kinder hätte ich damals nichts gehabt, obwohl ich mich manchmal gefragt habe, ob ich sie so hätte mögen können, wie man ja eigentlich seine Kinder mögen soll. Man kann sie sich ja schließlich nicht aussuchen. Berthold habe ich mir ausgesucht.

Und es wäre nie geschehen, wenn er nicht befördert worden wäre und seine Mittagspause plötzlich so lang war, dass er zum Essen nach Hause kam. Wir haben natürlich immer zusammen gefrühstückt, und abends gab es Brot mit Aufschnitt. Und sonntags haben wir das Mittagessen einfach ausgelassen. Unter der Woche habe ich mir ab und zu etwas gekocht, aber nie für ihn, denn er kam ja immer erst abends, und da wollte er nichts Warmes, weil er Angst um seine Linie hatte. Er ging auch nicht gern aus, weil er mit seinen Geschäftspartnern oft genug essen gehen musste. Und jetzt kam er also jeden Mittag nach Haus. Ich habe es sofort gemerkt. Er hat das ganze Essen auf seinem Teller zu einem Berg zusammengeschoben und zu einem Brei verrührt. Ich habe gemerkt, wie mir ganz plötzlich kalt wurde, eisig kalt, dabei war es im Sommer, und wir haben auf der Terrasse gegessen. Immer wenn er mit der Gabel in diesen Brei stach, gab es einen schmatzenden Laut, immer wieder und wieder. Er hat mich gefragt, ob ich denn gar keinen Hunger hätte, und ich bin schnell aufgestanden und ins Bad gelaufen. Ich hatte Angst.

Mit abgewendetem Gesicht habe ich später die Reste von seinem Brei in die Küche getragen, aber es hat nichts geholfen. Er lag auf dem Sofa für ein kurzes Mittagsschläfchen, ich wollte mich neben ihn legen und ein paar Minuten so mit ihm dösen, die ganze Geschichte vergessen, aber ich konnte nicht. Ich habe es genau vor mir gesehen, wie er die Gabel mit dem Brei in den Mund schiebt, runterschluckt, wie jetzt der Brei in seinem Magen liegt und vor sich hingärt. Es hat mich vor Ekel geschüttelt. Suppen habe ich von da an gekocht, bis er sich darüber beklagt hat, Steaks und Salat, das habe ich damit gerechtfertigt, dass ich unbedingt abnehmen müsse und es ihm vielleicht nichts ausmachen würde, mich dabei zu unterstützen. Ich wollte meine Ehe retten. Nach drei Wochen wollte er partout keinen Salat mehr essen, er sei kein Kaninchen, hat er gesagt, und ich sei schon so dünn, dass es nicht mehr schön sei. Königsberger Klopse mit Kartoffelbrei hat er sich gewünscht, und allein bei dem Gedanken daran kamen mir die Tränen. Er hat angefangen, mich zu kritisieren. Ich hätte nichts anderes als meine Linie im Kopf, und künftig wolle er selber kochen.

Wenn er sich mittags in die Küche gestellt hat, bin ich ins Schlafzimmer gegangen, bis er mit dem Essen fertig war. Er hat mich gebeten, ihm doch wenigstens Gesellschaft zu leisten. Einmal noch habe ich es versucht. Erbsen, Kartoffeln und Geschnetzeltes aus der Büchse lagen auf seinem Teller. Als er seine Gabel nahm und alles zusammengerührt hat, habe ich versucht, woandershin zu sehen. Aber das Geräusch habe ich gehört.

Von da an hat mich alles an ihm gestört. Wie er aß, so war er auch. Immer etwas wirr in seinen Gedanken, er sprach die Sätze nicht zu Ende, es kam mir vor, als würde er alles, was er dachte, in seinem Gehirn zu einem Brei zusammenrühren, mit der Gabel hineinstechen und mich damit füttern. Ich konnte ihm nicht mehr zuhören, ihn nicht mehr ertragen.

Mittags bin ich aus dem Haus gegangen. Abends ins Bett geflohen, bevor er nach Hause kam. Morgens aufgestanden, wenn er schon zur Arbeit gegangen war. Er hat mich angefleht, ihm doch zu sagen, was los sei.

Einmal habe ich geträumt, ich läge neben ihm im Bett, und plötzlich habe ich etwas Warmes, Feuchtes auf meiner Haut gespürt, und als ich mich umgedreht habe, habe ich gesehen, wie sein Bauch aufgeplatzt war und ein dicker, gelblichgrüner Brei aus ihm herausfloss, immer mehr wurde, über die Bettdecke auf den Boden rann, das Zimmer füllte, aus den Fenstern quoll, immer höher stieg und drohte, mich zu ersticken. Ich muss vor Angst geschrien haben. Als ich aufwachte, hielt er mich im Arm. Seine Berührung war schlimmer als der Traum. Von da an schliefen wir getrennt. Ich weiß nicht, wer von uns beiden unglücklicher war.

Eines Tages kam er früher nach Hause, und ich stand in der Küche, um mir einen Tee zu kochen. Er schloss die Tür ab und sagte, er müsse mit mir reden. So könne er nicht weiterleben. Er fing an, eine Tüte Tiefkühlspinat aufzutauen. Zwei Eier schlug er in die Pfanne. Es komme ihm vor, als sei ich vor ihm auf der Flucht. Er rührte Kartoffelbreipulver in heiße Milch. Ich versuchte, aus dem Fenster zu sehen und an etwas anderes zu denken. Er nahm mich am Arm und zwang mich, mich hinzusetzen. Lange rührte er sein Essen nicht an.

Er sprach von Liebe. Ich habe es wirklich versucht. Mit all meiner Kraft habe ich es versucht. Ich habe ihm gesagt, dass ich ihn eigentlich auch liebe. Er schwieg und sah mich lange an. Dann nahm er die Gabel. Kartoffelbrei, Spinat und Spiegeleier. An mehr kann ich mich nicht erinnern. Sie haben mir vor Gericht ein langes Messer gezeigt in einer Plastiktüte.

Ingrid Noll

Herr Krebs ist Fisch

Wie sollten Sterne lügen können! Sie dienen zwar in der Wüste oder auf See zur Orientierung, aber ansonsten sind sie dumm wie Bohnenstroh. So hatte ich jedenfalls bis vor kurzem gedacht.

Wenn eine meiner ehemaligen Kommilitoninnen mein Horoskop nachlesen wollte, sagte ich im Allgemeinen: »Sternzeichen Grottenolm, Aszendent Wildsau.« Später wurde mein harmloser Scherz bösartig kolportiert: »Sternzeichen Lustmolch, Aszendent Schweinigel.«

Als ich eine Stelle als Studienassessor bekam, wurde anfangs alles anders. Man hatte Respekt vor mir und machte keine lausigen Witze. Im Musik-Leistungskurs hatte ich außer zwei faden Jünglingen ein rundes Dutzend derart schöner Schülerinnen, dass ich zum ersten Mal im Leben mit meinem Beruf zufrieden war. Mit scheelem Blick hatte ich früher meine Musiker-Freunde beobachtet: Sie konnten improvisieren, spielten in einer

Rockband, und die Groupies liefen ihnen zu wie hungrige Kätzchen. Saxophon zieht temperamentvollere Mädels an als Bach-Trompete.

Die Schönste von allen hatte einen Eso-Tick, was nicht unbedingt gegen Musikalität spricht. Sie spielte ganz nett Klavier, nahm Gesangsunterricht und war im Schulchor die Primadonna assoluta.

Wenn sie sich mit ihren Freundinnen unterhielt, dann ging es allerdings nur um Horoskope. Jeden Donnerstag holten sie sich in der großen Pause den *Stern* und lasen sich gegenseitig die Aussichten der nächsten Woche vor. Ich hatte ihre Frage nach meinem Sternzeichen wahrheitsgemäß beantwortet: »Nicht immer stimmt der Spruch *nomen est omen*«, sagte ich, denn mein Name ist Thomas Krebs, »de facto fühle ich mich durchaus wohl im Wasser, bin aber kein Krustentier, sondern Fisch. Sozusagen ein toller Hecht. Zufrieden?« – Sie errötete tatsächlich, wozu die Groupies meiner Studienfreunde wahrscheinlich nie imstande wären. Im Geiste sah ich, wie Dankward und Franky bei so viel mädchenhaftem Charme meinen Pädagogenstatus beneiden würden.

Mit ernsthaftem Ausdruck las sie vor, was der *Stern* diesmal für mich orakelte: »Was Sie hinter sich haben, ist schon nahezu vergessen.«

Fragend schaute sie mich an, ich nickte entzückt.

Wir probten *Wach auf, mein's Herzens Schöne, Herzallerliebste mein* nach einem Satz von Johannes Brahms. Bei der Zeile *Selig ist Tag und Stunde, darin du bist geborn* sah ich sie jedes Mal an, dann senkte sie verschämt den Blick.

Natürlich weiß ich um den Zauber, den alle Sänger dieser Welt auf junge und alte Mädchen ausüben. Schon Orpheus konnte die wilden Tiere, die Steine und selbst den Tod betören, wie viel leichter wäre es ihm bei einer Mädchenklasse gelungen. Leider bin ich nie ein Sänger geworden, obgleich ich mich redlich bemüht habe. Es blieb bei Bach-Trompete für kleinstädtische Kirchenkonzerte und Klavier für den Schulgebrauch. Andernfalls hätte ich vielleicht eine unsterblich schöne Eurydike errungen, so hatte ich mich notgedrungen als Dauerverlobter bei einer treuherzigen Organistin breitgemacht. Nun gut, meine Greta war zwar keine Garbo, aber ein zuverlässiger Kumpel: bezahlte ihre Zeche selbst, kochte (wenn auch etwas exzentrisch), nähte meine Knöpfe an und konnte sogar Reifen wechseln. Sollte ich mich beklagen?

Meines Herzens Schöne war sie aber nicht. Immer wunderlich gekleidet: in roten Stiefeletten und Dufflecoat – auch bei Sonnenschein – und mit plissierten Hosenröcken, weder kurz noch lang; es würde sich bestimmt kein zweiter Kandidat für sie interessieren. Zu diesem absonderlichen Outfit wollte ihre obsessive Leidenschaft für diverse Schönheitswässerchen, Cremes und andere duftende Ingredienzen gar nicht recht passen. Ihr eigener Bruder hatte sie Gräta Diäta getauft, aber nicht etwa, weil sie auf Früchtebrot mit Margarine, Hagebuttentee und Graupen bestand. Im Gegenteil: Sie hasste alle Körnerfresser und verbot mir mein seit Jahren geliebtes Müsli, weil sie keine Motten in der Küche duldete. Nein, Greta hatte den Tick, zur Hauptmahlzeit nur Lebensmittel auf den Tisch zu bringen, die die gleiche Farbe hatten. Wobei Safranreis mit Kürbis und Maishähnchen oder Rotkraut vermengt mit roten Bohnen und Corned beef noch zu den kulinarischen Sternstunden gehörten.

Ach, Greta, manchmal wäre ich dich ganz gern wieder losgeworden! Denn wie – um alles in der Welt – konnte ich mit einer siebzehnjährigen Schülerin anbändeln, ohne dass sie es merkte und ohne dass ich strafversetzt wurde?

Vorerst mussten weitere Sternen-Songs her. Ich konnte nicht gut Woche für Woche *Wach auf, mein's Herzens Schöne* proben. Eines Abends, als ich in unserer Wohnküche Grünkohl und Avocados mit grüner Soße löffeln musste, fragte ich Greta nach astralem Liedgut.

Statt zu antworten, setzte sie sich ans Harmonium und spielte ein Potpourri: *Der Mond ist aufgegangen, die goldnen Sternlein prangen … Wie schön leuchtet der Morgenstern … Weißt du, wie viel Sternlein stehen … Freu dich, Erd und Sternenzelt, alleluja …*

»Hör auf!«, befahl ich. »Damit kannst du vielleicht einem Kindergarten, aber keinem Leistungskurs imponieren! Bisschen flotter und nicht so fromm …«

Sie sang: *Du sollst mein Glücksstern sein!* Obwohl es furchtbar aus evangelisch-spröder Kehle klang, hatte sie kein Erbarmen und setzte im Anschluss mit gekünstelter Tiefe ein: *I was bo-horn under a wandering star!* Es war sinnlos, und ich winkte ab, denn ich konnte ihr ja nicht gut den Zweck meiner Sternenlieder erklären. Greta war gekränkt. »Nun habe ich ihm das ganze Firmament in die Küche geholt, aber der Herr ist immer noch nicht zufrieden. Geht es dir wirklich um die Astronomie-AG deiner Schüler oder gar um eine Nova?«

Fast fuhr ich zusammen, denn der Vorname meiner Schönen lautete zufällig Ursula, nach dem Sternbild des Kleinen Bären.

Vor zwei Jahren hatte mir Greta so etwas wie einen Heiratsantrag gemacht. Ob ich nicht finde, dass Greta Krebs lustig klinge, hatte sie schelmisch-verlegen gefragt. Dabei sprach sie Kreeebs auf ihre norddeutsche Art übertrieben gedehnt aus. Ich konterte diplomatisch, dass man hier im Frankfurter Raum sicherlich Gräta Gräbbs sagen würde. Das hatte gewirkt, sie war ja nicht dumm. Das Thema Heiraten war vorläufig vom Tisch, aber ich wusste, dass sie sich Kinder wünschte, und zwar möglichst viele, damit man Hausmusik machen und Kanon singen konnte. Zu Anfang unserer Beziehung hatte sie mich hoffnungsvoll-anzüglich Thomaskantor genannt, das hatte ich mir aber ein für alle Mal verbeten.

Glücklicherweise ließ sich Mendelssohn Bartholdy als Kuppler einsetzen. Wir sangen in der 6. Stunde *Es fiel ein Reif in der Frühlingsnacht,* was bei romantisch veranlagten Teenagern ja gut ankommt. Beim traurigen Ende: *Sie haben gehabt weder Glück noch Stern, sie sind gestorben, verdorben* war sie es, die mir beim Wort *Stern* verträumt in die Augen schaute. Ursula liebt mich!, folgerte ich und geriet eine Weile völlig aus dem Takt. Nach Beendigung des Unterrichts rief ich sie zu mir.

»Sie haben sowohl eine schöne Sing- als auch Sprechstimme, Ursula«, begann ich, »aber das wissen Sie ja selbst. Ich wünsche mir, dass Sie eine ganz besondere Aufgabe übernehmen. Hätten Sie den

Mut, bei der Abiturfeier Ihres Bruders ein Rezitativ vorzutragen? Vielleicht aus Haydns *Schöpfung*? Die Proben sollten bei mir zu Hause stattfinden.«

Ganz aufgeregt wälzte ich uralte Noten aus meiner Studentenzeit. Mit dem Chor würde ich, damit es nicht wie ein abgekartetes Spiel aussah, den Satz *Die Himmel erzählen die Ehre Gottes. Und seiner Hände Werk zeigt an das Firmament* einstudieren. Das vorausgehende Rezitativ sollte Ursula übernehmen, bei den Worten *Den ausgedehnten Himmelsraum ziert ohne Zahl der hellen Sterne Gold* würde ich sie anlächeln. Nach einigen Proben, die ich möglichst so legen würde, dass Greta nicht im Haus war, wollte ich meiner Schönen nah und näher kommen.

Als es endlich so weit war und Ursula an unserer Haustür schellte, war ich aufgeregt wie ein Pennäler. Wohl aus Verlegenheit sah sie mich nur flüchtig an, entdeckte aber sofort das Harmonium in der Wohnküche. »Machen Sie auch Kirchenmusik?«, fragte sie. Nein, nein, beeilte ich mich zu versichern, das Instrument stamme aus dem elterlichen Pfarrhaus. Mein Vater – Lokführer im vorzeitigen Ruhestand – würde vom Wunder seiner akademischen Karriere wohl nie erfahren.

Bei dieser ersten Probe gab sich Ursula zwar viel

Mühe, aber es war natürlich nicht zu überhören, dass sie keine erfahrene Oratoriensängerin war und keineswegs vom Blatt singen konnte. Zu meinem Befremden sah sie mehrmals auf die Uhr. Eigentlich hatte ich vorgehabt, ihr nach der Probe ein Gläschen Wein anzubieten und sie in ein privates Gespräch zu verwickeln. Etwa so: »Im kommenden Jahr werden wir für Ihre eigene Abiturfeier proben. Was haben Sie für Pläne? Ich nehme an, dass Sie Musik studieren wollen.« Und bei dieser Gelegenheit könnte ich ihr Ratschläge zur Wahl einer geeigneten Hochschule geben, ihr von eigenen Erfahrungen berichten und sie schließlich beim Betrachten von Fotos aus meiner Studentenzeit auf das Sofa lotsen.

Aber mitten im Singen klappte sie nervös die Noten zu, die Stunde war auf die Sekunde genau abgelaufen. »So eilig?«, fragte ich verunsichert. Sie wolle auf eine Party, behauptete Ursula, und ob sie vorher noch mal aufs Klo dürfe? Ich wies auf die Toilettentür und blieb anstandshalber nicht direkt davor stehen.

Ursula war in null Komma nichts fertig, griff im Flur nach Jacke und Plastiktüte und bemerkte kühl: »Ich wusste gar nicht, dass Sie verheiratet sind!« Bei ihrer Feststellung roch ich plötzlich Gretas Parfüm auf fast penetrante Weise an meiner Schülerin. – Aber ganz im Gegenteil, sagte ich mit Nachdruck, ich sei leider immer noch ein Junggeselle, lebe aber aus rein praktischen Gründen in einer Wohngemeinschaft. »Ah so«, sagte sie und war schon fort wie ein Wandering Star.

Kurz darauf und viel zu früh kam Greta nach Hause. Auf die Musikschule war überhaupt kein Verlass mehr, immer wieder fiel Unterricht aus. Sie schnüffelte bereits in der Diele. »Seit wann nimmst du mein *Divine*?«, fragte sie.

Ich hätte lügen und es zugeben sollen, aber geistesgegenwärtig war ich nie gewesen. »Tut mir leid«, sagte ich, »dein Parfümflakon ist mir hingefallen ...«

»Kaputt?«, fragte sie.

»Nein, nein, reg dich nicht auf! Nur ein paar Tropfen verschüttet!«

Greta war nicht dumm, ich sagte es schon. »Aus einem Zerstäuber fließen keine Tropfen heraus!«, sagte sie und hatte wahrscheinlich recht. Ihr Blick schweifte misstrauisch durch den Raum. »Wieso liegt der *Stern* auf meinem Hormonium?«

Ich fand ihr Wortspiel längst nicht mehr so lustig wie vor fünf Jahren, als sie mich gelegentlich zu Füßen ihres muffigen Instruments auf meinem ergrauten Flokati verführte. Sie griff sich die Zeitschrift und las belustigt ihr eigenes Horoskop:

»Am Donnerstag werden Sie eine große Überraschung erleben!«

Nachdem sie sich eine Stunde lang in der Badewanne eingeweicht hatte, begann Greta endlich mit der Vorbereitung unseres Abendessens. Sie briet Auberginen in Öl, mischte Grießbrei mit Blaubeeren, um die gewünschte Tönung zu erreichen, und schnipselte Pflaumen als Beilage. Plötzlich überkam mich ein Anfall von Verzweiflung und Frust. »Fleisch!«, schrie ich. »Heute will ich Fleisch!«

Sie war nicht so leicht aus der Fassung zu bringen, öffnete prüfend das Tiefkühlfach und entdeckte ein vergessenes Schnitzel. Während es in der Mikrowelle auftaute, wühlte sie in der Blechdose mit den Lebensmittelfarben. »Es geht mir völlig gegen den Strich«, murmelte sie, »total unsportlich.« Als das blau gefärbte Schnitzel in der heißen Pfanne schmorte und mir der Duft verführerisch in die Nase stieg, begann sie mich zu erpressen: »Ich esse es selbst, wenn du mir nicht sofort verrätst, wer mit meinem Parfüm geaast hat.«

»Der Dankward!«, sagte ich in meiner Not, und ihr blieb der Mund offenstehen.

»Unser Tankwart?«, fragte sie ungläubig.

»Nein, mein alter Freund Dankward, der Saxophonspieler!«

Greta war auch darüber völlig verblüfft. »Wer

hätte das gedacht! Aber ... andererseits ... er trug schon immer einen Ohrring.«

Nach dem Essen verlief der weitere Abend ganz friedlich. Greta hatte sich den *Stern* geangelt und machte sich mit großer Lust an die Lösung des Kreuzworträtsels. Beim Studieren der Kochrezepte geriet sie sogar in freudige Erregung. »Im Süden von Frankreich wachsen Trüffelkartoffeln, wusstest du das?«, fragte sie. »Ein Püree daraus hat die Farbe von kandierten Veilchen. Das eröffnet mir völlig neue Perspektiven und Kombinationen!«

Aber als wir schließlich ins Bett gingen, hatte sie doch wieder eine steile Sorgenfalte über der Nase. »Das hat etwas zu bedeuten«, sagte sie, »und ein Psychologe würde sicher einen Grund dafür finden, dass sich Dankward in meinem teuren *Divine* gewälzt hat. Vielleicht will dein Freund meine Rolle besetzen und sich auf geruchlicher Basis an dich heranmachen!« Ich ließ sie in diesem Glauben; immer noch besser, sie hatte Dankward im Verdacht als eine andere Frau.

Die nächste Gesangsprobe hatte ich eine Stunde früher angesetzt, damit mir Greta auf keinen Fall in die Quere kommen konnte. Diesmal erschien meine Schöne zu spät, ließ mich einfach wie einen ungeduldigen Freier warten. Ich stand abwechselnd am Fenster und spähte hinaus oder eilte vor den Spiegel, um mein Aussehen immer wieder zu überprüfen. Obwohl ich im Kollegium der Jüngste war, hielten mich meine Schüler wahrscheinlich für einen alten Knochen, schließlich war ich doppelt so alt wie die meisten von ihnen.

Beim Singen würde Ursula stehen, während ich am Klavier sitzen musste. Sie sah dann von mir nicht viel mehr als mein allzu früh gelichtetes Haupt. Weder meine unergründlichen Augen noch mein gebräunter Teint oder gar mein jungenhaftes Lächeln konnten zur Geltung kommen. Ich drückte ein wenig Gel aus einer von Gretas fragwürdigen Tuben auf den kahlen Nordpol, um den Sitz einer seitlich hergezogenen Haarsträhne zu fixieren. So sah es aber auch nicht gut aus, sagte mir der Handspiegel, und gerade in diesem Moment klingelte es natürlich.

Diesmal strahlte mich Ursula an wie Sonne, Mond und Sterne. Sie zog die Illustrierte aus ihrer Plastiktüte und las mir vor: »Ein neues Spiel beginnt! Freuen Sie sich auf Donnerstag!« Galt das nun mir oder ihr selbst?

Sie lachte. »Für das Sternbild Pisces!«, sagte sie.

Gebildetes Mädchen, dachte ich und wollte mich auch ein wenig profilieren. »Meine liebe kleine Bärin, Sie haben mich immer noch nicht über Ihr eigenes Sternzeichen in Kenntnis gesetzt«, sagte ich, »lassen Sie mich raten! Sagittaria – eine Schützin, die wie der römische Liebesgott mit ihrem Pfeil ins Herz trifft. Oder Lea, eine Löwin, die nur von einem starken Mann gebändigt werden kann …«

»Wir wollen jetzt singen«, sagte sie.

Mit großer Ernsthaftigkeit und Konzentration machte sie sich ans Werk. Zufrieden stellte ich fest, dass sie sich vorbereitet hatte. Loben, loben, loben, dachte ich, das ist der Schlüssel zum pädagogischen Eros. Nach einer dreiviertel Stunde tat ich meine Begeisterung über ihre Leistungsbereitschaft und hohe Begabung kund und schielte begehrlich zu Ursulas Busen hoch. In diesem Moment ließ die jugendliche Sängerin mit einem entsetzten Klagelaut ihre Noten fallen. Was denn sei, fragte ich leicht verstimmt.

»Sie haben da …«, druckste sie herum, »ich glaube fast, bei Ihnen bricht gerade eine furchtbare Krankheit aus …«

»Wie kommen Sie darauf?«

Ursula deutete auf meinen Kopf, und Ekel stand ihr ins Gesicht geschrieben. »Hautkrebs?«, diagnostizierte sie unsicher.

Ich rannte ins Bad und begutachtete meinen Schädel. Gretas geheimnisvolle Creme hatte eine seltsame Gallertschicht auf meinem Kopf gebildet, die sich überdies schuppig aufwölbte. Hektisch riss ich die Tube aus dem Regal (dabei polterten auch andere Artikel zu Boden) und las: »Schönheitsmaske. Nach etwa zwanzig Minuten mit einem feuchten Tuch abnehmen...« Als ich gereinigt wieder ins Zimmer trat, war Ursula verschwunden. Im Geist hörte ich sie bereits mit ihren Freundinnen telefonieren: *Nomen est omen,* Herr Krebs hat Krebs.

Pfeifend kam Greta nach Hause, warf mir ihre Baskenmütze zu und zeigte in gleichem Maße gute Laune, wie ich es nicht tat. »Laus über die Leber gelaufen?«, fragte sie. »Gleich geht's dir besser, denn ich habe Leber ohne Laus mitgebracht, die ich rosa braten und mit Preiselbeeren und gedünsteten Quitten anrichten werde.«

Schon allzu oft hatte ich gegen ihren monochromen Tick Front gemacht; zermürbt von jahrelangen Kämpfen hatte ich längst aufgegeben. Die Alternative wäre nämlich gewesen, dass ich eigenhändig hätte kochen müssen. Bevor Greta aber im Bad verschwinden konnte, kam ich ihr zuvor, verschloss die Tube und legte alle Tiegel und Töpfe ins Regal zurück.

Wartend saß Greta am Küchentisch und las ihr Horoskop: »Die spontane Idee, die Sie am Freitag haben, sollten Sie sofort in die Tat umsetzen. Es wird sich für alle Beteiligten vorteilhaft auswirken.« Sie versank ins Grübeln. Offensichtlich überlegte sie sich noch vor dem Baden und Kochen eine spontane Idee für morgen.

Freitagnachmittags betreute ich das Schulorchester, die älteren Kollegen waren mit einem günstigeren Stundenplan bedacht worden. Ich kam erst gegen sechs nach Hause und traf Greta beim Verwirklichen der astrologischen Aufgabe an. Sie putzte Silber, polierte Gläser und gab lächelnd zu, dass sie Besuch eingeladen hatte.

»Wen?«

»Sag ich nicht. Überraschung.« Es schien sich jedoch nicht um eine größere Abendgesellschaft zu handeln, denn sie hatte nur drei Fischbestecke herausgelegt.

Als der Tisch gedeckt war, die Kerzen brannten und Greta sogar einige Kapuzinerblüten gefällig auf der lachsfarbenen Tischdecke verstreut hatte, kam der geheimnisvolle Besuch. Zu meiner Verwunderung war es Dankward.

Er hatte seinen Pferdeschwanz mit einer schwarzen Samtschleife zusammengebunden, eine neue knackige Lederhose angezogen und sah ein wenig wie Karl Lagerfeld aus. Ganz gegen ihre sonstigen Gewohnheiten küsste Greta den Gast auf den Mund. Mir war nicht ganz wohl in meiner Haut, denn ich wusste absolut nicht, was sie im Schilde führte. Nach einem Glas Sherry bat sie zu Tisch.

Auf Dankwards Serviette lag ein kleines Päckchen. »Für mich?«, fragte er erstaunt. Greta nickte. Ich war gespannt, als er es auswickelte.

»Was ist das?«, fragte er. »Rasierwasser?«

»Nein«, sagte Greta, »es ist *Divine,* das du genauso liebst wie ich.«

Dankward schaute mich fragend an. Ich wurde feuerrot; da mich Greta stets im Blick hatte, konnte ich nicht erklärend an meine Stirn tippen. Mein Freund sprühte sich zaghaft etwas Parfüm auf den Ärmel und sagte höflich: »Wunderbar! Vielen herzlichen Dank!«

Leider konnte der arme Dankward aus Gretas Verhalten auch weiterhin nicht klug werden, denn sie sprach die rätselhaften Worte: »Nun duften wir beide gleich, so wie du es dir gewünscht hast!« Dann begab sie sich in die Küche, um das Essen aufzutragen. Ich rannte hinterher.

»Bist du verrückt geworden? Willst du den armen Kerl bloßstellen, nur weil er ein paar Tropfen von deinem Duft geklaut hat?«, zischte ich und trat mit dem Fuß die Küchentür zu, damit Dankward uns nicht hören konnte.

»Im Gegenteil«, sagte Greta, »es war ein ebenso spontaner wie genialer Einfall. Der arme Kerl ist einsam, lebt allein, sehnt sich nach Geborgenheit. Um dir näherzukommen, benutzt er mein Parfüm. Warum soll man nicht mal über seinen Schatten springen und ihm auf humorvolle und feine Weise demonstrieren, dass man keinerlei Vorurteile hat, sondern ihn versteht und mag …«

Dankward und einsam! Fast jeden Monat hatte er eine neue Braut. Mit seinem Saxophon konnte er jede Frau aus ihrem Bett heraus- und in seines hineinlocken. Was sollte er davon halten, dass ihm Greta ein teures Damenparfüm schenkte und ihn zu einem *Dinner for three* einlud? »Er wird denken, du hast sie nicht alle …«

Greta bettete den orangefarbenen chinesischen Zierkarpfen und die gedünsteten Mandarinen auf eine ovale Platte und drückte sie mir in die Hand. Sie selbst folgte mit einer Schüssel voll glasierter Karotten. Zum Nachtisch gab es Rüblikuchen.

»Wo gibt es solche großen Goldfische zu kaufen?«, fragte Dankward andächtig.

Greta schmunzelte. »Zu kaufen direkt nicht, aber im Schlossweiher tummeln sich Hunderte … Was hast du eigentlich für ein Sternzeichen?«

Das Thema war unverfänglich. Greta behauptete, sie habe in ihrem bisherigen Leben überhaupt nichts auf Horoskope gegeben, sei aber inzwischen eines Besseren belehrt worden. Seit sie im *Stern* ihr

Wochenhoroskop lese, habe sie noch nie etwas Unzutreffendes entdeckt. Alles stimme haarklein, und sie richte sich in letzter Zeit nach den jeweiligen Empfehlungen oder Warnungen und fahre gut damit. Auch der heutige Abend, sagte sie und grinste Dankward herausfordernd an, sei auf diese Weise zustande gekommen. Sie tranken sich zu.

Eine Gräte im Zahnfleisch sowie der Anblick des blankgesäbelten Fischgerippes wurden mir nach einiger Zeit unerträglich, und weil es kein anderer tat, trug ich eigenhändig das stinkige Geschirr in die Küche. Als Greta und Dankward mir schuldbewusst mit schmutzigen Schüsseln folgten, klingelte das Telefon in der Diele. Greta, neugierig, wie sie nun einmal war, spritzte davon.

»Du hast es gut«, sagte Dankward, »ich kannte deine Freundin bisher ja nur oberflächlich. So was von originell und liebenswert! Im Gegensatz zu mir musst du überglücklich sein!«

Ich war verblüfft. »Na, du kannst dich doch am allerwenigsten beklagen...«, sagte ich.

»Mein Gott, vor zehn Jahren hat es mir gefallen, wenn die Teenies in der ersten Reihe bei meinem Auftritt ›echt süß‹ sagten. Aber inzwischen kann ich es nicht mehr hören. In unserem Alter will man einen geordneten Haushalt und ein geregeltes Liebesleben!«

Bevor ich Gretas Gräte entfernt und mich von meiner Verwunderung erholt hatte, gesellte sich die Superköchin wieder zu uns. »Komische Schüler hast du«, sagte sie, »da wollte irgendeine Tussi den kranken Herrn Krebs aus meiner Wohngemeinschaft sprechen. Natürlich hab ich aufgelegt.« Ich zuckte zusammen: Bestimmt war es die besorgte Ursula, die mich ihrer Anteilnahme und Zuneigung versichern wollte! Ich wurde so böse auf Greta, dass Dankward ihr zu Hilfe kam: »Wenn Schüler so spät am Abend anrufen, dann ist das eine Unverschämtheit. Man darf diesen Kids noch nicht einmal den kleinen Finger reichen, sonst wird es rasch eine Selbstverständlichkeit, dass Lehrer zu jeder Tages- und Nachtzeit verfügbar sind.«

Greta drehte mir eine Nase, holte eine Flasche Sekt und schenkte ein. »Fisch will schwimmen!«, behauptete sie und erschien mir reichlich überdreht. »Hast du dein Sexophon dabei?«, fragte sie meinen Freund. »Wir könnten doch ein bisschen Musik machen!«

Natürlich trug Dankward sein Instrument bei einer Essenseinladung nicht mit sich herum, aber er setzte sich unverzüglich an unser Klavier, tat so, als ob es ein Keyboard wäre, und fing an zu improvisieren. Neidisch stellte ich wieder einmal fest, dass mir das nicht gegeben war und auch keiner nach meiner Trompete fragte. Greta juckte es sichtlich in den Fingern, ich hatte Angst, dass sie von der Küche aus ihr Harmonium traktieren würde, um sich in Dankwards Rhythmen einzureihen. So weit ging sie zwar nicht, aber sie drohte: »Irgendwo liegt doch meine olle Blödflocke«, und nach kurzem Kramen in der Handschuhschublade fand sie ihre Flöte und legte los. So heißblütig und vital hatte ich Greta noch nie erlebt, außerdem hätte ich mir nicht träumen lassen, dass man auf einer Blockflöte etwas anderes als *Hänschen klein* spielen konnte.

Als schließlich unsere Nachbarn mit dem Besen an die Wand klopften, musste das Hauskonzert abgebrochen werden. Leider nahm Dankward dieses Signal nicht zum Anlass, sich davonzuschleichen. Greta öffnete die dritte Flasche Schampus. »Armes krankes Hascherl«, sagte sie und fuhr mir grob über den Kopf, der auf dem Küchentisch ruhte, »vielleicht solltest du dich schon mal hinlegen, du siehst reichlich welk aus.« – Dankward schaute zum ersten Mal an diesem Abend auf mich herunter, wobei er überrascht feststellte: »Früher hattest du mehr Haare.«

Dann erzählte er von unserem ehemaligen Studienkollegen Franky, dass er eine Yamaha-Schule eröffnet habe und jetzt wegen Verführung einer Minderjährigen im Knast sitze. »Geschieht ihm recht!«, rief Greta. »Für alte Knacker, die nach Frischfleisch gieren, kann ich nicht das geringste Verständnis aufbringen! In der Musikschule habe ich eine Kollegin, die man gelegentlich mit einem achtzehnjährigen Waldhorn-Schüler im Café sitzen sieht...« – Nun ging sie aber zu weit.

»Wer hätte gedacht, dass du derart prüde und intolerant bist!«, schrie ich. »Das ist derselbe Geist, der einen Vater des Missbrauchs beschuldigt, wenn er mit seiner vierjährigen Tochter in der Badewanne planscht. Kennen wir doch aus der Zeitung, diese Spießer, die in den harmlosesten Beziehungen gleich Unmoral wittern!«

»Der getretene Hund beißt zurück«, konterte Greta. Dankward sah mich verwundert an, dann erhob und verabschiedete er sich rasch. Ich war stinksauer, aber Greta triumphierte. »Ich glaube fast, dass ich ihn umgepolt habe«, sagte sie, »er hatte insgesamt viel mehr Interesse an mir als an dir.« Sollte sie sich ruhig einbilden, sie hätte eine Eroberung gemacht! Ich war jedenfalls froh, dass sie keine weiteren Anspielungen auf hübsche Schülerinnen machte. Seit meiner Referendarzeit hatte sie einen sechsten Sinn für meine geheimsten Träume entwickelt.

Als ich am darauffolgenden Montag den Musikraum betrat, musterten mich meine Leistungskurs-

Schüler mit neugieriger Befangenheit. Um meine Gesundheit zu demonstrieren, erwähnte ich ganz nebenbei eine zweitägige Radtour, die ich am Wochenende unternommen hätte. Zu spät fiel mir ein, dass mir eines der beiden pickligen Jüngelchen in der Nachbarstadt bei C&A begegnet war. Falls er sich ebenfalls erinnerte und seinen Kameraden von meinem Kauf eines karierten Hemds erzählte, würden sie mich wahrscheinlich für einen todkranken Meister der Verdrängung halten.

Bei der nächsten Sonderprobe erklärte ich meiner Herzensschönen, dass ich wegen einer leichten und völlig harmlosen Hautreizung eine spezielle Creme benutzen musste, deren Reaktion auf meinem Kopf vielleicht einen irritierenden Eindruck hinterlassen habe ... Sie schien mir zu glauben, setzte sich nach Ablauf der Stunde sogar freiwillig zu mir an den Küchentisch, lehnte jedoch ein Glas Wein erschrocken ab. Sie sei leidenschaftliche Teetrinkerin. Also suchte ich eine Kanne und kramte in Gretas Vorräten, bis ich auf eine rote Teesorte stieß.

Dann fragte ich Ursula nach ihrer Lebensplanung. Sie habe bis zum Abi ja noch ein ganzes Jahr Zeit, sagte sie. Dagegen sei ihr armer Bruder schon bald mit der Qual der Wahl konfrontiert, zuvor jedoch mit dem anstehenden Abitur samt Musikprüfung. Ich kann im Nachhinein gar nicht mehr sagen, wie es geschah, aber irgendwie entlockte sie mir das Abiturthema für ihren Bruder.

Er ahne ja bereits, dass es um Schuberts Liederzyklus *Die schöne Müllerin* gehe, sagte sie. Und ich fuhr fort: »Stimmt genau. Wie ich ihn kenne, wird er meine Fragen mit Bravour beantworten können, denn es geht mir um die Motivik der Klavierbegleitung im Allgemeinen und im Besonderen!«

»Welches Lied im Besonderen?«, fragte sie und sah mir tief in die Augen.

Ich pfiff: »Das Wandern ist des Müllers Lust«, und sie schenkte mir ein bezauberndes Lächeln. Dann verschwand sie wieder so rasch wie Aschenputtel nach dem großen Ball, verlor aber keinen Pantoffel, sondern vergaß im Flur eine Plastiktüte.

Greta kam, wie fast immer, fröhlich nach Hause. Sie erzählte stolz, dass sie in der Volkshochschule in Vertretung einer schwangeren Kollegin den Kurs *Das Spiel auf der Sopranblockflöte – Fortgeschrittene* leiten werde. Schon lange war es ihr Wunsch, auch außerhalb der Musikschule Unterricht zu erteilen. Abgesehen davon habe sie nun die Möglichkeit, selbst kostenlos Kurse zu besuchen. Sie schwanke noch zwischen *Schleiertanz-Phantasien* und *Schlemmerfeste im Freien.* Und nach dieser frohen Botschaft packte sie endlich die Lebensmittel aus ihrem Korb und sorgte für Ordnung in Küche, Bad, Schlafzimmer und Diele.

Mir fällt nie auf, wenn etwas herumliegt. Fürs Aufräumen war Greta zuständig. Mit Luchsaugen entdeckte sie sofort alles, was auch nur im Geringsten auf die Spur einer anderen Frau hinwies. Eine dritte Tasse in der Spülmaschine, eine Haarklammer im Bad, das rasche Auflegen eines ungenannten Anrufers – stets interpretierte sie solche Belanglosigkeiten als Beweis meiner Untreue. Im Fall Ursula war es aber leider noch nicht zu einer Annäherung, sondern bloß zu drei Gesangsproben gekommen, als Greta die Plastiktüte im Flur erspähte. Ich las gerade in aller Seelenruhe die Zeitung, als ich durch ein unheilvolles Knurren aufgeschreckt wurde. Greta hatte den Inhalt der Plastiktüte auf den Küchentisch geschüttet und untersuchte mehrere triviale Gegenstände mit kriminalistischem Eifer.

Vor ihr lagen Noten, ein Lippen-Fettstift, ein Müsliriegel und eine leere Coladose, eine Packung Tempotücher und ein Notizbuch, das wohl als Terminkalender diente. Greta dachte gar nicht daran, mir das schwarzrote Büchlein auszuhändigen, sondern las laut Ursulas Namen und Anschrift vor, denn anscheinend war alles ordentlich auf dem Deckblatt vermerkt. Dann studierte sie aufmerksam sämtliche Eintragungen meiner Schülerin. Als sie endlich fertig war, schob sie mir das kleine Buch über den Tisch und sah mich dabei an wie einen überführten Kinderschänder.

Ich blätterte. Dreimal stand von zarter Hand geschrieben: »Bei Thomas«.

Niemals hatte mich Ursula mit dem Vornamen angesprochen, stets hatte sie völlig korrekt »Herr Krebs« und »Sie« zu mir gesagt. Einerseits besagte die Formulierung, dass sie in Gedanken bereits eine gewisse Intimität zu mir hergestellt hatte, andererseits hatte Greta nun einen mutmaßlichen Beweis für meine Charakterlosigkeit in der Hand.

»Du weißt doch selbst am besten«, versuchte ich mich zu rechtfertigen, »dass junge Mädchen Traum und Wirklichkeit nicht auseinanderhalten können!«

Greta meinte höhnisch: »Du gibst dich also jeden Donnerstag mit einer Schizophrenen ab?«

Ich antwortete nicht und blätterte weiter. *»Krebs = Fisch = Fischschuppenkrankheit«*, stand im Anhang zu lesen. Sollte wohl witzig sein.

Mit Greta war heute weniger zu spaßen. Mit finsterer Miene nahm sie Dufflecoat und Baskenmütze vom Haken und verließ wortlos das Haus. Gekocht hatte sie noch gar nichts, wenn auch gewisse Einkäufe auf ein geplantes wollweißes Essen hinwiesen: Teltower Rübchen, Basmati-Reis und Hühnerbrust. Sollte ich selbst kochen? Sollte ich Ursula anrufen und ihr mitteilen, dass sie ihren Krempel vergessen hatte? Ich hatte wenig Lust, am Ende mit ihren Eltern reden zu müssen, und ließ es bleiben. Aufs Kochen hatte ich erst recht keinen Bock, also schmierte ich mir ein Butterbrot, legte außer goldgelbem Gouda rote Tomatenscheiben darauf und streute aufsässig noch grünen Schnittlauch darüber. Dann las ich endlich mein Horoskop: »Single-Fische können mit einer aufwühlenden Begegnung rechnen.«

Nur deshalb wählte ich nach langem innerem Ringen Ursulas Nummer, die ebenfalls im schwarzroten Büchlein stand. »Hallo!«, sagte eine weibliche Stimme. – »Ursula?«, fragte ich zurück.

Sie sei Ursulas Mutter, kam die Antwort, ihre Tochter sei wie meistens nicht zu Hause. Mit wem sie denn spreche? Ich erschrak maßlos – wie hatte ich bloß dieses burschikose Organ mit Ursulas mädchenhafter Stimme verwechseln können! Aber ich legte blöderweise nicht auf, sondern gab mich als Musiklehrer zu erkennen.

»Gut, dass ich Sie mal an der Strippe habe«, sagte die Frau, »ist es denn wirklich nötig, dass das Kind stundenlang bei Ihnen proben muss! Spätabends und völlig überfordert kommt Ursula nach Hause.

Es wäre viel wichtiger, dass sie sich auf die anderen Fächer konzentriert... Im Übrigen dachte ich, sie wäre immer noch bei Ihnen!«

Sollte ich meinen Augenstern, der seit vielen Stunden nicht mehr in meiner Nähe leuchtete, schnöde verraten? Ich ging nicht weiter auf dieses Thema ein, sondern sagte bloß: »Sie hat ihre Noten bei mir vergessen. Sagen Sie ihr doch –«

»Ach, und noch was«, unterbrach mich Ursulas Mutter, »auch ein Lehrer sollte mit der Zeit gehen! Händel oder Haydn oder was Sie da mit ihr singen, das spricht doch heutzutage keinen jungen Menschen an. Ich habe das Gefühl, Sie können sich in unsere Jugend überhaupt nicht mehr einfühlen.«

Ursula schien mich als Fossil der Steinzeit geschildert zu haben. Trotzdem versuchte ich, gut Wetter zu machen. »Was würden Sie denn vorschlagen?«, fragte ich zuckersüß.

»Auf jeden Fall ein Musical«, sagte sie, »zum Beispiel *Starlight Express*, habe ich neulich in Bochum gesehen. Große Klasse! Leider behaupten unsere beiden Kinder, Musicals seien megaout. Aber man muss ihnen schließlich die Kultur nahebringen, sonst –«

»Nun, wenn Ursula Musik studieren will«, wandte ich vorsichtig ein, »sollte sie auch über die

Klassik Bescheid wissen. Und außerdem muss ich mich in etwa an den Lehrplan halten.«

»Musik studieren? Hat sie Ihnen etwa diesen Bären aufgebunden? Nein, unsere Ursula will Stewardess werden. Bei so einer Figur braucht sich ein Mädchen doch nicht auf der Uni abzuquälen!«

Schleunigst machte ich dem Gespräch ein Ende. Wie alt mochte Ursulas Mutter sein? Höchstens zehn Jahre älter als ich, aber sie tat so, als sei ich ihr Großvater. Meine Schöne hatte zu Hause ein wenig geschwindelt. Wo mochte sie hingehen, wenn sie mich verließ? Und wo war Greta abgeblieben? Auf Weiber war kein Verlass. Frustriert rief ich bei Dankward an, aber er meldete sich nicht. Ich hatte Lust, mich zu besaufen, fand aber nur Kräuterlikör und Cassis. Den Wein hatte ich bereits intus.

Auf dem Küchentisch lag immer noch das schwarzrote Büchlein. Widerwillig schenkte ich mir ein winziges Gläschen Kräuterlikör ein und blätterte Ursulas Heft ganz langsam und sorgfältig durch. Wie jung sie noch war! Wie kindlich die Schrift! Und wie liebevoll sie die kleinen Zeichnungen und Abziehbildchen eingefügt hatte!

»Mein Geburtstag« las ich auf der Seite für den 18. Januar. Neben diesen wichtigen Eintrag hatte sie brennende Kerzen und so etwas wie einen Ziegenbock mit Sprechblase gezeichnet. Juchuuu!, rief das schafsartige Tier. Nach kurzem Grübeln rekapitulierte ich, welches Sternzeichen zuständig war – der Steinbock. Ein inniges Gefühl der Verbundenheit durchströmte mich, weil ich mein Schätzchen durchschaut hatte: Der Steinbock war nichts anderes als ein Selbstporträt. Ich blätterte im lateinischen Wörterbuch und brachte einen Toast auf den Capricornus aus! Erneut schenkte ich mir Likör ein und las endlich Ursulas Horoskop für diese Woche: »Das Alter spielt bei der Liebe keine Rolle. Sie haben den nötigen Elan, um sich gegen die Vorurteile Ihrer Umwelt durchzusetzen. Folgen Sie Ihrem Herzen!«

Ein klarer Befehl. Hoffentlich hielt sich Ursula daran und gehorchte. Als Memento schnitt ich diese Zeilen aus und klebte sie vorsichtig in das reizende Heft. Mit roter Lehrertinte malte ich kleine Herzen als Umrandung und spendierte dem Bock, biologisch unkorrekt, einen riesigen Euter zwischen die Vorderbeine. Schließlich verbrachte ich bei Likör, Cassis und Miniaturmalerei einen wunderbaren Abend. Als Greta um Mitternacht noch nicht zu Hause war, legte ich mich glücklich ins Bett.

Das Erwachen war weniger angenehm. Das Schlafzimmerfenster, das Greta sonst weit geöffnet hielt, war hermetisch verschlossen, die Luft stickig und verbraucht. Mir brummte der Schädel, die Zunge klebte wie ein ausgetrocknetes graues Schwammtuch am Gaumen. Auf dem Weg ins Bad sah ich Greta im Wohnzimmer auf dem Sofa kampieren; flugs schloss ich die Tür und hoffte, dass sie so bald nicht erwachte. Nach dem Duschen stand ich in der Küche und trank literweise Mineralwasser. Um neun Uhr begann mein Unterricht, ich musste mich sputen. Das Büchlein lag nach wie vor auf dem Küchentisch, aber es war nicht auszuschließen, dass Greta noch zu später Stunde meinen Beitrag entdeckt hatte. Eigentlich hatte ich vorgehabt, die Plastiktüte mit in die Schule zu nehmen und Ursula zu übergeben. Aber als ich das Büchlein erneut zur Hand nahm, schämte ich mich in Grund und Boden – war es wirklich ich, der diese pubertären Anzüglichkeiten und schwachsinnigen Liebesbeteuerungen hineingeschrieben hatte? Großer Gott, da half kein Tintentod, sondern nur noch die radikale Eliminierung. Ich würde standhaft leugnen, dass in der Tüte etwas anderes als Noten gewesen wären.

Schneller als gedacht musste ich mich rechtfertigen. Vor dem Lehrerzimmer erwartete mich Ursula. »Haben Sie meine Noten?«, fragte sie, »meine Mutter –«

»O je, ich wollte sie Ihnen eigentlich mitbringen,

aber die Plastiktüte befindet sich wohl noch bei mir zu Hause. Auch Lehrer sind gelegentlich vergesslich«, sagte ich. »Sie können ja am Nachmittag vorbeikommen, auch wenn heute erst Dienstag ist.«

Sie nickte ein wenig kläglich und eilte davon.

Als ich mittags nach der bewussten Plastiktüte suchte, war sie ebenso unauffindbar wie das Büchlein, dessen umgehende Liquidierung beschlossene Sache gewesen war. Ich stellte fast die ganze Wohnung auf den Kopf, bis ich zu dem naheliegenden Schluss kam, dass Greta dahintersteckte. Also begann ich, ihren Schreibtisch zu durchwühlen. Vergeblich.

Schließlich stand Ursula vor der Tür. »Hallo!«, sagte sie, ein bisschen verlegen, wie mir schien. »Ich muss meine Tüte im Flur vergessen haben. Dort – bei den Mänteln!«

Wie idiotisch von mir, dass ich ihre Mutter angerufen und zugegeben hatte, dass Ursula ihre Siebensachen nicht zusammenhielt! Wie sollte ich mich jetzt aus der Affäre ziehen?

»Kommen Sie erst mal herein«, sagte ich liebenswürdig, »ich habe gerade nach Ihren Noten gesucht und sie nicht gefunden. Ich kann es mir nur so erklären, dass meine Putzfrau die Tüte versehentlich in den Müllcontainer geschmissen hat.

Natürlich bekommen Sie neue Noten von mir, das ist Ehrensache.«

»Es waren nicht bloß Noten«, sagte Ursula, »viel wichtiger ist mir ein kleines Heft mit meinem Stunden- und Terminplan, mit Adressen und Telefonnummern. Eigentlich nicht zu ersetzen.« Ratlos blickten wir uns an.

»Ich werde weitersuchen und natürlich die Putzfrau befragen«, versprach ich. Ganz plötzlich brach Ursula so heftig in Tränen aus, dass es mir in tiefster Seele weh tat. Behutsam strich ich ihr über das seidige Kinderhaar und sagte tröstend: »Nicht gleich verzweifeln! Falls sich das Büchlein wirklich nicht mehr findet, will ich alles tun, um den Verlust wiedergutzumachen.« Sie nickte, rieb sich die Äuglein und reichte mir zum Abschied ihre klebrignasse Pfote.

Kaum war ich wieder allein und kramte verzweifelt weiter, als Greta auftauchte. »Was machst du an meinem Kleiderschrank?«, fragte sie scharf. Ich ging sofort in die Offensive: »Du hast die Sachen meiner Schülerin irgendwo deponiert, wo ich sie nicht finden konnte. Dazu hattest du kein Recht.«

Greta beteuerte scheinheilig: »Hab ich doch gar nicht. Ich wollte bloß, dass deine Ursula ihren Besitz umgehend zurückerhält. Ihr Bruder hatte heute bei mir Klavierstunde; war doch praktisch gedacht, ihm die Tüte mitzugeben.«

Ich wurde leichenblass. Lebhaft malte ich mir aus, wie dieser – sicherlich schlampige – Bruder zu Hause die Tüte fallen ließ, die Mutter sich neugierig darüber hermachte und das Büchlein mit meinen schweinischen Eintragungen demnächst Thema einer Elternbeirats-Sitzung sowie eines peinlichen Gesprächs unter vier Augen mit dem Direktor unserer Schule wurde. Und das war die harmloseste Variante.

»Was hast du?«, fragte Greta. »Wirst du krank? Habe ich etwas falsch gemacht?«

Ich musste tatsächlich ins Bad rennen, weil mir schlecht wurde.

»Na, hat der Fisch die Fische gefüttert?«, kalauerte Greta.

Ich stöhnte bloß: »War das Büchlein in der Tüte?«

Vielleicht bestand eine geringe Hoffnung, dass es noch irgendwo herumlag.

Greta nickte. »Klar. Du musst dir keine Sorgen machen, ist alles erledigt.« Anscheinend hatte sie das Heft in die Tüte gesteckt, ohne meine geschriebenen und gezeichneten Beiträge zu entdecken, andernfalls hätte sie nämlich ein solches Donnerwetter auf mich niederprasseln lassen, dass mir Hören und Sehen vergangen wären. Dennoch traute ich ihr nicht über den Weg, denn sie erschien mir allzu harmlos und freundlich.

Wie sich im Nachhinein herausstellte, hatte ich recht. Gretas hinterhältiger Racheplan gründete auf Langzeitwirkung. Zwar hatte Ursulas Bruder das Corpus delicti nicht seinen Eltern, sondern direkt seiner Schwester ausgehändigt, aber Ursula begann mich von da an systematisch zu erpressen. Entweder blieb sie dem Unterricht ganz fern, oder sie beschäftigte sich mit Aufgaben aus anderen Fächern. Für die Klausuren musste ich ihr am Tag zuvor alle Fragen mit den richtigen Antworten auflisten, die sie dann nur abzuschreiben brauchte. Falls sie sogar dafür zu faul war, zwang sie mich trotzdem zur bestmöglichen Bewertung – beim Abitur des Bruders natürlich ebenfalls. Im Übrigen erfuhr ich, dass Ursula einen fünfzehnjährigen Thomas liebte, den sie im Anschluss an mich regelmäßig besucht hatte. Seinem jugendlichen Überschwang war sicherlich die von Ursulas Mutter beobachtete Erschöpfung zuzuschreiben, unter der ihre Tochter nach den Proben offensichtlich litt.

Doch in anderer Hinsicht hatte meine rasch erkaltende Liebe zu Ursula viel verhängnisvollere Folgen. Schon wochenlang hatte ich nichts Warmes mehr zum Essen erhalten, sondern musste jeden

Abend schauen, wie ich satt wurde. Die Wohnung war leer, meine Wäsche blieb schmutzig, im Kühlschrank fand ich nur noch ein Glas Gurken. Mir ging es beschissen.

Eines Tages kam ich heim und roch schon in der Diele einen lang entbehrten köstlichen Duft nach Speck, Sahne, Rotwein, Knoblauch und *Divine.* Greta und Dankward saßen in trauter Zweisamkeit auf dem Sofa. »Wir haben mit dir zu reden«, sagte sie. Ich ahnte nichts Gutes.

»Dankward wird heute hier einziehen«, sagte meine langjährige Freundin, »und deswegen musst du jetzt raus, denn für drei wird es zu eng. Schließlich war und ist es *meine* Wohnung. Wir haben schon angefangen, deine Sachen zu packen.«

Ich protestierte. Woher sollte ich von einer Minute auf die andere eine neue Bleibe finden?

»No problem«, beruhigte mich Dankward, »du kriegst meine Bude, die wiederum für zwei nicht ausreicht. Und falls du wider Erwarten eine neue Partnerin finden solltest, kannst du vielleicht hierher zurückkommen, weil es uns im nächsten Jahr zu eng werden könnte.«

»Aha!«, sagte ich. Mehr fiel mir vorerst nicht ein. Aber dann wollte ich doch zeigen, dass ich kapiert hatte und ein fairer Verlierer war, dem das alles nicht das Geringste ausmachte. Mühsam scherzte ich: »Für eure künftige Hausmusik müsst ihr aber mindestens Zwillinge kriegen.«

Greta behauptete: »Kanon singen macht bereits zu dritt viel Freude«, drückte mir einen Koffer und die Autoschlüssel in die Hand und röhrte los: »He-joo, spann den Wagen an!« – Und der falsche Dankward brüllte hinter mir her: »Es müssen mindestens Drillinge sein, wenn man eine Big Band plant!«

Ich sagte nichts mehr, aber wünschte insgeheim, dass sie vor lauter Blagen keine Luft mehr kriegen sollten.

Der Wind trieb Regen übers Land, als ich in Dankwards dunkle Stube trat. Mein Flokati – das einzige Stück, das ich zu Gretas Einrichtung beigesteuert hatte – lag bereits grau und schmutzig als Fußabtreter vor der Tür. Kein wärmender Ofen, kein duftendes Essen, kein Stern am Himmel, kein Silberstreif am Horizont, während in meinem ehemaligen Zuhause Greta und Dankward jetzt wahrscheinlich endlos weitersangen und die goldnen Garben einholten.

Es war herbstlich geworden, dieses ungeheizte Loch war eine Zumutung. Hoffentlich hatte mir Greta den dicken Pullover eingepackt. Als ich den Koffer öffnete, lag ganz oben ein Pizza-Karton. Wenigstens brauchte ich heute Abend nicht zu verhungern. Begierig klappte ich den Deckel auf und zuckte zusammen.

Von allen monochromen Abendmahlzeiten waren mir die schwarzen Essen stets am widerlichsten gewesen. Vor mir lag eine zu Kohle verbrannte Pizza, garniert mit Lakritzstückchen, die wie Hasenscheiße aussahen. In der Mitte klebte mein Horoskop: »Fische – Wer wird denn gleich schwarzsehen? In Ihrem neuen Ambiente fühlen Sie sich wie ein Fisch im Wasser, und in der Liebe können Sie auf den größten Erfolg Ihres Lebens zurückblicken.«

Heute logen die Sterne wieder einmal das Blaue vom Himmel herunter.

Ruth Rendell

Der Pfeifer

Jeremy fand den Schlüssel in einer der Ferienwohnungen, als er für Manuel arbeitete. Die Wohnungen waren einheitlich in einer Farbe gestrichen, die sich »Champagner« nannte, und bisher hatten sie keine Maschine aufgetrieben, die die Arbeit tun konnte. Jeremy hoffte, sie würden erst eine finden, bis der Auftrag erledigt war. Manuel war amerikanischer Staatsbürger, stammte aber von irgendwo südlich der Grenze – aus Kuba, wie Jeremy von jeher vermutete. Jeremy kam von weit, weit her aus dem Norden, aus England, um genau zu sein; seit zwei Jahren schlug er sich gewissermaßen durch die Vereinigten Staaten und gab nie die Hoffnung auf, dass es ihm eines Tages gelingen würde, sein Glück zu machen. Der Schlüssel, dachte er, könnte dieses Glück bedeuten.

Er lag hinter der Jalousie versteckt, im Schlafzimmer, in einer Ecke des Fensterbretts. Manuel war im Wohnzimmer und pfiff Country Music. Wenn er arbeitete, pfiff er ununterbrochen, nie etwas Spanisches, immer Western- oder Country-Melodien, und er schaltete nie das Radio ein, was Jeremy wesentlich lieber gewesen wäre. An dem Schlüssel hing an einer Schnur ein kleines Schild. Auf diesem Schild stand eine Adresse. Jeremy begann – oder dachte daran zu sagen: »He, Manuel, schau dir mal das an ...« Dann biss er sich auf die Lippen und schluckte die Worte hinunter. Das Pfeifen wurde nicht unterbrochen. Wollte er das, was die Adresse auf dem Schild eventuell zu bieten hatte, wirklich mit Manuel teilen müssen? Oder schlimmer, wollte er, dass Manuel ihm den Schlüssel abnahm?

Dass man in den Wohnungen etwas fand, war nicht ungewöhnlich. Die Leute waren sehr nachlässig. Sie mieteten in der Hauptsaison diese Wohnungen in Juanillo Beach für zwei Wochen und ließen, wenn sie wieder nach Hause fuhren – nach New Jersey oder Moskau in Idaho oder woher sie sonst kamen –, ihren Schmuck und ihre Kameras zurück, ganz zu schweigen von Kleinigkeiten wie Büchern, Tonbändern und so weiter. Die Gesellschaft, der die Wohnungen gehörten, sollte sie eigentlich kontrollieren, bevor Manuel mit der Arbeit begann, aber sie ließ so ziemlich fünf gerade sein. Jeremy hatte in einem Küchenschrank eine Geldrolle gefunden, über achtzig Dollar, und in einer Lücke zwischen dem Fliesenboden und der Wand einen Diamantring. Ein Juwelier in Downtown Miami hatte ihm für den Ring zweihundertfünfzig Dollar gegeben, und das war vermutlich nur ein Bruchteil seines Wertes gewesen. Er hatte den Fehler gemacht, Manuel davon zu erzählen. Die Banknoten hatten ihn nicht interessiert, aber wegen des Ringes hatte er sich aufgeregt. Zwar war er nicht ehrlicher als Hinz und Kunz, aber er hatte einen Vertrag mit der Juanillo Beach Properties Inc., den er nicht verlieren wollte. Auf jeden Fall hatte er Jeremy davor gewarnt, Fundsachen aus den Wohnungen zu behalten – und schon das allein wäre für Jeremy ein Grund gewesen, den Schlüssel in der Tasche seiner Jeans verschwinden zu lassen. Im Nebenzimmer wurde weitergepfiffen, sehr übermütig und sehr nach den Rocky Mountains klingend.

Es wurde allmählich heiß, und die Klimaanlage funktionierte nicht. Oder die Juanillo Beach Properties Inc. hat den Strom abschalten lassen, dachte Jeremy. Das traue ich ihnen nämlich zu. Gegen Mittag mussten sie mit über dreißig Grad rechnen. Aber er war schließlich wegen des Klimas hergekommen, und wegen des Klimas blieb er. Armut lässt sich in einem warmen Klima leichter ertragen. An England dachte er nur mit Entsetzen zurück, ausgewiesen zu werden und dahin zurückkehren zu müssen war sein schlimmster Alptraum. In Wirklichkeit konnte es so schrecklich gar nicht sein, war auch nicht so schrecklich, aber das Land, in dem er geboren war, war in seiner Erinnerung grün und kalt, voller reicher älterer Leute, die rund ums Jahr ihre Kamine mit Holz heizen konnten, ein Land zwischen Arbeitslosigkeit für die einen und unzähligen Privilegien für die anderen. Obwohl er, wie schon gesagt, dort geboren war, hatte er immer das Gefühl gehabt, unwillkommen zu sein. Jetzt, da die Jalousie hochgezogen war, lag vor ihm der subtropische Garten, in den die Wohnanlage eingebettet war – ein Garten mit Palmen, Zitrusbäumen, indischen Rachenblütlern und Oleandern; und dazwischen hin und wieder die geteilten speerförmigen Blätter eines Bananenbaumes. Zebraartig gelb und schwarz gestreifte Schmetterlinge flitzten zwischen den prallen, glänzenden Blättern hin und her. Die Sonne brannte von einem klaren blauen Himmel herunter. Es gefiel ihm hier, oder – besser gesagt – es hätte ihm hier gefallen, hätte er nur ein bisschen Geld gehabt.

In London hatte er ein sehr kleines Zimmer bewohnt, für das er wöchentlich fünfundzwanzig Pfund zahlen musste. Die zwei Stockwerke tiefer liegende Küche und das Bad musste er mit vier anderen Mietern teilen. Das Motelzimmer mit Bad – nun ja, mit Dusche eigentlich –, das er hier gemietet hatte, kostete ihn viel weniger. Und er brauchte keine Küche, weil man sehr preiswert außer Haus essen konnte. Aber, dachte er manchmal, ich bin fünfzig Jahre zu spät in die Vereinigten Staaten gekommen, zu spät, um hier noch mein Glück zu suchen. Das hatte Josh gesagt, dem das Motel gehörte. Josh wusste natürlich nicht, dass Jeremy illegal im Land war. Oder wenn er es wusste, erwähnte er es nicht.

Nach der Arbeit tranken er und Josh auf der Veranda hinter dem Büro des Motels manchmal ein Bier zusammen. Das Motel stand in einer rauhen Gegend und war ziemlich schäbig, aber eins hielt Josh immer in Ordnung, und das waren die Fliegengitter um die Veranda, denn sie war, laut Josh, der Versammlungsort aller Moskitos aus der Diaspora, nachdem man sie aus ihren üppigeren Pfründen vertrieben hatte.

Plötzlich erinnerte sich Jeremy an die Adresse: »Wo ist die Eleventh Avenue?«

Auf dem Tisch standen noch zwei Büchsen *Coors*, eiskalt beschlagen, und daneben lag eine Tüte mit gerösteten Pekannüssen. Außen huschte eine kleine braune Eidechse das Fliegengitter hinauf.

»Was meinst du mit Eleventh Avenue? Die Elfte Avenue – wo?«

»In Miami.«

»Du findest in diesem Land nicht viele Städte, in denen die Avenuen numeriert sind. Straßen – ja. Warum? Weshalb fragst du?« Er wartete Jeremys Antwort nicht ab. »Nimm L.A., nimm Philly – dort gibt es keine numerierten Avenuen.«

»In New York schon.«

»New York ist eine Ausnahme«, erwiderte Josh, und das war etwas, was die Amerikaner immer sagten, das war Jeremy längst aufgefallen.

»Also, wie steht's mit Miami?«

»Klar, Miami hat eine Eleventh Avenue. In Downtown. Im Büro hängt ein Stadtplan.«

Jeremy sah ihn sich an. Die Adresse, die an dem Schlüssel hing, lautete: 11. Ave. 1562A. Keine Stadt, kein Staat. Das Etikett war ein bisschen verschmiert. Es hatte noch mehr darauf gestanden, zwei Großbuchstaben waren noch undeutlich sichtbar. Der zweite bestimmt ein J oder ein Y. Y für York? J für Juanillo? Er wusste jedoch, dass es in Juanillo nicht einmal eine First Avenue gab, geschweige denn eine 11. 11. Avenue war eine merkwürdige Schreibweise, eigentlich mehr die europäische Art, nur numerierten die Europäer ihre Straßen sehr selten.

Nach Miami gehörte der Schlüssel wahrscheinlich nicht. Leute aus Miami mieteten keine Wohnungen in Juanillo Beach. Aber er konnte es versuchen. Ein Einbruch wäre kinderleicht und nicht einmal besonders kriminell, wenn man eigentlich gar nicht einbrechen musste. An diesem Abend wollte er mit Manuel und Lupe zum Essen gehen, in ein Thai-Restaurant im eleganten Fort Cayne, wo Manuel wohnte. Aber zuerst würde er eine kleine Fahrt nach Downtown unternehmen und den Schlüssel an der Tür des Hauses 1562A in der Elften Avenue ausprobieren.

Das Haus wurde nicht bewacht, alles war still. Er klingelte, wartete, klingelte noch einmal, versuchte den Schlüssel ins Schloss zu stecken. Er passte nicht. Im Taxi, das ihn nach Fort Cayne brachte, dachte er darüber nach, dass Josh gesagt hatte, es gebe in Amerika nicht viele Städte mit numerierten Avenuen. Josh konnte sich natürlich irren, er hatte nur drei Städte genannt ... Doch war es nicht ohnehin wahrscheinlicher, dass dieser Schlüssel die Tür einer New Yorker Wohnung öffnete? Was für eine Straße war die Eleventh Avenue in New York, und wie weit uptown lag wohl Nummer 1562A. Wäre es Nummer 1562 in der Fifth gewesen, hätte er Bescheid gewusst. Seine Phantasie gaukelte ihm eine prächtige New Yorker Wohnung voller Schätze vor, die nur darauf warteten, dass jemand kam und sie holte. Die Schwierigkeit war, dass die Rückfahrkarte nach New York rund dreihundert Dollar kostete.

Das Restaurant hieß *Phumpiphol* und lag an einer eleganten Promenade. Jeremy war als Erster da und bestellte Wodka on the Rocks. Schreiben Sie's bitte auf die Rechnung. Ein bisschen peinlich würde ihm das Wiedersehen mit Lupe schon sein. Keine große Sache natürlich, mit so etwas wurde er spielend fertig, aber er brauchte den Wodka.

Ihr richtiger Name war Guadelupe oder Maria del Guadelupe oder so ähnlich, und sie war illegal eingewandert – wie er. Ein kleines, dunkles, schönes Mädchen mit den riesigen Augen und den ebenmäßigen Zügen der mexikanischen Hollywood-Stars aus den dreißiger Jahren. Sie ähnelte einem Foto, das er von Dolores del Rio gesehen hatte. Manuel würde sie heiraten, und sie würde bald Amerikanerin sein, Bürgerin wie die Frau des Präsidenten oder eine Tochter der amerikanischen Revolution.

Der Wodka wurde serviert und mit ihm ein Schüsselchen mit etwas, das wie gesalzene Käfer aussah, aber natürlich konnten es keine Käfer sein. Jeremy hatte Lupe in Manuels Wohnung das erste Mal gesehen. Selbstverständlich lebte sie nicht mit ihm zusammen. Manuel hatte in dieser Beziehung sehr strenge, sehr spanische Ansichten. Die Frau, mit der er verlobt war, musste Jungfrau sein und musste vor aller Welt demonstrieren, dass sie noch Jungfrau war.

Merkwürdigerweise war Lupe es tatsächlich gewesen. Jeremy war bisher noch nie einer begegnet. Sie bewohnte ein Zimmer in einer Damenpension, die einer Kubanerin gehörte, und kam täglich zu Manuel, um seine Wohnung zu putzen und seine Hemden zu bügeln. Manuel steckte die Hemden zwar selbst in die Waschmaschine, aber Lupe bügelte sie. Wo sie auch herkam, sie wollte auf keinen Fall dorthin zurück, und nur deshalb, davon war Jeremy überzeugt gewesen, bediente sie Manuel und gehorchte ihm; sie hoffte, dass er sie heiraten würde. Manuel war hässlich wie die Nacht, sehr dünn, irgendwie einer Spinne ähnlich, mit einem scharfgeschnittenen, pockennarbigen Gesicht, während Jeremy groß, blond und hübsch war. Zweifellos lag es zum Teil auch daran, dass Lupe sich in ihn verliebt hatte.

Oder wie man es nennen wollte. Jedenfalls war ihr Widerstand nicht von langer Dauer gewesen. Manuel war nach Hause gefahren, weil sein Vater im Sterben lag. Er starb, bevor Manuel kam, der deshalb nur zwei Tage wegblieb, aber sie reichten aus. Jeremy und Lupe lagen schon in der Wohnung der Hacienda Alameda miteinander im Bett, bevor Manuel in seiner Maschine saß. Dass Lupe noch Jungfrau war, kam überraschend und war ein bisschen erschreckend, aber nach dem dritten oder vierten Mal war es, als schliefen sie schon seit fünf Jahren miteinander.

Schlimm war nur, dass sie nicht aufhören konnten, und schließlich kam Manuel dahinter. Eines blödsinnigen Nachmittags, an dem Jeremy frei hatte und Lupe Manuels Wohnung putzte, vergaßen sie die gebotene Vorsicht und erlagen der Versuchung. Wir hätten doch ins Motel gehen können, dachte er hinterher. Manuel überraschte sie nicht, so nackt waren die Tatsachen nicht. Er fand ein blondes Haar und ein kastanienbraunes lockiges Haar auf dem Kissen, auf dem nur ein schwarzhaariger Mann schlief.

Jeremy trank seinen Wodka aus, als Manuel und Lupe hereinkamen. Manuel war fröhlich und sah selbstzufrieden aus und sprach davon, dass er, sobald es in Florida richtig heiß wurde, in kühleren Zonen Urlaub machen wollte. Noch vor ein paar Monaten hätte Jeremy unbefangen erwidert, Manuel solle den Urlaub doch gleich zur Hochzeitsreise machen. »Angeblich soll Alaska im Sommer wunderschön sein.« Jetzt hatte er Hemmungen, so etwas zu sagen. Manuel hatte seit jenem Abend nie wieder von Heirat gesprochen.

Sie aßen eine klare Suppe, in der Blüten schwammen. Auf dem Tisch standen eine Karaffe mit Sake und eine Flasche Mineralwasser. Weder Manuel noch Lupe tranken viel. Dann kamen kleine Pfannkuchen, geschnetzeltes Gemüse, eine mit Räucherwerk zubereitete Ente. Es war, als hätten Puppen gekocht. Lupe aß geziert, kaute jeden Bissen zwanzigmal, hielt den Kopf gesenkt.

»Ich möchte mich wie ein zivilisierter Mensch benehmen«, hatte Manuel gesagt, und Jeremy hatte pathetisch gedacht: wie ein echter amerikanischer Gentleman. Manuel sah lächerlich aus, wenn er unglücklich war, eine schwarze Krähe mit schlammigem Gefieder. »Meine Vorfahren hätten dich umgebracht – und sie auch.« Jeremy hatte die Augen nach oben verdreht. Ach, du lieber Gott … »Aber die Zeiten haben sich geändert. Für mich wird es sein, als sei es nie geschehen.« Manuel hatte Lupe angesehen. »Doch es darf nie wieder vorkommen.«

»Es wird nie wieder vorkommen«, sagte Lupe.

»Selbstverständlich nicht.« Jeremy wollte sie ohnehin nicht mehr. Dieses ganze Getue konnte einem auch begehrenswertere Frauen als Lupe Garcia verleiden.

»Dann bleibst du und arbeitest weiter für mich«, sagte Manuel zu Jeremy. »Und Vergangenes soll vergangen sein.« Er lächelte und bestand darauf, Jeremy die Hand zu schütteln. Dann ging er in die Küche, um eine Flasche Wein aufzumachen, und pfiff den *Tennessee Waltz.* Eine treffende, wenn auch taktlose Wahl, dachte Jeremy, aber vielleicht kennt Manuel den Text nicht. Lupe versuchte seinen Blick einzufangen, aber Jeremy wich ihren Augen beharrlich aus.

Das war jetzt zwei Monate her, und seither hatte er Lupe nicht wiedergesehen – bis heute. Die ganze Situation löste ein geradezu archaisches Gefühl in ihm aus. Es war schon eine seltsame Vorstellung, dass er Lupe mit dem allerersten Akt, von den anderen ganz zu schweigen, für Manuel »unbrauchbar« gemacht hatte, sie für ihn nur noch eine »schadhafte Sache« war. Sie selbst war noch unterwürfiger, sah aber nicht unglücklich aus. Sie aßen kleine Teigfladen in Sirupsauce.

Manuel war mit dem Wagen gekommen, obwohl er nur um die Ecke wohnte. Er bat Jeremy auf eine Tasse Kaffee in seine Wohnung. Er ging ins Bad und sah dort die unverkennbaren Anzeichen dafür, dass Lupe jetzt hier wohnte, eine Dose Hautcreme, einen Lidstift, eine Flasche ihres Eau de Toilette. Also war es mit Manuels Prinzipien auch nicht so weit her, dachte Jeremy, leise in sich hineinlachend.

»Ja, ich bin eingezogen«, sagte Lupe zu ihm.

Er schaute auf ihre Hand, und sie sah, dass er hinschaute. Sie trug nicht einmal einen Verlobungsring.

Manuel fuhr ihn nach Hause. Er hatte eben seinen neuen Wagen bekommen, fuhr immer das neueste Modell. Manchmal rätselte Jeremy, woher das Geld kam. Davon, dass man Decken strich, konnte man sich keine Eigentumswohnung in der eleganten Hacienda Alameda und jedes Jahr einen neuen Wagen leisten; und außerdem noch alle zwei Monate nach Hause fliegen und seine Familie besuchen. Aber es ging ihn nichts an. Er zog ohnehin bald weiter. Vielleicht nach Kalifornien, wenn er das Fahrgeld aufbrachte.

In den Kokospalmen um Joshs Motel raschelten die Baumfrösche wie Geister, und ihr ununterbrochenes Quaken zerrte an den Nerven. Sie hielten Jeremy wach. Statt nach Kalifornien konnte er nach New York gehen, um den Schlüssel auszuprobieren. Nach 11. Ave. standen noch zwei Großbuchstaben auf dem Schildchen, und einer konnte ein Y sein. Vielleicht gab es in den Vereinigten Staaten nur zwei Städte mit numerierten Avenuen – und vielleicht gab es Dutzende.

Ein paar Tage später nahmen Manuel und er das nächste Apartment in Angriff. Es glich dem, in dem sie vorher gearbeitet hatten, aufs Haar, nur hatte hier niemand einen Schlüssel auf dem Fensterbrett liegenlassen. Manuel pfiff im Nebenzimmer. Ein Lied über die Sonnenblumen von Kansas. Er hatte den ausgefallenen, modischen hellblauen Blouson ausgezogen und über den Rand der Badewanne geworfen, den einzigen Ort, wo man etwas ablegen konnte. Jeremy durchsuchte die Taschen. Er hatte das schon früher getan, wenn er knapp bei Kasse gewesen war, und sich mit der Zeit fünfzig Piepen angeeignet. Manuel ging so sorglos mit dem Geld um, dass er nichts merkte. Das Pfeifen dauerte an, nur die Melodie wechselte in südlichere Gefilde – *The Yellow Rose of Texas.* Jeremy zog ein dickes Bündel Geldscheine heraus, lauter Zwanziger, eine Menge Geld. Er konnte sie nicht einfach einstecken, das wäre nicht gut. Er sah sich um und überlegte rasch. Der Badewannenstöpsel war aus Metall und wurde mit einem Hebel unterhalb der Wasserhähne betätigt, aber man konnte ihn entfernen. Jeremy nahm ihn heraus und schob die zusammengerollten Geldscheine vorsichtig hinein. Die Rolle lockerte sich ein bisschen, so dass sie jetzt, ganz wie er es vorausgesehen hatte, genau in das Abflussrohr passte. Er brachte den Stöpsel wieder an.

Mittags holten Manuel oder er gewöhnlich zwei Mords-Hamburger, Zwiebelringe und zwei Colas. Es war immer Manuel, der bezahlte. Er unterbrach sein Pfeifen und ging ins Bad an seine Jacke, um Jeremy die sechs oder sieben Dollar zu geben, die er im *Burger King* brauchen würde. Diesmal nahm er den Verlust des Geldes nicht mit philosophischer Ruhe hin.

»Ich weiß, dass du mich nicht verdächtigst«, sagte Jeremy. »Ich weiß, dass dir das nicht einmal im Traum einfallen würde, aber ich fühle mich erst wohler, wenn du dich überzeugt hast.«

Er zog die leeren Taschen seiner Jeans heraus, streifte das Hemd ab, schleuderte die Schuhe von den Füßen, reichte Manuel seine Drillichjacke, in der genau acht Dollar steckten.

»Ich weiß nicht, wieviel du bei dir gehabt hast, Manuel, aber du hast das Ding sehen lassen, als wir bei mir in den Wagen gestiegen sind. Es ist eine ziemlich rauhe Gegend draußen bei Josh ...«

»Und gefunden heißt behalten, wie?« Manuel benutzte eine Menge seltsamer altenglischer Ausdrücke, die, mit seinem spanischen Akzent ausgesprochen, reichlich komisch klangen. »Schlimmere Dinger geschehen auf See«, sagte er. »Jetzt musst du eben den Lunch bezahlen.« Lachend klopfte er Jeremy auf den Rücken.

Bevor Jeremy nach Hause ging, holte er die Geldscheine aus dem Abfluss. Es waren sechzehn, mehr als genug, um nach New York zu fahren. Doch angenommen, das Schloss, in das der Schlüssel passte, war gar nicht in New York? Dann hätte er das ganze schöne Geld für nichts und wieder nichts hinausgeworfen. Es ist ein teuer aussehender Schlüssel, einer, der Klasse hat, dachte er. Glänzender, schwerer, kunstvoller gefeilt als die Schlüssel zu Manuels Wohnung.

In der nächsten Woche fuhr Manuel nach Hause, und Lupe war allein. Aber Jeremy wollte sich auf keinen Fall wieder mit ihr einlassen. Er hatte die Absicht, sich während der vier Tage, die Manuel fortblieb, in Fort Cayne überhaupt nicht blicken zu lassen.

Sie kam zu ihm. Er saß mit Josh auf der Veranda, als sie in Manuels neuem Wagen auf den Parkplatz einbog. In der Art, wie sie fuhr und den Wagen parkte, lag etwas Unsicheres, Verletzliches. Jeremy kannte niemanden, der ein so geringes Selbstwertgefühl hatte wie sie. Weil sie sich selbst für ein Stück Dreck hielt, behandelten die Leute sie auch so, obwohl sie körperlich von geradezu krankhafter Reinlichkeit war und täglich zweimal badete oder duschte. Es waren die Orientalinnen, nicht die Lateinamerikanerinnen, die man mit Blüten verglich, aber Lupe erinnerte an eine Blüte – eine Hibiskusblüte vielleicht.

»So ein Glück sollte ich einmal haben!«, sagte Josh.

»Bedien dich.« Jeremy zuckte mit den Schultern. Lupe hatte die Fliegengittertür geöffnet und kam zögernd die Stufen herauf. »Wir haben hier neue Vorschriften«, sagte er zu ihr. »Keine Angehörigen des anderen Geschlechts nach Sonnenuntergang in den Gästezimmern.« Er lachte über seinen eigenen Witz.

Sie wurde feuerrot. Josh, der sonst viel Humor hatte, lachte aus irgendeinem Grund nicht, forderte sie auf, sich zu setzen, und fragte sie, ob das Haus ihr einen Drink spendieren dürfe. Lupe sagte leise, sie hätte gern eine Cola.

Josh brachte sie ihr und fragte, wo Manuel sei. Er war ihm ein- oder zweimal begegnet.

»In San José«, sagte Lupe.

Jeremy war überrascht. »Seine Mutter lebt in Kalifornien? Das wusste ich nicht.«

»Nicht Kalifornien, Costa Rica«, sagte Josh. »Ich hab doch recht, oder? In der Hauptstadt von Costa Rica?«

Sie nickte. Jeremy wusste kaum, wo Costa Rica war, und es war ihm auch ganz egal. Josh sagte, er sei nie dort gewesen, habe aber gehört, sie hätten keine Armee, und es sei die einzige echte Demokratie in Zentralamerika. Lupe war auch noch nie dort gewesen. Sie kam aus Nicaragua. Sie führten tatsächlich eine vernünftige Unterhaltung. Und so soll es auch bleiben, dachte Jeremy.

Er wusste nicht, ob sie an Manuel hing oder nur an seinem Geld und an seiner Staatsbürgerschaft. Was es auch war, sie redete ununterbrochen von ihm. Er war seiner Mutter ein liebevoller und fürsorglicher Sohn, er hatte ihr in der besten Wohngegend einer Vorstadt von San José ein Haus gekauft. Lupe hatte Fotos mitgebracht, die sie ihnen zeigte: einen mit Bougainvilleen überwucherten Bungalow mit vergoldeten Fenstergittern.

Jeremy betrachtete die Fotos, die von einem Berufsfotografen gemacht worden waren. Die Rückseite trug seinen Stempel. *2. Ave.*, stand da. *San José, Costa Rica.*

In einer Buchhandlung in Downtown Miami besorgte sich Jeremy einen Stadtplan von San José. Es war eine Stadt, in der die Straßen oder *Calles* ebenso numeriert waren wie die Avenuen oder Avenidas. »Ave.« konnte natürlich nur die Abkürzung von Avenue oder Avenida sein. Die Straßen glichen mehr oder weniger einem Raster. Die Avenuen verliefen von Ost nach West, die Calles von Nord nach

Süd. Bei Juanillo Beach Properties bekam er die Auskunft, das Apartment sei zuletzt an ein Paar aus Costa Rica vermietet gewesen. Viele Costaricaner kamen für eine Woche oder auch nur ein paar Tage nach Florida. Sie konnten hier besser und billiger einkaufen. Elektrogeräte, zum Beispiel, kosteten in San José das Doppelte. Doch, so leid es ihnen tat, die Adresse konnten sie Jeremy nicht geben. Falls er etwas in der Wohnung gefunden hatte, sollte er es abgeben, und Juanillo Beach Properties würden dafür sorgen, dass die Leute ihr Eigentum zurückbekamen. Jeremy händigte der Büromaus zwei Filmrollen aus, die er eigens zu diesem Zweck bei Gray Drug gekauft hatte. Das Mädchen sah ihn an, als habe er den Verstand verloren.

Im Reisebüro stellte man ihm eine Dreitagereise zusammen, die viel weniger kostete, als er Manuel geklaut hatte. Manuel war auch wieder da, und sie renovierten das letzte Apartment in diesem Block. Als Jeremy sagte, er hätte gern die ganze nächste Woche frei, hatte Manuel nichts dagegen, und er schien sich auch nicht dafür zu interessieren, dass Jeremy nach New York wollte. Lächelnd klopfte er Jeremy auf die Schulter, sagte etwas über den »Big Apple« und fügte dann mit einer altmodisch verschnörkelten Phrase hinzu, er solle nichts tun, was er, Manuel, auch nicht tun würde. Dann nahm er einen sauberen Pinsel und den Eimer mit der Emulsion und verschwand, das Lied von dem Jungen namens Sue pfeifend, im Schlafzimmer.

Jeremy kam am Spätnachmittag in San José an. In der Maschine saßen mehr Costaricaner als Nordamerikaner, und als der Captain durchsagte, sie setzten zur Landung an, klatschten sie in die Hände, riefen hurra und stampften mit den Füßen. Ganz offensichtlich eine patriotische Bande. Ein Bus der Reisegesellschaft brachte Jeremy in die City. Sie lag 1170 Meter über dem Meer, und obwohl viel näher am Äquator, war es hier kühler als in Florida. Hinter den Kaffeeplantagen und Bananenhainen ragten blaue Berge auf, und die ganze Landschaft war mit Feuerbäumen getüpfelt, die brennenden Fackeln glichen. Jeremy hatte schon einiges von der Dritten Welt gesehen und erwartete, direkt vor den Toren der Stadt die Hüttenstädte der Armut zu finden, die Hütten aus Wellblech, Säcken und Plastiktüten, die Abfallhaufen und die Fliegenschwärme. Armut interessierte ihn nicht, er dachte nie darüber nach, aber hier erwartete er sie rein unbewusst, ebenso wie er in seiner Heimat Regen und Tudorschlösschen erwartet hätte. Doch es war weit und breit keine Armut zu sehen. Nur hübsche, stuckverzierte Bungalows und kleine Häuser wie in einer englischen Gemeindesiedlung.

Da er damit gerechnet hatte, dass sein Stadtplan falsch war, war es für ihn ein Trost, die *Avenidas* zu sehen. Das *Hotel Latinoamericana* auf der Avenida Central war zwar nicht gerade das *Hilton,* aber trotzdem das beste, in dem Jeremy je gewohnt hatte, und ungefähr fünf Sterne über dem von Josh. Um sechs Uhr wurde es dunkel. Carmen, die Reiseführerin, hatte ihn vor Taschendieben gewarnt, da Eigentumsdelikte in der Stadt überhandnahmen, Jeremy beschloss, früh schlafen zu gehen. San José gab ihm ein gutes Beispiel, die Hotelbar schloss Punkt zehn.

Am nächsten Morgen schwamm er im Hotelpool. Die Luft auf der Avenida Central war zum Schneiden dick und stank nach Abgasen. Er ging ein Stück in Richtung Innenstadt, aber die Luftverschmutzung, die wie eine blaue Dunstglocke über der Stadt hing und die Berge fast auslöschte, brachte ihn zum Husten. Noch etwas hatte Carmen ihren Schützlingen geraten: Bevor man in ein Taxi einstieg, sollte man mit dem Fahrer den Fahrpreis aushandeln. Jeremy fand ein Taxi und feilschte zuerst ein bisschen, doch er konnte nicht Spanisch, und der Fahrer sprach nur gebrochen Englisch, und als Jeremy in den Fond kletterte, war er überzeugt, übers Ohr gehauen zu werden. Der Fahrer sollte eine Stadtrundfahrt mit ihm machen.

Zuerst fuhren sie in die Vorstadt an der Straße nach Irazu, wo die elegantesten Häuser und die ausländischen Botschaften standen. Es war nicht die 11. Avenida, und auch das Haus von Manuels Mutter war nicht zu sehen. Der Fahrer wies Jeremy auf Sehenswürdigkeiten hin, für die sich Jeremy nicht interessierte. Er zeigte ihm die Universität und das Museum der schönen Künste, und dann entdeckte Jeremy in der Nähe des Kinderkrankenhauses einen Bungalow, der dem von Manuels Mutter sehr ähnlich sah, es vielleicht sogar war, von orangefarbenen Bougainvilleen überwuchert, mit goldfarbenen Fenstergittern zum Schutz gegen Einbrecher und einem kleinen weißen Hund, der neugierig aus dem Fenster schaute. Einmal fuhren sie auch die 11. Avenida entlang, aber in die Nähe von Nummer 1562 kamen sie nicht. Es war jedoch nicht weit vom *Latinoamericana* und leicht zu Fuß zu erreichen.

Sollte er warten, bis es dunkel war? Das war vielleicht das Beste. Oder sollte er das Haus oder die Wohnung, was immer es sein mochte, beobachten, um festzustellen, wann niemand zu Hause war? Dann fiel ihm ein, dass er alles in allem nur zwei Tage Zeit hatte. Er bezahlte den Taxifahrer – seiner Meinung nach verlangte der Mann doppelt so viel, wie sie ausgemacht hatten – und ging durch die Calle Central zur 11. Avenida. Sie hatte eine Abzweigung, an der, was Jeremy wie ein böses Omen vorkam, das Central-Gefängnis lag.

Als er das Haus fand, war er tief enttäuscht. Es hatte nicht einmal so viel Klasse wie das Haus von Manuels Mutter, sondern lag weit darunter. Er dachte an das Viertel in London, in dem seine Eltern lebten, in North Finchley. Dieser Bungalow, der allein am Straßenrand stand, hätte genauso gut in North Finchley stehen können, wären die beiden Palmen davor und die rotblühende Dornenhecke nicht gewesen, die ihn von dem vernachlässigten Nachbargrundstück trennten, auf dem sich leere Ölfässer stapelten.

An den Fenstern hingen nicht allzu saubere Spitzenvorhänge. Die Farbe war verblasst. Es sah unbewohnt aus, doch er traute sich nicht, den Schlüssel zu benutzen. Er ging um das Grundstück herum und schaute sich hinter dem Haus um. Alles verschlossen. Eine leere Hundehütte und eine zerbrochene rostige Hundekette.

Er fand ein *McDonald's* und aß dort seinen Lunch. Die ungewohnte Höhenlage machte müde, und nach ein paar Drinks in der Hotelhalle schlief er ein. Um halb sieben war es stockdunkel. Er ging die Calle Central zur 11. Avenida hinauf und zu dem Bungalow zurück. Dunkel lag er vor ihm, nirgends ein Licht. Der Straßenverkehr nahm allmählich ab, und mit ihm verzog sich auch der Smog, so dass man die Sterne und eine Mondsichel sehen konnte, die so dünn war wie Silberdraht. Jeremy beobachtete das Haus von der gegenüberliegenden Straßenseite. Eine Viertelstunde lang. Wieder ging er um das Grundstück mit den Ölfässern herum nach hinten und sah sich dort um. Nichts. Keine Menschenseele. Dunkelheit. Es waren jetzt auch weniger Leute auf der Straße. Jeremy ging weiter, er kam bis zum Zoo, machte dort kehrt und schlenderte durch die nunmehr fast menschenleere Straße zurück. Es tat ihm gut, die frische, saubere Luft einzuatmen. Das Haus sah genauso aus wie vorher. Er nahm den Schlüssel aus der Tasche, ging zur Haustür und schob den Schlüssel ins Schloss. Die Tür ließ sich mühelos öffnen.

Er zog sie hinter sich zu und blieb in der kleinen rechteckigen Diele stehen. Es roch staubig, modrig und stickig, wie eben Häuser riechen, die in einem warmen Klima lange Zeit leerstanden und nicht gelüftet wurden. Es war nicht nur jetzt unbewohnt, sondern schon seit Monaten. Von der Straße fiel Licht herein, aber längst nicht genug. Jeremy knipste seine Taschenlampe an. Er stieß eine Tür auf und fand sich in einem Schlafzimmer wieder, unerträglich stickig und nach Kampfer riechend. Die Spuren an den Wänden verrieten, dass hier Möbelstücke entfernt worden waren, und nur das große Bett mit dem geschnitzten Mahagonikopfbrett und einer weißen Spitzendecke war stehengeblieben. Der Bungalow war ein geräumiges Haus, viel größer, als er von außen wirkte. Es gab noch zwei Schlafzimmer, von denen eins völlig leer war. Entweder war der Verkehr auf der 11. Avenida völlig zum Erliegen gekommen, oder man hörte ihn hier drin nicht. Jeremy ging durch die dämmrige, muffige Stille der Räume und ließ den Strahl seiner Taschenlampe zwischen Wänden und Fußboden auf und ab wandern.

Das Vorder- oder Wohnzimmer war ebenfalls halb möbliert. An einer Wand hatte ein Klavier oder eine Kommode gestanden. Schäbige hölzerne Armsessel standen noch herum. Die Tapete war fleckig und vergilbt, und dort, wo früher gerahmte Fotos gehangen hatten, zeichneten sich jetzt kleine, blasse Rechtecke ab. Eins hing noch schief an der Wand, das Gruppenbild einer Familie.

Hier gab es nichts, das stehlenswert gewesen wäre. Das wertvollste Stück war wahrscheinlich die handgearbeitete Häkeldecke auf dem Bett, die allerdings – wie er feststellte, als er sie sich näher ansah – von Motten zerfressen war. Er ging ins Wohnzimmer zurück. Der Tisch hatte eine Schublade, aber Jeremy glaubte nicht, dass dort das Familiensilber versteckt war. Und wahrscheinlich auch keine Geldpäckchen – wie hieß die Währung hier? *Colones.* Aber er konnte ja mal nachsehen. Er hatte recht gehabt, da war nichts. Nur zwei Papierservietten und eine US-Zehn-Cent-Münze. Er schloss die Schublade, hob die Taschenlampe, und ihr Strahl fiel auf das einsame gerahmte Foto. Irgendetwas machte Jeremy stutzig, er richtete den Lichtstrahl direkt auf das Bild und sah es sich genauer an.

Er schrie leise auf, als habe ihm jemand die Hand auf die Schulter gelegt. Das Foto zeigte einen verrunzelten alten Mann, eine untersetzte alte Frau und hinter ihnen stehend drei junge Männer, einer von ihnen spinnenartig dünn, sehr dunkel, mit scharfen Gesichtszügen. Jeremy starrte das Bild an, kniff die Augen zu, starrte wieder. Ich muss hier raus, dachte er, und das schnell. Vielleicht ist es schon zu spät. Vielleicht ist jetzt schon jemand im Haus, vielleicht war er die ganze Zeit hier, einer seiner Brüder...

Er knipste die Taschenlampe aus. Horchte. Doch da waren nur Dunkel und Stille. Mit rasch klopfendem Herzen ging er in die Diele hinaus, der Schweiß stand ihm auf der Stirn. Wenn er die Haustür öffnete... Aber er wagte es nicht. Ein Fenster?

Der Hinterausgang war vermutlich die schlechteste Idee. Hinter dem Haus war es finster, öde, leer. Obwohl die 11. Avenida völlig verlassen schien, war die Haustür noch immer die beste Möglichkeit. Er sollte eine Waffe haben. Einen Schürhaken? In diesem Land war es für ein Feuer nie kalt genug. Er tastete sich zur Küche vor, öffnete die Tür und schrie laut auf. Zu spät presste er sich die Hand auf den Mund.

Etwas Langes, Dünnes stand in der Nische zwischen Spülbecken und Schrank. Er wusste nicht, wofür er es gehalten hatte, doch dann sah er im Licht der Taschenlampe, dass es ein Kübel mit einer fast zwei Meter hohen, völlig vertrockneten Zimmerpflanze war. Auf dem Abtropfbrett lag ein Stück Metallrohr mit einem Wasserhahn. Jeremy nahm es mit.

Seine Waffe fest in der Rechten, öffnete er mit der Linken die Haustür. Es war niemand da, er hörte kein Geräusch, sah weder einen reglosen noch einen sich bewegenden Schatten. Ein Wagen, bei dem nur das Standlicht brannte, fuhr langsam die 11. Avenida entlang und bog in eine Seitenstraße ein. Die zehn Minuten, die Jeremy brauchte, um aus der unmittelbaren Nachbarschaft des Hauses wegzukommen und ein Taxi zu finden, waren die schlimmsten, die er je erlebt hatte. Er wusste, dass einer von Manuels Brüdern in irgendeiner Toreinfahrt auf ihn lauerte oder ihm folgte, bis er ein stockdunkles, völlig abgeschiedenes Straßenstück erreicht hatte.

Das Haus, in dem er gewesen war, hatte früher ganz offensichtlich Manuels Eltern gehört und sollte jetzt wahrscheinlich verkauft werden. Natürlich hatte Manuel seine Mutter in eine bessere Gegend verpflanzt. Jeremy durchschaute jetzt genau, wie er hierhergelockt worden war, aber er erlaubte sich nicht, allzu viel über die Strategie von Zug und Gegenzug nachzudenken, bis schließlich ein Taxi kam und er sicher im Fond saß.

Warum hatte Manuel das getan? Weil Jeremy ihm dreihundertzwanzig Dollar gestohlen hatte, kein Zweifel. Auf jeden Fall war es schiefgegangen. Vielleicht war er später oder früher, als sie erwartet hatten, in das Haus in der 11. Avenida gegangen, oder einer der Brüder hatte das Datum verwechselt. Vielleicht war Manuels Rachedurst auch Genüge getan, wenn er sich vorstellte, wie enttäuscht Jeremy sein musste, dass es in dem Haus nichts gab, das zu stehlen sich gelohnt hätte. Denn vielleicht führte Manuel ihn nur an der Nase herum, spielte ihm nur einen Streich.

Der Gedanke erleichterte Jeremy. Wenn Manuel nur die Absicht gehabt hatte, ihm eine Lektion zu verpassen – dann war er damit einverstanden. Er hatte die Lektion verstanden. Wenn er wieder einmal irgendwo einen Schlüssel herumliegen sah, würde er ihn liegenlassen.

Aber seine Furcht nahm mit jeder Kurve ab, die ihn näher zum *Latinoamericana* brachte. Alles war gut, er war jetzt in Sicherheit, er war sogar imstande, die komische Seite der Sache zu sehen – was für eine Ironie: in ein Haus einzubrechen und als einzige Diebesbeute einen al-ten eisernen Wasserhahn mitzubringen.

Am Empfang bat er um seinen Schlüssel. Der Angestellte sagte, Jeremy habe ihn nicht abgegeben, also durchsuchte er seine Taschen, aber der Schlüssel war nicht da. Zuerst hatte er das dumpfe Gefühl, dass er den Schlüssel gehabt und jemand ihn gestohlen hatte, und dann kam ihm die Idee, dass jemand während seiner Abwesenheit den Schlüssel aus seinem Fach genommen hatte. Das war nicht weiter schwierig, man brauchte nur an einem Ende des Empfangspults die Hand auszustrecken, während einem der Angestellte den Rücken kehrte oder sich um einen anderen Gast kümmerte.

Zum Glück gab es einen zweiten Schlüssel zu seinem Zimmer, und der zusammengeschrumpfte alte Page begleitete ihn hinauf. Die Tür war abgeschlossen. Der Page bückte sich und hob etwas vom

Fußboden auf, etwas, das halb unter der Unterkante der Tür versteckt gewesen war.

»Hier ist der Schlüssel, Señor.«

Allmählich war Jeremy der Anblick von Schlüsseln verhasst. Er schickte den Mann weg. War es möglich, dass ihm der Schlüssel hier heruntergefallen war? Als er das Zimmer betrat, sah er auf den ersten Blick, dass davon nicht die Rede sein konnte. Jemand hatte gewissermaßen das Oberste zuunterst gekehrt. Was ich geplant hatte, dachte er, haben sie jetzt mir angetan. Er setzte sich in den Korbsessel und betrachtete das Chaos. Das Bettzeug lag in einem Haufen auf dem Boden, die Matratzen waren zurückgeschlagen worden und ebenfalls halb auf den Boden gezerrt, alle Schubladen des kombinierten Frisier-Schreib-Tischs waren herausgezogen worden. Sein einziges Gepäck war eine Reißverschlusstasche, aber sie hatten alles herausgenommen und den Inhalt, ein zweites Paar Jeans, Sweatshirt, Toilettenbeutel, eine halbe Flasche zollfreien Kahlua, auf dem Boden verstreut.

Aber nichts war beschädigt oder kaputt. Nichts fehlte – oder doch?

Halb versteckt unter dem Sweatshirt lag ein leerer Umschlag. Jeremy las, was darauf stand, und erinnerte sich. *Liebevolle Gedanken von Lupe.* Er hatte ihr gesagt, dass man das so nicht schrieb. Es musste heißen: *In Liebe von* oder *Mit den besten Wünschen von* … In dem Umschlag war eine Kassette mit lateinamerikanischen Liedern gewesen, grässliches Zeug. Er hatte sich nicht einmal die Mühe gemacht, sie aus der Reißverschlusstasche herauszunehmen, die er an dem Wochenende in der Hacienda Alameda bei sich gehabt hatte …

Und ganz offensichtlich hatte er sie nie herausgenommen. Er hatte die Tasche samt Kassette neu gepackt. Soweit er sich erinnerte, war sie in rotes Seidenpapier eingewickelt und der Umschlag, in dem sie steckte, versiegelt gewesen. Also, wenn sie nicht mehr gewollt hatten als die Kassette, sollte sie ihnen von Herzen vergönnt sein. Doch warum wollten sie sie haben? Jeremy zog die Matratze ins Bett zurück. Er fühlte sich schrecklich unbehaglich, seine Hände zitterten, und an seiner Stirn zuckte ein Muskel. Er hätte einen Drink gebraucht, doch die Bar schloss um zehn, und es war schon später. Er zog den Korken aus der Kahluaflasche und dachte dann … und wenn sie was reingetan haben?

War das ganze Unternehmen nur darauf hinausgelaufen, eine Kassette zurückzubekommen, die Lupe ihm geschenkt hatte? Nein, natürlich nicht. Die Sache hatte nichts damit zu tun, dass er die dreihundertzwanzig Dollar gestohlen hatte, das war ihm jetzt klar. Er hatte auch Lupe gestohlen, und allein darum ging es. Manuel hatte sich das Geld wahrscheinlich mit Absicht von ihm stehlen lassen, hatte ihm eine Falle gestellt. Es war einfach nicht normal, dass ein Mann, egal, wie reich er sein mochte, so sorglos mit Bargeld umging oder so gleichgültig blieb, wenn er es verlor …

Jeremy war jetzt viel zu verschreckt, um den Kahlua nicht zu trinken. Hinterher konnte er wenigstens ein bisschen schlafen. Vorher zog er allerdings noch den schweren Schreibtisch quer vor die Tür. Er wurde wach, weil er glaubte, im Zimmer ein Geräusch gehört zu haben, und sprang mit einem Schrei auf. Aber das Geräusch kam aus dem Flur, seine Zimmernachbarn waren so lange unterwegs gewesen. Ein Kahluakater begann seinen Kopf zu peinigen. Er hatte kein Aspirin und wagte sich nicht aus dem Zimmer, um den Nachtportier um eins zu bitten.

Dem Himmel sei Dank, dass er heute nach Miami zurückflog. Er verließ das Hotel nicht mehr. Obwohl es teuer war, frühstückte er im Speisesaal, saß dann den ganzen Vormittag auf dem Ledersofa in der Halle gegenüber der Rezeption und las eines der wenigen im *Latinoamericana* vorhandenen Bücher in englischer Sprache, ein Taschenbuch von James M. Cain. Es passierte nichts Außergewöhnliches. Trotzdem zuckte er zusammen, als ihm jemand seinen Namen ins Ohr rief. Es war nur Carmen, die Reiseführerin.

»Der Bus zum internationalen Flughafen geht um dreizehn Uhr. Schönen Tag noch!«

Konnte er überhaupt wieder bei Manuel arbeiten? Vielleicht würde Manuel kein Wort sagen, Vergangenes vergangen sein lassen, wie er es immer ausdrückte. Ich werde zumindest so lange bei ihm arbeiten, bis ich das Fahrgeld nach Kalifornien zusammenhabe, dachte Jeremy... Bis zur Abfahrt des Busses waren es noch drei Stunden. Er hatte *Wenn der Postmann zweimal klingelt...* schon ausgelesen und musste sich jetzt mit Reiseprospekten begnügen. Auf den Lunch verzichtete er. Er wäre nur eine Geldausgabe mehr gewesen.

Niemand stampfte mit den Füßen oder klatschte in die Hände, als die Maschine zum Landeanflug auf Miami ansetzte. Aber Jeremy wurde es leichter ums Herz. Erstens würde ihm die Einwanderungsbehörde seine Aufenthaltserlaubnis in den Vereinigten Staaten bestimmt um sechs Monate verlängern. Seine letzte Aufenthaltsgenehmigung war längst abgelaufen, doch er hatte sie aus dem Pass herausgerissen und würde behaupten, sie sei herausgefallen und verlorengegangen. Diesen Trick hatte er schon einmal erfolgreich angewendet, als er über die mexikanische Grenze gekommen war. Sich, wenn auch nur für kurze Zeit, wie ein »Legaler« zu fühlen, gab einem innere Sicherheit.

Er kam zur Zollkontrolle. Junge Leute, die nach einem kurzen Aufenthalt aus Zentral- oder Südamerika zurückkamen, wurden gewöhnlich gründlich durchsucht. Das hatte ihm Josh erzählt. Er war daher völlig unbesorgt, als der Zollbeamte alles aus der Reisetasche holte, und nicht besonders überrascht, dass man seinen Toilettenbeutel peinlich genau kontrollierte. In der Bodennaht klaffte ein Riss. Der Zollbeamte steckte die Finger in die Öffnung, dann die ganze Hand und zog zwischen Obermaterial und Futter ein in rotes Seidenpapier gewickeltes Päckchen heraus. Das rote Seidenpapier, in das, als er es zuletzt gesehen hatte, Lupes Kassette eingepackt gewesen war, wurde vorsichtig auseinandergezogen, und dann sah man, was es enthielt: ein feines, weißes, kristallisches Pulver.

Jeremy hatte es noch nie gesehen, doch er wusste, was es war. Flüchtig dachte er an den neuen Wagen, der jedes Jahr mit schöner Regelmäßigkeit kam, an die Hacienda Alameda, und dann dachte er an sich selbst. Er brauchte sich jetzt keine Sorgen mehr zu machen, dass man ihm die Aufenthaltsbewilligung für die Vereinigten Staaten nicht verlängerte. Er würde sehr lange bleiben.

Celia Fremlin

Spiel mit dem Feuer

Liebling, du weißt ja, wie gerne ich noch bleiben würde. Es tut mir genauso leid wie dir, aber…«

Aber.

Aber, aber, aber. Welche Ausrede hatte er *dieses* Mal, überlegte Stella verdrießlich. Welche es auch war, sie kannte sie schon, das war sicher. In einer über fünf Jahre alten Beziehung mit einem verheirateten Mann kennt man dessen Repertoire auswendig.

Aber ich muss Wendy beim Wochenend-Einkauf helfen. *Aber* der Handwerker für den Boiler kommt. *Aber* ich muss Carol zu den Pfadfindern bringen. *Aber* Simon liegt mit Fieber im Bett. *Aber* ich muss Tante Esmé vom Flughafen abholen.

Die letzte Ausrede war die mieseste von allen. Rückblickend konnte Stella kaum ein Lachen unterdrücken, ein bitteres, hämisches Lachen, obwohl sie es damals überhaupt nicht lustig gefunden hatte. Es war so schnell gekommen, so grausam und (wie es sich herausstellte) ironisch schnell nach dem goldenen Septembertag, an dem Gerald ihr – wie es bei verheirateten Männern beinahe schon üblich ist – im hohen Gras am Flussufer die Tiefe seiner inneren Einsamkeit anvertraut hatte. Selbst als Kind, so schien es, hatte er unter Einsamkeit gelitten.

»Ich hatte weder Bruder noch Schwester. Nicht einmal Onkel oder Tanten«, erklärte er traurig. »Ich habe mich oft nach diesem großen, zusammengehörenden, streitlustigen Familienverband gesehnt, mit den vielen Hochzeiten und Beerdigungen, wo man sich gegenseitig zum Essen besucht, um die angeheiratete Verwandtschaft durchzuhecheln. Ich sehnte mich nach etwas außerhalb dieser engen Kleinstfamilie, in der ich aufwuchs – nur ich und meine Eltern. Ich hätte alles gegeben für eine tadelnde Tante oder einen skandalumwitterten Onkel! Besonders Weihnachten fühlte ich ...«

Stella konnte sich nicht mehr daran erinnern, was zum Teufel es war, das Gerald an Weihnachten gefühlt hatte; es hatte etwas mit Mandarinen und jemandes Großvater zu tun, der draußen im Schnee Baumstämme zersägte, oder mit etwas Ähnlichem; auf jeden Fall war es nicht wichtig gewesen, darum hatte sie es vergessen. Was wichtig war, und das würde sie ihr Leben lang nicht vergessen, war der Gegensatz, den sie sofort entdeckt hatte, zwischen diesen rührseligen Erinnerungen und dem Märchen, das er ihr nur drei Monate später auftischte, von ›Tante Esmé‹, die er vom Flughafen abholen musste.

»Weder Bruder noch Schwester.« Armer, einsamer kleiner Junge, der darüber hinaus auch noch keine Tanten und Onkel hatte. Verflixt noch mal, wer aber war dann diese ›Tante Esmé‹?

Sie hatte ihm die Möglichkeit der Berichtigung gegeben. Warum *Wendy* diese Frau nicht abholen könne, hatte sie ihn gefragt und sein Gesicht dabei genau beobachtet. Schließlich sei es Wendys Tante und nicht seine … »Aber nein, Liebling, wie kommst du auf diese Idee? Sie ist *meine* Tante. Als ich klein war, war sie schrecklich gut zu mir, und ich denke, das ist das Mindeste, was ich für sie tun kann. Es ist wirklich sehr schade, aber … Du verstehst es doch, nicht wahr, Liebling?«

Natürlich hatte sie Verständnis dafür. Dazu sind Geliebte da.

»Aber natürlich, Liebling!«, hatte sie ihm geantwortet, ohne mit der Wimper zu zucken; und anschließend – wie hatte sie darüber gelacht, als sie mit dem Weinen fertig war.

Sie musste sehr vorsichtig sein, das war das Wichtigste. Ihn nur einmal bloßstellen würde alles zerstören. Er hatte es ihr ganz, ganz deutlich vor

Augen geführt, gleich zu Beginn ihrer Beziehung, dass Misstrauen, Eifersucht und Besitzansprüche die Vorrechte der Ehefrau, und nur der Ehefrau seien. Es war vollkommen normal (dachte Gerald), dass Wendy ihn über Geschäftsreisen ausfragte, im Büro anrief, um festzustellen, ob er wirklich Überstunden machte, und seine Taschen nach Briefen oder verräterischen alten Theaterkarten durchsuchte. Aber bei Stella hielt er solch ein Verhalten für eine schwere Verfehlung, einen Angriff auf die natürliche Ordnung der Dinge.

»Schau, Liebling«, hatte er gesagt – und der kalte, grausame Ton seiner Stimme schien Stella für das äußerst geringe Vergehen völlig fehl am Platze: ein einziger kleiner Anruf im Büro, als sie versuchsweise die Sekretärin fragte, einfach nur fragte, wann er aus Wolverhampton zurückerwartet werde – »Schau, Liebling, wenn ein verheirateter Mann ein Verhältnis beginnt, dann tut er das, um vor genau diesen Dingen zu flüchten, nicht weil er davon noch mehr will. Für ihn ist es ohnehin schwierig genug, einige freie Stunden herauszuschlagen. Dazu braucht er keine Geliebte, die wie eine Katze vor dem Mauseloch darauf wartet, dass er einen Fuß vor die Tür setzt.«

Stella zeigte sich über diese grausame und völlig überflüssige Rede schrecklich verstimmt. Aber verstimmt zu sein half ihr mit Gerald nicht weiter, er ging einfach nicht mehr ans Telefon. Und so war sie nach einer gewissen Zeit nicht mehr verstimmt und beschloss, in Zukunft vorsichtiger zu sein. Deshalb ließ sie ihm Tante Esmé durchgehen, ohne auch nur den leisesten Protest anzumelden. Dümmer als die dümmste Blondine hatte sie sich gestellt, als sie ihr schwarzes, glänzendes Haar glattstrich und ihm mit großen, dunklen Augen vertrauensvoll lauschte, während er sich tiefer und tiefer in seinem Labyrinth von Lügen und Ausreden verstrickte, aus dem er nie wieder herausfinden würde, es sei denn, Stella wäre gewillt, ihm zu helfen.

Die Lügen hörten nämlich nicht auf, als ›Tante Esmé‹ am Flughafen abgeholt worden war: wochenlang gingen sie weiter, weil sich dieser Damenbesuch nicht nur als langanhaltend, sondern auch als sehr ereignisreich erwies. Ausgerechnet an dem Abend, den Gerald normalerweise mit Stella verbrachte, musste er die Tante ins Theater ausführen. Als Stella und Gerald einen Ausflug aufs Land machen wollten, hatte sie Grippe, und als Stella auch eine Grippe bekam, musste sie alleine zurechtkommen, weil Tante Esmé gerade in dieser Zeit einen alten Schulfreund in Bournemouth besuchen wollte.

Und Stella hatte alles lächelnd geschluckt. Freundlich gab sie sich am Telefon verständnisvoll zustimmend, und nie hakte sie nach, nie protestierte sie. Es war mehr als ein Jahr vergangen (ein Jahr ist bestimmt lang genug – niemand konnte ihr jetzt noch unterstellen, dass sie Gerald kontrollieren wollte), als Stella es wagte, vorsichtig und mit gesenkten Augen, sich nach Tante Esmé zu erkundigen. »Habt ihr sie in der letzten Zeit mal wieder gesehen oder von ihr gehört?«, fragte sie Gerald ganz nebenbei, als er, kurz vor Weihnachten und vollauf mit seiner Familie beschäftigt, schnell zu ihr herübergefahren kam, um ihr sein Geschenk zu bringen. Wieder ein Schmuckstück, ein teures. Darin war Gerald gut.

Stella dankte ihm freundlich, sogar warmherzig; und dann, noch immer freundlich, ließ sie die Bombe platzen:

»Hast du in letzter Zeit was von Tante Esmé gehört?« Seine simple, einfallslose Verlegenheit, die sein rosafarbenes, selbstzufriedenes Gesicht überzog, genoss sie, wie sie es nur noch selten genoss, mit ihm zu schlafen. Er zeigte nicht einmal die geringste Vorsicht, so vollständig hatte er die ganze Geschichte vergessen.

»Tante Esmé?«, fragte er neugierig und ganz ohne Misstrauen.

Stella hatte eigentlich vorgehabt, an diesem Punkt aufzuhören und es mit einem schnell dahingeworfenen »Ach, da habe ich irgendetwas mit einer anderen Familie durcheinandergeworfen« beiseite zu wischen, um ihn ungeschoren und ohne Schuldgefühle davonkommen zu lassen. Ihren Triumph hatte sie im Stillen auskosten wollen, aber die Versuchung, weiterzumachen und die Falle zuschnappen zu lassen, war einfach riesengroß.

»Tante Esmé, Liebling! Du weißt doch, die, die den ganzen letzten Winter bei euch war…«, und während sie das sagte, beobachtete Stella gleichzeitig mit Sorge und Freude, wie sich Schuld und Schrecken in seinem umgänglichen, zufriedenen Gesicht abzeichneten. Angst, Berechnung und Panik bestimmten seine Miene, dann fasste er sich wieder.

»Natürlich, wie dumm von mir! Die gute alte Esmé musst du meinen! Sie ist keine Tante, sondern ein altes ›Erbstück‹ aus der Familie meiner Schwiegermutter, sie war Wendys Erzieherin. Die Kinder nennen sie Tante, weil, nun ja, du verstehst schon…«

Und natürlich *verstand* Stella. Lächelnd ließ sie ihn mit einer Lüge vom Haken. Sie hätte auch eine solche ›Tante‹ als Kind gehabt. Tante Polly, improvisierte sie weiter, die aus Kuchenteig immer tolle Tiere formte … Lächeln, erfinden, erzählen, die Situation entspannen – und bei alledem machte Stella schon wieder neue Pläne: »Wie geht es Wendys Erzieherin?«, würde sie ihn in ein oder zwei Jahren unschuldsvoll fragen und sein Gesicht genau beobachten, während er in die Falle tappte. »Erzieherin? Aber Wendy hatte nie …« Und während er nicht weiterwusste, würde sie ihn betrachten, ihre Augen nicht von seinem Gesicht abwenden, wenn es sich in Angst, Verwirrung und Schuldgefühlen auflöste.

Schuldgefühle, das war das Wichtigste. Schuldgefühle, die er so sehr verdiente und die schon so lange ausstanden wie eine unbezahlte Rechnung. Es gab ihr ein Gefühl der Macht, ihn hin und wieder so zur Rechenschaft ziehen zu können. Ein Gefühl der Macht, das die entsetzliche Schwäche ihrer tatsächlichen Position ein wenig ausglich, die fürchterliche Unsicherheit, wie weit sie ihn im Griff hatte. Ihn dann und wann so in Bedrängnis bringen zu können ermöglichte es Stella, überhaupt weiterzumachen, weil es eine Art Gleichgewicht wiederherstellte und den Spieß endlich einmal umkehrte.

Und natürlich machte es auch Spaß! Ein Spiel in der Art Fang-mich-wenn-du-kannst, ein lustiges Spiel. Zwar machte es in letzter Zeit nicht mehr ganz so viel Spaß wie früher, weil Gerald neuerdings besser aufpasste und weniger leicht in die Falle lief. Er antwortete jetzt ausweichender und war weniger impulsiv mit verräterischen Bemerkungen wie: »Welche Fahrt nach Manchester, Liebling?« oder »Sie hatte doch nie die Masern gehabt…« Inzwischen konnte man ihm ansehen, wie er, bevor er zu sprechen anfing, all seine neueren Lügen durchcheckte. Seine graugrünen Augen hatten dann einen abwesenden und verschlagenen Blick.

Und in dem Maße, in dem Gerald vorsichtiger wurde, wurde Stella geschickter. Die Fragen, mit denen sie ihm Fallen stellte, waren nicht mehr so direkt. Es war ein Spiel mit dem Feuer, und wie alle diese Spiele verlangte es Geschicklichkeit und Können, ein sicheres Auge und perfektes Timing. Wenn sie zu weit ging, würde Gerald einen fürchterlichen Streit anfangen. »Du bist besitzergreifend, stellst Ansprüche!«, und all die anderen, uralten Vorwürfe, die ihr durch den Kopf jagten. Und er würde glauben, er könne sich alles erlauben … würde sie tagelang alleine lassen, nicht einmal anrufen, und dann wieder freundlich lächelnd auftauchen, als sei nichts gewesen, und von ihr erwarten, dass sie ihm ein Steak braten und seine Hosen aus der Reinigung abholen würde. Er betrachtete sie als garantierten Bestandteil seines Lebens, als sei sie seine Frau: Doch welche Frau, die bei Verstand ist, nimmt all die Nachteile auf sich, die eine Ehe mit sich bringt, und darüber hinaus auch noch all diejenigen einer Beziehung ohne Trauschein?

Es genau richtig hinzubekommen, war ein Balanceakt auf dem Drahtseil. Erst vor wenigen Monaten hatte Gerald ihr tatsächlich gedroht, sie zu verlassen, wenn sie nicht aufhörte, ihm nachzuschnüffeln – obwohl nachschnüffeln sicher ein übertrieben harter Ausdruck für Stellas kleine, inszenierte Schau war, mit der sie Interesse an den Details der Geschäftskonferenz heuchelte, die er angeblich letztes Wochenende hatte.

»Aber Liebling, Lord Berners kann nicht beim Abendessen dabei gewesen sein!«, hatte sie mit einem versöhnlichen kleinen Lächeln angeführt, um Gerald die Mühe zu ersparen, weitere witzige Zitate einer nicht existenten Rede zu erfinden.

»Am Morgen nach eurer Konferenz hat in der Zeitung gestanden, dass…« – genau an dieser Stelle, aus heiterem Himmel ist er ausgerastet und auf sie losgegangen wie ein wildes Tier. Seine unglaubliche Wut, seine fürchterlichen, ungerechtfertigten Anschuldigungen schlugen alles bisher Dagewesene. Er erschreckte sie so sehr, dass sie kaum noch wusste, was sie tat oder sagte. Schließlich stürzte er aus ihrem Appartement, gelobte, nie wieder einen Fuß in ihre Wohnung zu setzen, und knallte die Tür hinter sich zu.

Es bedurfte schon einer Selbstmorddrohung, nichts Geringerem, um ihn umzustimmen. Trotz des Elends, das der Anlass für die Selbstmorddrohung war, erinnerte sich Stella mit einer gewissen Befriedigung an ihren Brief, denn was sie da ihrer Feder entlockt hatte, war ein Musterbeispiel für Selbstmorddrohungen an widerspenstige Liebhaber. Der Text lautete:

Du darfst nicht denken, dass Du schuld daran bist, Liebling. Es ist meine Entscheidung, ganz allein meine. Wenn ich nicht ohne Dich leben kann, so ist das mein *Problem, nicht Deins. Glaube also nicht, mein Geliebter, Du müsstest nach Erhalt des Briefes zu mir eilen. Dich in irgendeiner Weise zu belästigen oder schuldig fühlen zu lassen, das ist das Letzte, was ich will – oder je gewollt habe. Aber das ist alles unwichtig – bis Du den Brief in Deinen Händen hältst, wird es zu spät sein. Dann werde ich schon …*

Die Post war langsam in jener Woche. Es vergingen drei Tage, ehe sie endlich seinen schweren Schritt die Treppe heraufkommen hörte. Sofort begann sie, die Tabletten zu nehmen, stopfte eine ganze Handvoll in den Mund, als er ins Zimmer platzte.

Es hatte sich gelohnt. Tagelang war er besonders freundlich zu ihr, besuchte sie ständig im Krankenhaus, und selbst als sie entlassen worden war, überhäufte er sie auch zu Hause mit Blumen und Geschenken, rief jeden Tag an und zeigte das Maß an Gewissensbissen, Zärtlichkeit und Selbstbeschuldigungen, das von einem Mann in solch einer Situation erwartet werden konnte.

Bis es ihn, natürlich, langweilte! Erst langweilte und dann schrecklich ärgerte. ›Erpressung‹ nannte er es jetzt, wenn Stella versuchte, ihn zu irgendetwas zu überreden, das er nicht wollte. Und Stella musste nach und nach erkennen, dass sie wieder da angekommen war, wo sie begonnen hatte. Wieder musste sie vorsichtig sein, äußerst vorsichtig. Sie konnte ihn nur halten, wenn sie jedem Streit aus dem Weg ging und sich unendlich tolerant und verständnisvoll zeigte, kurz, wenn sie ihm absolut alles durchgehen ließ.

Und so kam es, dass Stella an diesem sommerlichen Samstagnachmittag ihr Gesicht zu einem Lächeln verzog und, ohne den geringsten Protest zu äußern, hörte, was Gerald zu sagen hatte. Sie hatte natürlich gewusst, welche Art von Ausrede er anbringen würde. Verheiratete Männer haben immer so tugendhafte Gründe für Absagen. Kranke Frauen, Kinder, die die Ferien zu Hause verbringen, Besuche der Verwandtschaft – allesamt nicht nachprüfbar –, und alle beweisen, was für ein toller, liebevoller, rechtschaffener, pflichtbewusster Mensch dieser lügnerische Verräter ist.

Nun, was war es wohl diesmal?

Simon hatte Sportfest. Gerald war verrückt nach dem Kind.

»Das verstehst du doch, Liebling?«, und natürlich verstand sie es sehr gut. Verstand, dass er es vorzog, einen Neunjährigen in Sportschuhen über die Rennbahn laufen zu sehen, statt den ganzen langen Nachmittag mit seiner Geliebten in einem kühlen, abgedunkelten Zimmer zu verbringen, durch dessen geschlossene Jalousien die Sonne spielerisch tanzende, geheimnisvolle Lichter auf die Bettdecke zauberte …

»Weißt du, Liebling, er könnte tatsächlich gewinnen. Mit seinen neuneinhalb Jahren könnte er den 200-Meter-Lauf der Kinder unter elf Jahren wirklich gewinnen. Er ist ein wunderbarer kleiner Läufer mit einem richtig athletischen Körper, hat Mr. Foulkes gesagt.«

Ein richtig athletischer Körper. Das Licht, das dabei in Geralds Augen aufblitzte, hatte Stella nie zuvor gesehen, nicht einmal im Bett, wenn ihre Liebe den Höhepunkt erreichte. Einen Augenblick lang versuchte sie sich vorzustellen, wie es wäre, die Mutter dieses kleinen, athletischen Körpers zu sein, den sie gemeinsam mit Gerald produziert hätte, das Recht zu haben, diesen idiotischen Stolz zu teilen ... Beim Anblick des runden Gesichtes, das vor Selbstzufriedenheit aufleuchtete, überfiel Stella eine große Dunkelheit. Sie kam als eine schwarze, riesengroße Welle, die sie überwältigte und ihr die Sprache verschlug.

»Nicht eine Million Pfund könnten mich davon abhalten, dorthin zu gehen.« Seine Stimme drang durch die wirbelnde Dunkelheit zu ihr durch. »Nur um seinen Namen – ›Simon Graves‹ – durch die Lautsprecher zu hören, mein eigener Sohn! Und dann der Beifall ... der Jubel ...! Und das mit neuneinhalb Jahren. Die anderen Kinder sind alle über zehn, Liebling, *alle.* Er ist der einzige Neunjährige, dem es gelang ...«

Da hatte sie schon seine Lügen lieber, tausendmal lieber. Woher hätte sie wissen sollen, dass die Wahrheit, als sie schließlich über seine an Ausflüchte und Lügen gewohnten Lippen kam, so sehr schmerzte?

Die Schultore standen einladend weit offen, und durch sie paradierten im schönsten Sonnenschein Scharen von Müttern und Vätern, Schwestern, Freundinnen und Tanten. Mit weißen Sandalen, bunten Sommerkleidern oder blassen, frisch gebügelten Sommerhosen. Frauen wie Stella um die dreißig gab es dort wie Sand am Meer. Wer sollte in dieser Menge auf sie aufmerksam werden? Es sei denn, sie würde sich selbst irgendwie verraten – dadurch, dass sie zu schnell ging oder dass sie zu auffällig suchend umherblickte.

Die Väter waren im Gegensatz zum weiblichen Anhang deutlich in der Minderheit, was Stellas Aufgabe um einiges erleichterte: Sie stachen unter den bunten Kleidern so deutlich hervor wie dunkle Baumstämme. Stellas Augen irrten pausenlos von einem zum anderen, weil er überall sein konnte. Und angenommen, nur angenommen, er würde sie sehen, bevor es ihr gelungen war, ihn auszumachen!

Aber dieses Risiko war nicht hoch, denn sie hatte den Vorteil des Jägers gegenüber der Beute – sie wusste, was sie suchte und was sie zu tun beabsichtigte, wenn sie es fand. Im Gegensatz dazu hielt Gerald nicht nach ihr Ausschau – er dachte nicht im Entferntesten daran, dass sie unter Umständen hier sein könnte. Außerdem hatte sie sich, so gut es ging, mit einer großen, runden Sonnenbrille und einem weißen Seidentuch um die schwarzen, glänzenden Haare unkenntlich gemacht.

Die Prozession zog langsam über den Rasen und schlängelte sich den gepflasterten Weg entlang – ein einziges Erzählen, Rufen und Grüßen; einige fächelten sich schon Luft gegen die Hitze zu. Langsam, aber mit klopfendem Herzen passte Stella ihren Schritt der gemächlichen Geschwindigkeit der Menge an, und erst als sie sich auf dem Gras hinter einer langen Reihe mit Liegestühlen niederließ, konnte sie wieder befreiter atmen. Mit all diesen Stühlen vor ihr konnte man sie kaum aus weniger als ein oder zwei Metern Entfernung entdecken, aber wenn sie den Hals reckte, hatte sie die Menge, die sich noch immer ihren Weg von den Schulgebäuden zum Sportplatz bahnte, gut im Blick. Hin und wieder tauchte ein dunkler Kopf auf, der die anderen überragte, und jedes Mal stockte ihr der Atem, aber es war immer blinder Alarm.

Und nun wurde durch den Lautsprecher die Abfolge der Wettkämpfe bekanntgegeben. Das Stimmengewirr ebbte nach und nach ab, wie das Vogelgezwitscher in der Dämmerung, erwartungsvolle Stille machte sich breit.

Und Gerald war noch immer nicht da.

Hatte er sie etwa angelogen? Hatte er diesen

Nachmittag trotz all der leidenschaftlichen Erklärungen seines väterlichen Stolzes doch nicht wegen Simons Sportfest abgesagt? So ein Schwein, ein hinterhältiges, verräterisches Schwein. Diese Verschwendung der Gefühle – nicht zu reden von dem langen, heißen Nachmittag der Langeweile, den sie sich eingebrockt hatte, und alles völlig umsonst.

Das werde ich dir heimzahlen, Gerald Graves. Ich werde dich lehren, mich zu belügen, mich lächerlich zu machen. Hast du etwa gedacht, du könntest damit durchkommen? Ich werd's dir schon zeigen...

Schon jetzt konnte sie fühlen, wie sich unter ihrem Kopftuch am Haaransatz der Schweiß sammelte. Sie hatte noch niemals vorher solch ein Kopftuch getragen, und bei Gott, dachte sie, ich werde es auch nie wieder tun.

»Hürdenlauf für die Vierzehn- bis Sechzehnjährigen...«

»400-Meter-Lauf für die Zwölf- bis Vierzehnjährigen...«

Stella wurde vor lauter Langeweile beinahe schon übel; der Rücken schmerzte, die Augen schmerzten, die Sonne und die Langeweile benebelten ihre Gedanken.

Weitsprung, Hochsprung... weiter und weiter wurde das Programm abgespult: Es wurde gepfiffen, Rufe explodierten in der flimmernden Luft und erstarben wieder. Anfeuerungsjubel und Beifall klangen auf, ebbten wieder ab und klangen wieder auf. Eine Trophäe für dieses ... einen Preis für jenes ... die Sonne knallte, Stimmen wurden laut und wieder leise ... und dann, als Stella gerade eindöste, hörte sie es:

»Simon Graves! Der Sieger über zweihundert Meter in der Klasse der Schüler unter elf Jahren! Simon Graves!«

Stella saß jetzt kerzengerade da und spähte durch den Wald der Liegestühle, um einen Blick auf das Sportfeld zu erhaschen. Aber noch bevor sie den dunkelhaarigen Jungen ausmachen konnte, der stolz auf die Seitenlinie zurannte, bemerkte sie etwas weiter rechts vor ihr einen kleinen Aufruhr.

»Simon! Unser Simon! Er hat es geschafft, Mami! Papa hat es gewusst! Oh, Simon... Si-i-imon!«

»Schschsch, Liebling, schschsch, Carol, du musst dich setzen ...« Eine etwas pummelige lächelnde Frau zerrte an dem Ärmel eines wild gestikulierenden kleinen Mädchens von ungefähr sieben Jahren und drängte sie wieder auf ihren Platz. »Schschsch, Carol, nicht so laut, du bringt Simon in Verlegenheit. Oh, aber Papa wird sich freuen!«

»Papa wird sagen...«, »Papa denkt bestimmt...« Und wo zum Teufel ist Papa, wenn man fragen darf? »Eine Million Pfund würden mich nicht davon abhalten«, hatte er gesagt. Gab es irgendwo jemanden mit mehr als einer Million, mit dem er diesen schönen Nachmittag verbrachte?

Stella, die durch die Stühle spähte, konnte sehen, wie der kleine Held von seiner Mutter und der jüngeren Schwester empfangen wurde. Da kam er angelaufen; sportlich, braungebrannt stürzte er sich voller Stolz in die Arme seiner Mutter und seiner Schwester. Um ihn herum konnte man vor lauter Glückwünschen kein Wort mehr verstehen.

Hinter den Stühlen und den aufgeregt lächelnden Menschen verborgen, beobachtete Stella die Szene. Sie verhielt sich mucksmäuschenstill. Welches *Recht* hatten diese drei zu solch ungetrübter Freude? Wussten sie nicht, dass die Basis für ihr Glück schon morsch war, dass ihr behagliches kleines Familienleben auf einem verrotteten, sich auflösenden Gebäude von Lügen und Betrug basierte? Papi hier und Papi da! Ihr wurde übel, wenn sie die gellenden Kinderstimmen voller grundloser Bewunderung hörte.

Langsam, ohne dass jemand sie bemerkte, stand Stella auf und arbeitete sich durch die Stuhlreihen. Sie erreichte das kleine Mädchen gerade in dem Augenblick, als sich ihre Mutter und ihr Bruder umgedreht hatten, um weitere Glückwünsche entgegenzunehmen. Schnell ließ sich Stella auf ihre Knie nieder und blickte dem Mädchen ins Gesicht.

»Weißt du, warum dein Vater nicht hier ist?«, fragte sie sie mit freundlicher Stimme. »Weil er den Nachmittag im Bett mit mir verbracht hat. *Im Bett.* Verstehst du?«

Der verständnislose, dumme Gesichtsausdruck des Kindes machte sie beinahe wahnsinnig. Sie rückte noch näher.

»Im Bett. Wir haben zusammen geschlafen! Gebumst!«, zischte sie. »Gebumst! Weißt du nicht, was das ist? Lernt ihr das denn nicht bei den Pfadfindern oder in der Schule?«

Der leere, verständnislose Ausdruck auf dem Kindergesicht veränderte sich nicht. Aber Stella war zufrieden, denn nachdem sie sich Reihe für Reihe wieder zurückgearbeitet hatte und schon fast wieder am Ende angekommen war, hörte sie Carol schließlich in lautes Weinen ausbrechen.

Es war fast zehn Uhr, als sie zu guter Letzt Geralds Schritte die Treppe heraufkommen hörte; und selbst nach all diesen Stunden war sie noch immer nicht sicher, ob sie ihn nun erwarten konnte oder ob er für immer fortbleiben würde.

Natürlich wird er böse sein. Aber sicherlich auch erleichtert! Fünf Jahre der Heimlichkeiten waren einfach zu viel. Es wird für alle eine Erleichterung sein, dass es endlich heraus ist.

»Glaubst du nicht auch, Liebling, dass es allerhöchste Zeit war, alles einzugestehen?«, fragte sie das vierte oder fünfte Mal diese stumme, zusammengekauerte Person in ihrem Sessel. Seit seinem Erscheinen hatte sie versucht, irgendeine Antwort, eine Reaktion von ihm zu bekommen. Sie hatte alles probiert, ihm sogar zu dem Erfolg seines Sohnes gratuliert.

»Schade, dass du es nicht selbst erlebt hast«, konnte sie sich nicht verkneifen hinzuzufügen; aber selbst das konnte Gerald nicht zu mehr provozieren als zu der einfachen Klarstellung, dass er es gesehen hatte, vom Pavillon aus, wo einige Väter bei der Ausrichtung der Wettkämpfe geholfen hatten.

Dann wieder Stille. Sie versuchte es noch einmal.

»Es tut mir leid, Gerald, Liebling, dass Carol – dass das kleine Mädchen so geweint hat. Das wollte ich nicht, ich habe nur gedacht, dass die Kinder über uns Bescheid wissen sollten. Ich glaube nicht, dass man Kinder belügen und betrügen darf, sie haben ein Anrecht auf die Wahrheit. O Liebling, bitte schau mich nicht so an! Es war ein Schock für dich, aber ich bin sicher, wenn du in Ruhe darüber nachgedacht hast, wirst du sehen, dass es so das Beste war. Das Beste für *uns* und auch für Wendy. Sie kann unmöglich diese Lügen und Ausflüchte der vergangenen Jahre gewollt haben. Ich bin mir sicher, dass sie lieber wissen will, wo sie steht, so dass sie ihre Zukunft vernünftig planen kann. Ich meine, sie sieht sehr nett aus, und glaube, dass sie uns kaum Ärger machen wird, wenn sie erst begriffen hat, dass wir uns lieben. O Liebling, was ist denn los? Warum sagst du denn gar nichts? Lass uns was trinken und uns entspannen. Dabei können wir überlegen, was wir tun werden, wenn wir all das hinter uns haben. Diese Wohnung ist ein wenig zu klein für uns beide, aber mal angenommen, dass du die Hälfte von dem bekommst, was euer Haus wert ist, dann könnten wir zusammen...«

Und jetzt, endlich, regte er sich. Er erhob sich schwerfällig, und sie dachte, dass er jetzt für sie beide ein großes Glas Whiskey einschenken würde. Aber stattdessen ging er hinüber zu dem Tisch am Fenster, wo Stellas Schreibmaschine stand. Mühsam begann er mit einem Finger zu schreiben.

Stella ließ ihn ein, zwei Minuten gewähren und ging dann zu ihm, um zu sehen, was er schrieb.

Gerald B. Graves
27 Fairfield Gardens
Sydenham Way

Der lange schmale Umschlag starrte ihr aus der Schreibmaschine entgegen. Sie beobachtete verwirrt, wie er die letzten Buchstaben seiner Adresse fertigschrieb. »Was tust du da, Liebling?«, fragte sie ihn schließlich mit einem kleinen Lachen. »Schreibst du einen Brief an dich selber …?«

Und dann sah sie ihn, in seiner rechten Hand. Ihren eigenen Selbstmordbrief vom letzten Herbst – »Wenn du diesen Brief in deinen Händen hältst, werde ich tot sein …«

»Es ist unbestreitbar deine Handschrift«, bemerkte er im Unterhaltungston. »Und die Adresse ist auf deiner Schreibmaschine geschrieben. Der Poststempel wird auch von hier sein, weil ich den Brief einwerfen werde, wenn ich gehe. Er wird übermorgen zum Frühstück kommen, genau rechtzeitig, um ihn der Polizei zu zeigen. Und nun, meine Liebe, ist nur noch eine Kleinigkeit zu erledigen, dann sind wir fertig.«

Als er aufstand und sich zu ihr umdrehte, fiel das Licht der Lampe in sein Gesicht, und sie konnte den Ausdruck seiner Augen sehen.

»Nein … nicht!«

Flüsternd wich sie einen Schritt zurück und stand weinend an die Wand gedrückt.

»Es soll so aussehen, als sei es Selbstmord gewesen«, betonte er, als ob er es ihr ausdrücklich noch mal klarmachen wollte, und als er langsam auf sie zukam, war Stellas letzter zusammenhängender Gedanke: Er wird es tun! Und er wird damit durchkommen, er wird sich da herauslügen, so wie er sich immer aus allem herausgelogen hat.

Was für ein perfekter Lügner er war, wusste sie schließlich besser als jeder andere, denn sie ist es gewesen, die ihm das beigebracht hatte; sie hatte ihn dressiert, wie einen Zirkusaffen, fünf lange Jahre.

Donna Leon

Iss nur, das tut dir gut!

Luisa Scarpa stellte die Teller auf den Tisch, nahm gegenüber ihrem Mann Platz und lächelte in seine tiefliegenden Augen. Zwischen ihnen stand in seiner ganzen Reichhaltigkeit der erste Gang ihrer Mahlzeit: zwei Teller *spaghetti alla carbonara,* der eine vollgehäuft, der andere eher bescheiden. Die Eiernudeln, die sie am Nachmittag so umsichtig selbst gemacht hatte, glänzten buttergelb, und eine dicke Haube aus frisch geriebenem Parmesan krönte seine Portion. Carlo stopfte sich die Serviette in den Kragen und klemmte sie mit seinem schweren Doppelkinn fest. Er nahm die Gabel, ein Kinderspielzeug in seiner riesigen Hand, und grub sie in die Pasta. Langsam wickelte er die fettigen Stränge auf, bis die Gabel nichts mehr fasste, dann spießte er noch zwei Scheiben *pancetta* auf die Zinken. Er schob die Gabel mit dem Bauchspeck in den Mund, zog sie wieder heraus, kaute einmal, zweimal und schluckte. Diese Prozedur wiederholte er, bis sein Teller fast leer war, worauf er die Gabel beiseite legte und ein Glas Rotwein trank. Er stellte das leere Glas ab, griff wieder zur Gabel und aß die Pasta mit drei weiteren Bissen auf. Dann nahm er sich ein Stück Brot, brach es entzwei und wischte seinen Teller sauber. Sie füllte sein Glas nach. Luisa saß zurückgelehnt und sah ihm zu, nur hin und wieder führte sie ein paar Spaghetti zum Mund. Als sie sah, dass Carlo fertig war, stand sie rasch auf. »Möchtest du noch etwas, *caro*?«, fragte sie und hatte seinen Teller schon in der Hand.

Mit einem Grunzen griff er nach dem verbliebenen Stück Brot und lehnte sich zurück, um es zu essen. Sein Bauch hielt ihn auf Abstand von der Tischkante.

Luisa trug seinen Teller zum Herd; wochentags aßen sie immer in der Küche, das Esszimmer benutzten sie nur sonntags, wenn seine Kinder zum Abendessen kamen. Es war noch eine gute Portion Pasta in der Keramikschale, die sie im Ofen warmgestellt hatte. Carlo hasste kalte Pasta. Das hatte er ihr gleich in der ersten Woche ihrer Ehe klargemacht, nachdem er sie in sein Heim, ihrer beider Heim, geholt hatte. Sie hatte vieles über Carlos Essvorlieben lernen müssen, alles, was seine erste Frau für ihn gemacht hatte: wie man die Krabben in Eierteig tauchte, damit sie gebraten schön zart waren; wie man die Strandschnecken gründlich säuberte, um den Sand herauszubekommen; wie man Aale bei lebendigem Leib häutete, indem man sie mit Kopf und Schwanz auf das große Schneidbrett links neben der Spüle heftete. Sie hatte das alles gelernt, nur um ihrem Mann zu gefallen.

Sie kam mit einer zweiten Portion zurück, so groß wie die erste. »Meinst du, dass du das noch schaffst, Carlo?« Sie wusste, wie er es hasste, Essen wegzuwerfen, ein Überbleibsel aus seinen Hungerjahren im Krieg. Er warf einen Blick zu ihrem Teller hinüber, der noch halb voll war. »Nein, mir genügt das«, sagte sie und blieb mit dem Teller in der Hand stehen. »Iss du nur den Rest. Es wäre eine Sünde, ihn wegzutun.«

Er nickte und klopfte mit der Gabel auf den leeren Platz vor ihm. Sie stellte ihm den Teller hin und holte das Schälchen Parmesan. Sie streute einen großen Löffel voll über seine Nudeln und, als er nickte, noch einen. Mit einer Seitwärtsbewegung seiner Gabel winkte er ihre Hand fort und begann zu essen.

Luisa ging an ihren Platz zurück und machte sich wieder an ihre Spaghetti, die inzwischen kalt waren, aber sie überwand sich, alles aufzuessen. Dabei richtete sie es so ein, dass sie zugleich mit Carlo fertig war. Wieder wischte er seinen Teller sorgfältig sauber und ließ sich nach hinten sinken, um das Brot zu essen.

Sie schenkte ihm Wein nach, brachte die Teller zur Spüle und stellte sie so leise wie möglich ab. Carlo konnte Tellerklappern nicht leiden und hatte ihr gesagt, dass seine erste Frau in der Küche immer sehr leise gearbeitet habe.

»Ich habe *cotechino* gemacht«, sagte Luisa und hob den Deckel von einer großen Kasserolle. Er hatte sich zwar gegrillten Fisch oder Hähnchenbrust gewünscht, aber sie wusste, wie sehr er ihre Schlackwurst liebte. Der Duft der siedenden Wurst entstieg der fetten Brühe und erfüllte die Küche. »Mit *purè di patate*«, fügte sie hinzu. »Ich weiß doch, wie gern du Kartoffelpüree magst.« Sie warf einen Blick zu ihm hinüber, und er nickte. »Dazu Linsen mit Speck«, sagte sie noch, denn sie wusste, dass dies eines seiner Lieblingsgerichte war, besonders wenn sie diesen ganz besonders fetten *pancetta* hineintat, den sie drüben in Castello bekam.

Er trank seinen Wein und goss sich das Glas wieder voll; ihres stand noch unberührt neben ihrem Teller. Er beachtete das nicht. Luisa nahm eine vorgewärmte Platte aus dem Backofen und legte die dampfende Wurst darauf. Von der Butter auf einem Teller neben dem Herd schnitt sie ein dickes Stück ab und ließ es in den Topf mit dem Kartoffelpüree gleiten, rührte mit einem großen Löffel darin herum, bis es sich aufgelöst hatte, und umlegte die Wurst auf der Platte liebevoll mit dem Püree. Sie stellte die Platte links neben seinen Platz, ging zum Herd zurück und schüttete die Linsen in eine Keramikschüssel. Carlo fand, es gehöre sich nicht, Essen gleich aus dem Topf zu servieren, das täten nur Bauern, seine Frau jedenfalls nicht. Er meinte natürlich seine erste Frau, aber Luisa hatte gelernt, es ebenfalls nicht zu tun.

Schnell kam sie wieder an den Tisch, bevor die Wust abkühlen konnte, und schnitt drei Scheiben davon ab, dicker als das Brot. Sie legte sie auf Carlos Teller, häufte Kartoffelpüree rechts daneben und ging wieder zum Herd, um die Butter zu holen. Als er nickte, tat sie ihm ein Stück davon auf die Kartoffeln. Es war noch Platz auf dem Teller, und den füllte sie mit ein Paar Löffeln von den Linsen und natürlich auch dem Speck, den sie darin mitgekocht hatte, damit er ihnen diesen rauchigen Geschmack gab, den er so liebte.

Während sie sich auch etwas auf ihren Teller tat, begann Carlo, ohne noch an den gegrillten Fisch zu denken, bereits zu essen, teilte mit der Gabel die zarten Wurststücke, spießte eines nach dem anderen auf und zog sie so lange durch den Kartoffelbrei, bis sie ganz damit umhüllt waren. Luisa holte die zweite Flasche Wein, die schon geöffnet hinter ihr auf dem Tresen stand, und tauschte sie gegen die leere auf dem Tisch.

Sie nahm ihren Platz wieder ein und stach ihre Gabel in die Wurst. Ja, sie war zart, wahrscheinlich, weil sie die fetteste Sorte verlangt hatte, die aus dem Friaul, sagte der Fleischer, wo sie angeblich die besten Schweine haben. Als sie zu Carlo hinübersah, war er mit der Wurst und dem Kartoffelbrei schon fertig, schob sich gerade die letzten Linsen in den Mund und spülte mit einem Glas Wein nach. Sie stand auf und schnitt ihm noch zwei dicke Scheiben *cotechino* ab, neben die sie wieder Kartoffelpüree häufte. Nachdem sie Butter dazugetan hatte, griff sie nach der Schüssel mit den Linsen, aber er schüttelte den Kopf, also ließ sie die Schüssel stehen und aß weiter.

Wieder richtete sie es so ein, dass sie zusammen mit ihm fertig war, und stellte die Teller geräuschlos in die Spüle. Sie sah Carlo zur Uhr schauen und dann nach der Fernbedienung greifen. Er drückte mit dem Zeigefinger darauf, und ihm gegenüber erwachte Lili Gruber zum Leben und präsentierte ihnen die Abendnachrichten.

»Ich habe diese Cremetorte gebacken, die du so gern isst, Carlo«, sagte Luisa. »Möchtest du ein Stück?« Im ersten Moment dachte sie schon, er wolle ablehnen. »Ausnahmsweise«, nötigte sie ihn, »*mangia, mangia, che ti fa bene.* Iss nur zu, das tut dir gut.«

Er sah leicht verwundert zu ihr auf, dann zu Lili, wie um sie zu fragen, ob er ein Stück essen dürfe. Lili nickte ganz kurz; Carlo ebenso. Luisa nahm die Torte aus dem Kühlschrank, stellte sie leise auf den Tresen und schnitt ein Stück ab. Sie begutachtete die Größe, nahm einen zweiten Teller und schnitt ein größeres Stück ab, um es Carlo zu bringen; das kleinere behielt sie für sich.

Den Blick auf Lili und die Bombardierung einer bosnischen Kleinstadt gerichtet, verdrückte Carlo seine Torte. Sie wagte nicht zu fragen, ob er ein zweites Stück wolle. Als sie ihres gegessen hatte, ging sie an den Herd und zündete das Gas unter der Espressokanne an. Dabei blieb sie mit dem Rücken zu den beiden stehen. Lili redete weiter, jetzt über Afrika; welches Land, hatte Luisa nicht mitbekommen.

Als der Kaffee aufkochte, goss Luisa ihn in zwei kleine Tässchen und brachte sie zum Tisch. Der Zucker stand schon da, und Carlo tat sich zwei Löffel in seine Tasse. Luisa hatte auch die Grappaflasche mitgebracht und dabei gesehen, dass es Zeit war, eine neue zu besorgen. Sie schob sie Carlo hin und setzte sich. Er goss einen Schuss Grappa in seinen Kaffee und trank die Tasse in einem Zug leer.

Er zog die Serviette aus dem Kragen und warf sie über einen Sahneklecks, der von der Torte übriggeblieben war. Sie war schon aufgestanden, als er, ohne den Blick vom Fernseher zu wenden, »meine Pillen« sagte.

Sie nahm die Arzneifläschchen von dem runden Silbertablett auf dem Kühlschrank, wo sie immer standen. Sie stellte sie vor ihn hin und sah zu, wie er zuerst das eine öffnete, dann die anderen. Er schüttete sich die Pillen auf die Hand, zwei rote, eine weiße und drei blaue. Bevor er danach verlangen konnte, hatte sie ihm schon ein Glas Mineralwasser eingegossen, ohne Kohlensäure und zimmerwarm, wie er es liebte, und stellte es ihm hin. Er steckte sich die Pillen in den Mund, spülte sie mit dem Wasser hinunter und stellte das Glas vor sich auf dem Tisch ab.

Carlo schob sich vom Tisch weg, erhob sich und ging, ohne den Fernseher auszuschalten, ins Wohnzimmer, wo er sich in seinem Sessel niederließ und mit der Fernbedienung den anderen Apparat einschaltete. Lili verlas immer noch schlechte Nachrichten.

Luisa steckte den Stöpsel in den Ausguss und ließ heißes Wasser einlaufen. Morgen gibt es *penne* mit

Sahne und *parmigiano,* dachte sie, und danach den Aal. Und *tiramisù,* Carlo liebte *tiramisù.* Irgendwann in nächster Zeit, nach dem Mittag- oder Abendessen, würde auch sie mit Bestimmtheit etwas zu vermelden haben, aber für Lili Grubers Nachrichten würde es kein Thema sein.

Agatha Christie

Villa Nachtigall

»Auf Wiedersehen, Liebling.«

»Auf Wiedersehen, Liebster.«

Alix Martin stand über den niedrigen Holzzaun gelehnt und blickte der langsam kleiner werdenden Gestalt ihres Mannes nach, der die Straße in Richtung auf das Dorf hinunterging.

Schließlich schritt er um eine Biegung und geriet außer Sicht, doch Alix blieb in der gleichen Haltung stehen und strich sich gedankenverloren eine Locke ihres vollen braunen Haares zurück, die ihr ins Gesicht geweht war. Ihre Augen blickten verträumt in die Ferne.

Alix Martin war nicht schön, genau genommen noch nicht einmal hübsch. Aber ihr Gesicht – das Gesicht einer Frau, die ihre erste Jugend hinter sich hat – war weich geworden und strahlte eine innere Zufriedenheit aus, so dass ihre früheren Bürokolleginnen sie wohl kaum wiedererkannt haben würden. Als Miss Alix King war sie eine durchschnittliche, nette berufstätige junge Frau gewesen, anstellig, etwas brüsk in ihrer Art, nüchtern und offensichtlich tüchtig. Alix war durch eine harte Schule gegangen. Fünfzehn Jahre lang, von ihrem achtzehnten bis dreiunddreißigsten Lebensjahr, hatte sie sich – und sieben Jahre davon auch die kranke Mutter – allein mit ihrer Arbeit als Stenotypistin unterhalten müssen. Der Kampf um die Existenz hatte die weichen Linien ihres mädchenhaften Gesichtes verhärtet.

Natürlich hatte es auch so etwas wie eine Romanze in ihrem Leben gegeben – Dick Windyford, ein Bürokollege. Im innersten Herzen war Alix ganz eine Frau und hatte immer gewusst, ohne es sich anmerken zu lassen, dass er sie liebte. Nach außen hin waren sie Freunde, nicht mehr. Von seinem geringen Gehalt ermöglichte Dick unter großen Entbehrungen einem jüngeren Bruder das Studium. Vorläufig konnte er daher überhaupt nicht ans Heiraten denken.

Doch plötzlich und unerwartet war für Alix die Erlösung von der täglichen Plackerei gekommen. Eine entfernte Verwandte war gestorben und hatte Alix ihr ganzes Geld hinterlassen – einige tausend Pfund, die ein paar hundert Pfund im Jahr einbrachten. Für Alix bedeutete das Freiheit, Leben, Unabhängigkeit. Jetzt brauchten sie und Dick nicht länger zu warten.

Aber Dick reagierte unvorhergesehen. Er hatte nie direkt von seiner Liebe zu Alix gesprochen, jetzt aber schien er weniger dazu geneigt denn je. Er mied sie, wurde mürrisch und verdrießlich. Alix hatte rasch den wahren Grund erkannt: Sie war jetzt eine wohlhabende Frau, und Empfindlichkeit und Stolz standen Dick im Wege, ihr einen Heiratsantrag zu machen.

Sie mochte ihn darum aber nicht weniger gern und überlegte gerade ernsthaft, ob sie vielleicht den ersten Schritt machen sollte, als zum zweiten Mal das Unerwartete über sie hereinbrach.

Im Hause eines Freundes begegnete sie Gerald Martin. Er verliebte sich heftig in sie, und innerhalb eine Woche waren sie verlobt. Alix, die sich nie für den Typ gehalten hatte, der sich Hals über Kopf verliebt, war völlig hingerissen.

Unbeabsichtigt hatte sie damit den Weg gefunden, ihren ersten Verehrer aus seiner Reserve zu locken. Stammelnd vor Wut und Enttäuschung war Dick Windyford zu ihr gekommen.

»Der Mann ist völlig fremd für dich! Du weißt nichts über ihn.«

»Ich weiß, dass ich ihn liebe.«

»Wie kannst du das wissen – nach einer Woche?«

»Es braucht eben nicht jeder elf Jahre, um herauszufinden, dass er ein Mädchen liebt!«, hatte Alix erregt geschrien.

Sein Gesicht wurde weiß.

»Seit ich dich kenne, habe ich immer nur an dich gedacht. Ich glaubte, dass du genauso für mich empfändest.«

Alix blieb bei der Wahrheit.

»Auch ich habe das geglaubt«, gab sie zu, »aber nur weil ich nicht wusste, was Liebe ist.«

Darauf war Dick wieder wütend geworden: Bitten, Flehen, ja sogar Drohungen – Drohungen gegen einen Mann, der ihn verdrängt hatte. Alix war verblüfft, als sie den Vulkan unter dem reservierten Äußern dieses Mannes bemerkte, den sie so gut zu kennen geglaubt hatte.

Und während sie sich an diesem sonnigen Morgen über den Gartenzaun ihres kleinen Landhauses lehnte, wanderten ihre Gedanken zu jener Unterredung zurück. Vor einem Monat hatte sie geheiratet und war zufrieden und glücklich. Doch jetzt, während der Abwesenheit ihres Mannes, der ihr alles bedeutete, schlich sich eine leise Besorgnis in ihr vollkommenes Glück. Und der Grund dieser Besorgnis war Dick Windyford.

Dreimal hatte sie seit ihrer Heirat den gleichen Traum geträumt. Die Begleitumstände wichen jedes Mal voneinander ab, der Kern aber blieb immer derselbe: *Sie sah ihren Mann tot am Boden liegen und Dick Windyford über ihm stehen, und sie wusste ganz sicher, dass seine Hand den tödlichen Streich geführt hatte.*

Aber so schrecklich das auch war – das Erwachen empfand sie noch als viel schrecklicher, denn im Traum kam ihr der ganze Vorgang völlig natürlich und unvermeidlich vor: *Sie, Alix Martin, war froh, dass ihr Mann tot war! Sie streckte dem Mörder dankbar ihre Hände entgegen, manchmal dankte sie ihm sogar mit Worten.* Der Traum endete immer auf dieselbe Weise: *Dick Windyford schloss sie in seine Arme.*

Sie hatte ihrem Mann nichts von diesem Traum erzählt, aber im Geheimen hatte er sie mehr verwirrt, als sie sich eingestehen wollte. War es eine Warnung – Warnung vor Dick Windyford?

Das scharfe Läuten des Telefons im Hause schreckte Alix aus ihren Gedanken. Sie ging hinein und nahm den Hörer ab. Plötzlich schwankte sie und stützte sich mit einer Hand gegen die Wand.

»*Wer* spricht dort, bitte?«

»Aber Alix, was ist denn los mit dir? Ich erkenne deine Stimme ja fast nicht wieder. Ich bin's, Dick.«

»Oh!«, sagte Alix. »Oh! Wo – bist du jetzt?«

»Im *Traveller's Arms* – so heißt es doch, nicht

wahr? Oder weißt du etwa nicht einmal, dass es in eurem Dorf so ein Gasthaus gibt? Ich habe gerade Urlaub – angle hier ein bisschen. Hättest du was dagegen, dass ich euch zwei liebe Leutchen heute Abend nach dem Essen kurz besuche?«

»Nein!«, entfuhr es Alix scharf. »Du darfst nicht kommen!«

Eine Pause trat ein, und als Dicks Stimme wiederkehrte, klang sie merklich verändert.

»Verzeih bitte«, sagte er förmlich. »Selbstverständlich möchte ich euch nicht zur Last fallen –«

Hastig unterbrach Alix ihn. Ihr Verhalten musste ihm äußerst merkwürdig vorkommen. Und es *war* merkwürdig. Ihre Nerven schienen ihr einen schlimmen Streich zu spielen.

»Ich wollte damit nur sagen, dass wir – dass wir für heute Abend schon eine Verabredung haben«, erklärte sie und versuchte, ihre Stimme möglichst natürlich klingen zu lassen. »Möchtest du – möchtest du nicht morgen zum Abendessen kommen?«

Aber Dick spürte offenbar die fehlende Herzlichkeit in ihrem Ton.

»Vielen Dank«, sagte er mit der gleichen förmlichen Stimme, »aber ich kann jederzeit wieder abreisen. Hängt davon ab, ob ein Freund von mir noch kommt oder nicht. Auf Wiedersehen, Alix.«

Er zögerte etwas und fügte dann hastig und in

verändertem Ton hinzu: »Und alles Gute weiterhin, Liebes.«

Mit einem Gefühl der Erleichterung legte Alix den Hörer auf.

»Er darf nicht herkommen«, wiederholte sie noch einmal für sich. »Er darf nicht herkommen. Oh, was für eine Närrin ich doch bin! Mich in einen solchen Zustand hineinzusteigern. Gleichviel, ich bin froh, dass er nicht kommt.«

Sie griff sich einen ländlichen Strohhut von einem Tisch und ging wieder in den Garten hinaus. Vor dem Haus blieb sie einen Moment stehen und blickte zu dem geschnitzten Namenszug über der Veranda auf: ›Villa Nachtigall‹.

»Ist das nicht ein reichlich schwärmerischer Name?«, hatte sie einmal vor der Hochzeit gegenüber Gerald geäußert. Er hatte gelacht.

»Du kleines Großstadtgeschöpf«, hatte er liebevoll gesagt. »Ich glaube, du hast noch nie eine Nachtigall gehört. Und eigentlich bin ich froh darüber. Nachtigallen sollten nur für Verliebte singen. Wir werden sie zusammen an einem Sommerabend vor unserem eigenen Heim hören.«

Und bei der Erinnerung, wie sie dann tatsächlich die Nachtigallen singen gehört hatten, fühlte Alix eine glückliche Wärme in sich aufsteigen, während sie jetzt vor ihrem Heim stand.

Gerald hatte damals die Villa Nachtigall ausfindig gemacht. Fast zerspringend vor Aufregung war er zu Alix gekommen: Er habe *das* Haus für sie gefunden – einzigartig – ein Kleinod – eine einmalige Chance im Leben! Und als Alix es gesehen hatte, war auch sie von seinem Reiz gefangen. Sicher – es lag recht einsam – bis zum nächsten Dorf waren es gut drei Kilometer; aber das Häuschen war so einzigartig in seinem altmodischen Äußeren und seinem modernen Komfort mit Badezimmern, Heißwasseranlage, elektrischem Licht und Telefon, dass sie auf der Stelle seinem Charme erlag. Die Sache hatte nur einen Haken: Der Eigentümer, ein reicher Mann, dessen Laune das Häuschen seine Entstehung verdankte, lehnte ab, er wollte es nur verkaufen.

Gerald Martin verfügte zwar über ein gutes Einkommen, konnte sein Vermögen aber im Moment nicht flüssigmachen. Mehr als tausend Pfund konnte er auf keinen Fall auftreiben, der Eigentümer verlangte jedoch dreitausend. Alix, die ihr Herz an diesen Ort gehängt hatte, kam zu Hilfe. Ihr Vermögen ließ sich leicht realisieren, da es in Aktien und Obligationen angelegt war. So wurde die Villa Nachtigall ihr Eigentum, und noch keinen Augenblick lang hatte Alix ihre Wahl bereut. Es stimmte schon, dass Hauspersonal die ländliche

Einsamkeit nicht besonders mochte – zurzeit hatten sie überhaupt niemand –, aber Alix, die sich nach Häuslichkeit sehnte, kochte eifrig und mit viel Vergnügen kleine, schmackhafte Gerichte, und der Hausputz machte ihr Spaß.

Der prachtvolle Blumengarten wurde von einem alten Mann aus dem Dorf, der zweimal die Woche kam, in Ordnung gehalten.

Als Alix um die Hausecke trat, sah sie zu ihrer Überraschung den alten Gärtner bei den Blumenbeeten an der Arbeit. Sie war überrascht, weil seine Arbeitstage Montag und Freitag waren, und heute war Mittwoch.

»Nanu, George, was machen Sie denn hier?«, fragte sie, als sie näher kam.

Schmunzelnd richtete der alte Mann sich auf und legte grüßend die Hand an seine verwitterte Kappe.

»Hab mir schon gedacht, dass Sie überrascht sein würden, Madam. Aber das ist so: Der Gutsbesitzer gibt am Freitag ein Fest, und da hab ich mir gesagt, dass Mr. Martin und seine Frau wohl nichts dagegen haben werden, wenn ich einmal am Mittwoch statt am Freitag komme.«

»Schon recht, George«, antwortete Alix. »Hoffentlich amüsieren Sie sich bei dem Fest gut.«

»Ich glaub schon«, meinte George einfach. »Is' 'ne feine Sache, wenn man sich den Bauch so richtig vollschlagen kann und dabei weiß, dass man's nicht zu bezahlen braucht. Der Gutsbesitzer gibt seinen Pächtern immer ein ordentliches Essen. Und dann hab ich mir auch gedacht, Madam, 's wär gut, wenn ich Sie noch mal sähe, bevor Sie abreisen, damit ich weiß, wie Sie die Rabatten haben wollen. Ich nehme an, Sie wissen noch nicht, wann Sie zurückkommen werden?«

»Aber ich fahre ja gar nicht weg.«

George starrte sie an.

»Sie fahren morgen nicht nach London?«

»Nein. Wie sind Sie nur auf die Idee gekommen?«

George deutete mit dem Kopf über seine Schulter.

»Hab Ihren Mann gestern im Dorf getroffen. Sagte mir, dass Sie beide morgen nach London fahren, und es sei unsicher, wann Sie zurückkämen.«

»Unsinn«, sagte Alix lachend. »Sie müssen ihn missverstanden haben.«

Dennoch wunderte sie sich insgeheim. Was konnte Gerald nur gesagt haben, das den alten Mann zu einem so sonderbaren Missverständnis geführt hatte? Ausgerechnet London? Sie spürte nicht den geringsten Wunsch, wieder nach London zu fahren.

»Ich hasse London!«, sagte sie plötzlich bitter.

»Ach«, meinte George gelassen, »da muss ich ihn wohl missverstanden haben; und doch schien mir, dass er es deutlich genug gesagt hat. Ich bin froh, dass Sie hierbleiben. Ich halte nichts von diesem Herumvagabundieren, und schon gar nichts von London. *Ich* hab's nie nötig gefunden, dorthin zu gehen. Zu viele Autos heutzutage – das bringt eben Unruhe mit. Wenn die Leute erst ein Auto haben, verflixt noch mal, können sie's überhaupt nirgends mehr aushalten. Mr. Ames, dem dies Haus gehörte, war ein netter, ruhiger Herr, bis er eins von diesen Dingern kaufte. Hatte es noch keinen Monat, als er auch schon dieses Haus zum Verkauf ausschrieb. Eine schöne Stange Geld hat er dafür ausgegeben – Fließwasser in allen Schlafzimmern und elektrisches Licht und so. ›Das viele Geld werden Sie nie wiedersehn‹, hab ich zu ihm gesagt. ›Und ob‹, hat er mir geantwortet, ›bis auf den letzten Penny werde ich meine zweitausend Pfund für dies Haus zurückbekommen.‹ Und das hat er auch tatsächlich geschafft.«

»Er hat dreitausend bekommen«, sagte Alix lächelnd.

»Zweitausend«, wiederholte George. »Damals wurde viel über die Summe gesprochen, die er gefordert hat.«

»Es waren wirklich dreitausend«, sagte Alix.

»Frauen verstehen nichts von Zahlen«, erwiderte George unüberzeugt. »Sie wollen mir doch nicht erzählen, dass Mr. Ames die Stirn hatte, Ihnen ins Gesicht zu sehen und dreitausend Pfund zu fordern?«

»Er hat es nicht mir gesagt«, antwortete Alix, »er sagte es meinem Mann.«

George beugte sich wieder über sein Blumenbeet.

»Der Preis war zweitausend«, entgegnete er halsstarrig.

Alix wollte sich nicht mit ihm streiten. Sie ging zu einem der anderen Blumenbeete und begann, einen Armvoll Blumen zu pflücken.

Als sie sich mit ihrem duftenden Strauß wieder dem Haus näherte, sah Alix einen schmalen dunkelgrünen Gegenstand zwischen den Blättern aus einem Beet hervorscheinen. Während sie sich danach bückte, erkannte sie das Notizbuch ihres Mannes.

Sie öffnete es und überflog belustigt die Eintragungen. Schon fast zu Beginn ihres Ehelebens hatte sie erkannt, dass der impulsive und gefühlsbetonte Gerald die uncharakteristischen Tugenden der Ordnung und Methodik besaß. Er bestand außergewöhnlich pedantisch darauf, dass die Mahlzeiten immer pünktlich waren, und seinen Tag plante er stets mit der Genauigkeit eines Fahrplanes voraus.

Während sie die Seiten umblätterte, musste sie unwillkürlich lächeln, als sie die Eintragung vom 14. Mai las: ›Trauung mit Alix, St. Peter, 14.30.‹

»Lieber, großer Narr«, murmelte Alix leise, während sie weiterblätterte. Plötzlich stutzte sie.

»Mittwoch, 18. Juni – das ist doch heute!«

Neben dem Datum stand in Geralds ordentlicher, klarer Schrift: ›21 Uhr‹. Nichts weiter. Was hatte Gerald für 21 Uhr geplant? Alix war neugierig. Ihr fielen die Geschichten ein, die sie so oft gelesen hatte – in so einem Falle hätte das Notizbuch sie zweifellos mit einer sensationellen Enthüllung überrascht. Sie lächelte. Ganz gewiss hätte der Name einer anderen Frau darin gestanden. Müßig ließ sie die Seiten zurückflattern. Termine, Verabredungen, knappe Stichworte zu Geschäftsabschlüssen, aber nur ein Frauenname – ihr eigener.

Doch als sie das Notizbuch in die Tasche steckte und mit ihren Blumen ins Haus ging, stieg eine unbestimmbare Unruhe in ihr auf. Die Worte von Dick Windyford klangen ihr in den Ohren, als ob er neben ihr stände, und sie wiederholte: ›Der Mann ist völlig fremd für dich! Du weißt nichts über ihn.‹

Das stimmte. Was wusste sie schon über ihn?

Schließlich war Gerald vierzig. In vierzig Jahren mussten Frauen in seinem Leben eine Rolle gespielt haben …

Alix schüttelte sich unwillig. Sie durfte solchen Gedanken keinen Raum geben. Im Augenblick musste sie sich über etwas viel Dringlicheres klarwerden. Sollte sie ihrem Mann erzählen, dass Dick Windyford angeläutet hatte, oder nicht?

Es bestand zwar die Möglichkeit, dass Gerald ihm bereits zufällig im Dorf begegnet war. Aber in diesem Fall würde er es sicher unmittelbar nach seiner Rückkehr erwähnen, und sie brauchte sich weiter keine Gedanken zu machen. Wenn aber nicht – was dann? Alix spürte ein ausgeprägtes Verlangen, nichts davon zu erzählen.

Denn wenn sie es sagte, würde er bestimmt vorschlagen, Dick Windyford hierher einzuladen. Dann aber musste sie ihm erklären, dass Dick schon selbst den Vorschlag gemacht hatte, sie zu besuchen, und dass sie sein Kommen unter einem Vorwand verhindert hatte. Und wenn Gerald sie nach dem Grund dafür fragte, was sollte sie antworten? Ihm ihren Traum erzählen? Er würde nur lachen – oder, schlimmer noch, feststellen, dass sie ihm eine Bedeutung beimaß, die dem Traum seiner Ansicht nach gar nicht zukam.

Schließlich beschloss Alix ziemlich beschämt,

überhaupt nichts zu sagen. Es war das erste Mal, dass sie ihrem Mann gegenüber ein Geheimnis hatte, und dieses Bewusstsein machte sie unruhig.

Als sie Gerald kurz vor dem Mittagessen aus dem Dorf zurückkehren hörte, eilte sie in die Küche und tat sehr beschäftigt mit dem Kochen, um ihre Verwirrung zu verbergen.

Offensichtlich hatte Gerald nichts von Dick Windyford gesehen oder gehört. Alix fühlte sich gleichzeitig erleichtert und verlegen. Sie war jetzt endgültig einer Politik der Geheimhaltung ausgeliefert.

Erst nach ihrem einfachen Abendessen, als sie unter dem Eichengebälk ihres Wohnzimmers saßen und durch die weit geöffneten Fenster die warme Abendluft mit dem süßen Duft der Malven und weißen Levkojen drang, fiel Alix wieder das Notizbuch ein.

»Hier«, sagte sie und warf es ihm in den Schoß, »damit hast du die Blumen gegossen.«

»Ist mir in die Rabatte gefallen, nicht wahr?«

»Ja; jetzt kenne ich alle deine Geheimnisse.«

»Nicht schuldig«, erwiderte Gerald und schüttelte den Kopf.

»Und was bedeutet deine Verabredung für heute Abend neun Uhr?«

»Oh! Das –« Einen Moment lang schien er betroffen, dann aber lächelte er, als ob etwas ihn außerordentlich belustige. »Das ist ein Stelldichein mit einem ganz besonders netten Mädchen, Alix. Sie hat braune Haare und blaue Augen und ist dir sehr ähnlich.«

»Ich verstehe dich nicht«, sagte Alix mit gespielter Strenge. »Du weichst aus.«

»Aber nicht im Geringsten. In Wirklichkeit ist das nur eine Erinnerung, dass ich heute Abend ein paar Negative entwickeln will; und ich möchte, dass du mir dabei hilfst.«

Gerald Martin war ein begeisterter Fotograf. Er besaß eine etwas altmodische Kamera, aber mit einer ausgezeichneten Optik, und er entwickelte seine Platten selbst in einem kleinen Kellerraum, den er sich als Dunkelkammer eingerichtet hatte.

»Und das muss genau um neun Uhr getan werden?«, meinte Alix neckend.

Gerald blickte etwas verärgert.

»Mein liebes Mädchen«, sagte er mit einem Anflug von Eigensinn, »man sollte die Ausführung einer Sache immer für eine bestimmte Zeit planen. Nur dann wird man nie mit seiner Arbeit ins Hintertreffen geraten.«

Alix saß ein oder zwei Minuten schweigend und beobachtete ihren Mann, wie er rauchend in seinem Sessel lag: den zurückgelehnten, dunkelhaarigen

Kopf und den klaren Umriss seines glattrasierten Gesichts gegen den düsteren Hintergrund. Und plötzlich schlug aus irgendeinem unerklärlichen Grund eine Welle der Panik über ihr zusammen. So dass es aus ihr herausbrach, bevor sie sich zurückhalten konnte: »O Gerald, ich wünschte, ich wüsste mehr über dich!«

Erstaunt sah ihr Mann sie an.

»Aber meine liebe Alix, du weißt alles über mich. Ich habe dir von meiner Kindheit in Northumberland erzählt, von meinem Leben in Südafrika und von diesen letzten zehn Jahren in Kanada, die mir Erfolg gebracht haben.«

»Ach! Geschäft!«, sagte Alix verächtlich.

Gerald lachte plötzlich. »Ich weiß, was du meinst – Liebesgeschichten. Ihr Frauen seid doch alle gleich. Nichts als das rein Persönliche interessiert euch.«

Alix fühlte ihre Kehle trocken werden, als sie undeutlich murmelte: »Nun, aber du musst doch – Liebesgeschichten gehabt haben. Ich meine – wenn ich nur wüsste –«

Ein oder zwei Minuten lang herrschte wieder Schweigen. Gerald Martin runzelte wie entschlossen die Stirn. Als er zu sprechen begann, waren sein Gesicht und seine Stimme ernst, ohne eine Spur seiner bisherigen scherzenden Art.

»Hältst du es für weise, Alix, diese – Blaubartstimmung heraufzubeschwören? Natürlich hat es Frauen in meinem Leben gegeben; das streite ich nicht ab. Und wenn ich es täte, würdest du mir nicht glauben. Doch ich kann dir wahrheitsgemäß schwören, dass keine von ihnen mir etwas bedeutet hat.«

Ein Ton von Aufrichtigkeit schwang in seiner Stimme, der die zuhörende Frau tröstete.

»Zufrieden, Alix?«, fragte er lächelnd. Dann blickte er sie mit einem Anflug von Neugier an. »Was hat dich nur ausgerechnet heute Abend auf all diese unangenehmen Dinge kommen lassen?«

Alix stand auf und begann, ruhelos auf und ab zu wandern.

»Ach, ich weiß nicht«, antwortete sie. »Ich bin schon den ganzen Tag lang nervös.«

»Das ist merkwürdig«, sagte Gerald leise, als spräche er mit sich selbst. »Das ist wirklich sehr merkwürdig.«

»Warum ist das merkwürdig?«

»Aber mein liebes Mädchen, wer wird mich denn gleich so anfahren. Ich sagte nur, es sei merkwürdig, weil du in der Regel immer lieb und fröhlich bist.«

Alix zwang sich zu einem Lächeln.

»Alles hat sich heute gegen mich verschworen«,

gestand sie. »Sogar der alte George hatte sich die lächerliche Idee in den Kopf gesetzt, dass wir nach London fahren wollen. Er sagte, du hättest ihm das erzählt.«

»Wo hast du ihn getroffen?«, fragte Gerald scharf.

»Er kam heute zur Gartenarbeit anstatt Freitag.«

»Verdammter alter Narr!«, sagte Gerald ärgerlich.

Alix blickte überrascht auf. Das Gesicht ihres Mannes war verzerrt vor Wut. Sie hatte ihn noch nie so gereizt gesehen. Als er ihr Erstaunen bemerkte, versuchte Gerald sich zu beherrschen.

»Er ist aber auch ein alter Narr«, protestierte er.

»Was kannst du denn nur gesagt haben, dass er sich so etwas gedacht hat?«

»Ich? Ich habe überhaupt nichts gesagt. Wenigstens – ach ja, jetzt erinnere ich mich: Ich machte so einen lahmen Scherz über ›in aller Herrgottsfrühe nach London fahren‹, und wahrscheinlich hat er das ernst genommen. Oder er hat nicht richtig zugehört. Natürlich hast du ihm das ausgeredet?«

Unruhig wartete er auf ihre Antwort.

»Selbstverständlich; aber George ist einer von diesen alten Leuten, denen man eine Idee nicht so leicht wieder ausreden kann, wenn sie sich einmal darauf versteift haben.«

Dann erzählte sie Gerald, wie George hartnäckig auf seinem Glauben über die Kaufsumme für das Haus bestanden hatte.

Ein paar Augenblicke lang schwieg Gerald, um dann langsam zu sagen: »Ames wollte zweitausend in bar und war bereit, die restlichen tausend Pfund als Hypothek zu nehmen. Sicher ist das der Ursprung dieses Missverständnisses, nehme ich an.«

»Sehr wahrscheinlich«, stimmte Alix zu.

Dann blickte sie zur Uhr hoch und deutete schadenfroh mit dem Zeigefinger darauf.

»Wir sollten uns an die Arbeit machen, Gerald. Schon fünf Minuten Verspätung.«

Ein sehr sonderbares Lächeln trat in Gerald Martins Gesicht.

»Ich habe es mir anders überlegt«, sagte er ruhig; »heute Abend möchte ich nicht mehr entwickeln.«

Mit dem Gemüt einer Frau hat es eine merkwürdige Bewandtnis. Als sie an jenem Mittwochabend zu Bett ging, war Alix beruhigt und zufrieden. Ihr vorübergehend schwankendes Glück hatte sich wieder gefestigt, triumphierend wie eh und je.

Aber gegen Abend des folgenden Tages wurde sie sich bewusst, dass arglistige Kräfte an der Arbeit waren, es zu unterwühlen. Dick Windyford hatte nicht wieder angerufen, aber trotzdem meinte sie seinen Einfluss zu fühlen. Wieder und wieder kamen ihr seine Worte ins Gedächtnis: ›*Der Mann ist völlig fremd für dich! Du weißt nichts über ihn.*‹ Und mit ihnen kam die Erinnerung an das Gesicht ihres Mannes, deutlich wie eine Fotografie, wie er sagte: ›Hältst du es für weise, Alix, diese – Blaubartstimmung heraufzubeschwören?‹ Warum hatte er das gesagt?

In seinen Worten hatte eine Warnung gelegen – fast eine Drohung. Genauso gut hätte er sagen können: ›Du solltest lieber nicht in meinem früheren Leben spionieren, Alix! Wenn du es doch tust, könntest du einen hässlichen Schock bekommen.‹

Bis Freitagmorgen hatte Alix sich selbst überredet, *dass* es eine Frau in Geralds Leben gegeben hatte – eine Blaubartkammer, die er eifersüchtig vor ihr verschlossen halten wollte. Und ihre Eifersucht, endlich erwacht, war jetzt zügellos.

War es eine andere Frau, die er an jenem Abend um neun Uhr treffen wollte? War seine Geschichte von den Negativen, die er entwickeln wollte, eine Lüge, die ihm gerade im rechten Moment eingefallen war?

Noch vor drei Tagen hätte sie geschworen, dass sie ihren Mann durch und durch kannte. Jetzt schien er ihr ein Fremder zu sein, von dem sie nichts wusste. Sie erinnerte sich an seinen unvernünftigen Ärger über den alten George, eine Laune, die überhaupt nicht zu seiner üblichen guten Stimmung passte. Eine Kleinigkeit vielleicht, aber der Vorfall zeigte ihr, dass sie den Mann, der ihr Gatte war, nicht wirklich kannte.

Am Freitag mussten verschiedene Dinge aus dem Dorf besorgt werden, und Alix schlug am Nachmittag vor, dass sie gehen wollte und Gerald währenddessen im Garten bliebe; aber zu ihrer Überraschung widersprach er diesem Plan heftig und bestand darauf, selbst zu gehen, während sie zu Hause bliebe. Alix sah sich gezwungen nachzugeben, aber seine Hartnäckigkeit überraschte und alarmierte sie. Warum war er so ängstlich bestrebt, sie nicht ins Dorf gehen zu lassen?

Plötzlich kam ihr eine Erklärung in den Sinn, die recht einleuchtend schien. War es nicht möglich, dass Gerald Dick Windyford getroffen hatte, es ihr aber nicht sagen mochte? Auch bei ihr hatte sich die Eifersucht, die zur Zeit ihrer Heirat noch völlig schlief, erst später entwickelt. Konnte nicht bei Gerald dasselbe der Fall sein? War er vielleicht nur so ängstlich bestrebt, ein mögliches Wiedersehen zwischen ihr und Dick Windyford zu verhindern? Diese Erklärung passte so gut zu den Tatsachen und war so tröstlich für Alix' verwirrten Geisteszustand, dass sie sich freudig damit zufriedengab.

Doch als die Teezeit verstrichen war, wurde sie wieder nervös und unruhig. Sie kämpfte mit einer Versuchung, die sie schon seit Geralds Fortgehen bedrängte. Schließlich gab sie nach und stieg zum Ankleidezimmer ihres Mannes hinauf, während sie gleichzeitig ihr Gewissen mit der Versicherung beruhigte, dass das Zimmer einmal gründlich aufgeräumt werden müsse. Und um den Vorwand der Hausfrauenpflicht aufrechtzuerhalten, nahm sie einen Staublappen mit.

›Wenn ich mich nur vergewissern könnte‹, dachte sie immer wieder. ›Wenn ich nur Gewissheit hätte.‹

Vergeblich sagte ihr eine innere Stimme, dass alle möglicherweise kompromittierenden Dinge bestimmt längst vernichtet waren. Sie hielt dem entgegen, dass Männer manchmal die gefährlichsten Beweisstücke aus übertriebener Sentimentalität aufbewahrten.

Der letzte Widerstand in Alix brach zusammen. Mit vor Scham brennenden Wangen durchstöberte sie atemlos ganze Stapel von Briefen und Dokumenten, zog die Schubladen heraus und durchsuchte sogar die Taschen der Anzüge ihres Mannes. Nur zwei Schubladen ließen sich nicht öffnen: die untere der Kommode und die obere rechte des Schreibtisches waren beide verschlossen. Doch

Alix hatte inzwischen jegliches Schamgefühl verloren. Sie war überzeugt, dass sie in einer dieser Schubladen den Beweis für die Existenz dieser imaginären Frau aus Geralds Vergangenheit finden würde, von der sie sich in Gedanken verfolgt fühlte.

Sie erinnerte sich, dass Gerald seine Schlüssel sorglos unten auf der Anrichte hatte liegenlassen. Sie holte sie und versuchte einen nach dem andern. Der dritte Schlüssel passte für die Schreibtischschublade. Fiebernd vor Neugier zog Alix sie auf. Ein Scheckheft und eine gut mit Geldscheinen gefüllte Brieftasche kamen zum Vorschein, und ganz hinten lag ein Päckchen mit einem Band verschnürter Briefe.

Ihr Atem kam unregelmäßig, während Alix das Band öffnete. Doch dann breitete sich eine tiefe, brennende Röte über ihr Gesicht aus, und sie ließ die Briefe in die Schublade zurückfallen, schob sie zu und verschloss sie wieder. Es waren ihre eigenen Briefe, die sie vor ihrer Heirat an Gerald geschrieben hatte.

Sie wandte sich jetzt der Kommode zu, mehr mit dem Wunsch, nichts ungetan zu lassen, als in der Erwartung, noch irgendetwas zu finden, was sie suchte.

Zu ihrem Ärger passte keiner von Geralds Schlüsseln in die untere Schublade. Um sich nicht geschlagen zu geben, ging Alix durch die anderen Zimmer und brachte eine Auswahl von Schlüsseln mit. Mit Genugtuung stellte sie fest, dass der Schlüssel vom Kleiderschrank des Gästezimmers auch für die Kommode passte. Sie schloss die Schublade auf und zog sie heraus. Doch nichts als eine Rolle von Zeitungsausschnitten lag darin, vor Alter bereits verstaubt und verfärbt.

Alix stieß einen Seufzer der Erleichterung aus. Sie warf aber trotzdem einen Blick auf die Ausschnitte; denn sie war neugierig, was für ein Thema Gerald so sehr interessierte, dass er sich die Mühe gemacht hatte, die staubige Rolle aufzuheben. Fast alle stammten aus amerikanischen Zeitungen von vor ungefähr sieben Jahren und befassten sich mit der Gerichtsverhandlung gegen den notorischen Betrüger und Bigamisten Charles Lemaitre. Lemaitre stand unter dem Verdacht, seine weiblichen Opfer beiseite geschafft zu haben. Unter dem Boden eines der Häuser, die er gemietet hatte, war ein Skelett gefunden worden, und von den meisten Frauen, die er ›geheiratet‹ hatte, wurde nie wieder etwas gehört.

Mit großartigem Geschick hatte er sich gegen die Anklage verteidigt, und einer der talentiertesten Anwälte der Vereinigten Staaten hatte ihm dabei geholfen. Das Urteil ›Freispruch wegen Mangels an

Beweisen‹ hätte den Fall vielleicht am besten charakterisiert. Da es das in den Vereinigten Staaten jedoch nicht gab, wurde er in der Hauptanklage als ›nicht schuldig‹ befunden, jedoch wegen erwiesener Schuld in anderen Dingen zu einer langen Haftstrafe verurteilt.

Alix erinnerte sich an das Aufsehen, das dieser Fall seinerzeit erregt hatte, und ebenso an die Sensation bei der Flucht Lemaitres etwa drei Jahre später. Er war nie gefasst worden. Die Persönlichkeit des Mannes und seine außerordentliche Macht über Frauen waren damals lang und breit in den englischen Zeitungen diskutiert worden, und gleichzeitig wurde über seine Erregbarkeit vor Gericht, seine leidenschaftlichen Proteste und seine gelegentlichen plötzlichen physischen Zusammenbrüche berichtet, die man seinem schwachen Herzen zuschrieb, wenn auch die Unwissenden sie für Schauspielerei hielten.

Auf einem der Ausschnitte, den Alix gerade in der Hand hielt, war ein Bild von ihm, und sie studierte es interessiert – ein langbärtiger, gelehrt aussehender Herr.

An wen erinnerte sie dieses Gesicht nur? Plötzlich und mit einem Schock erkannte sie die Ähnlichkeit mit Gerald. In der Augenpartie glichen die beiden sich sehr. Vielleicht hatte er deshalb die

Ausschnitte gesammelt. Ihr Blick wanderte zu dem Abschnitt unter dem Bild. Gewisse Daten, stand da, hatte man im Notizbuch des Angeklagten gefunden und behauptet, zu diesen Zeiten hätte er seine Opfer beseitigt. Dann wurde die Aussage einer Frau wiedergegeben, die den Häftling mit Sicherheit an einem Muttermal an seinem linken Handgelenk, dicht unter der Handfläche, wiedererkannte.

Alix ließ die Papiere fallen und begann zu schwanken. *An seinem linken Handgelenk, dicht unter der Handfläche, hatte ihr Mann eine kleine Narbe …*

Das Zimmer drehte sich um sie. Hinterher kam es ihr sonderbar vor, wie sie sofort und mit so absoluter Gewissheit überzeugt sein konnte: Gerald Martin war Charles Lemaitre! Sie wusste es und akzeptierte dieses Wissen augenblicklich. Unzusammenhängende Bruchstücke wirbelten durch ihr Gehirn und reihten sich aneinander wie Teile eines Puzzlespiels.

Der für das Haus gezahlte Preis – ihr Geld – einzig und allein ihr Geld; die Aktien und Obligationen, die sie ihm zur Verwaltung anvertraut hatte. Sogar ihr Traum erschien ihr jetzt in seiner wahren Bedeutung. Tief in ihrem Innern, in ihrem Unterbewusstsein, hatte sie Gerald Martin stets gefürchtet und ihm zu entrinnen gewünscht. Und es war Dick Windyford, dessen Hilfe ihr zweites Ich herbeigesehnt hatte. Auch das war ein Grund dafür, dass sie die Wahrheit so leicht, ohne zu zweifeln oder zu zögern, akzeptieren konnte. Sie sollte das nächste Opfer von Lemaitre werden. Vielleicht schon sehr bald...

Ein unterdrückter Aufschrei entfuhr ihr, als sie sich an die Eintragung in seinem Notizbuch erinnerte: *Mittwoch, 21 Uhr.* Der Keller mit den Steinplatten, die sich so leicht aufheben ließen! Schon einmal hatte er eines der Opfer im Keller vergraben. Alles war bereits für Mittwochnacht geplant gewesen. Aber dass er es vorher auf so methodische Weise niederschrieb – Wahnsinn! Nein, es war logisch. Gerald machte sich für alle seine Vorhaben im Voraus Notizen zur Erinnerung: Mord war für ihn ein Geschäft wie jedes andere.

Doch was hatte sie gerettet? Was konnte sie möglicherweise gerettet haben? War er in letzter Minute weichherzig geworden? Nein. Wie ein Blitz kam ihr die Antwort – *der alte George.*

Sie verstand jetzt die scheinbar unmotivierte Wut ihres Mannes. Zweifellos hatte er sich schon den Weg bereitet, indem er jedermann erzählte, sie führen am Donnerstag nach London. Dann war George unerwartet am Mittwoch zur Arbeit gekommen, hatte London ihr gegenüber erwähnt, und sie hatte der Behauptung widersprochen. Zu riskant, sie in jener Nacht zu beseitigen, wenn der alte George womöglich ihre Unterhaltung weitererzählte. Doch was für ein Entrinnen! Wenn sie nicht zufällig diese unbedeutende Sache erwähnt hätte – Alix schauderte.

Doch sie durfte keine Zeit verlieren. Sie musste sofort fliehen – bevor er zurückkehrte. Hastig legte sie die Rolle mit den Zeitungsausschnitten wieder in die Schublade, schob sie zu und verschloss sie. Und dann blieb sie regungslos stehen, wie zu Stein erstarrt. Sie hörte die Gartenpforte zur Straße knarren. *Ihr Mann war zurückgekehrt.*

Einen Augenblick blieb Alix noch steif vor Schreck stehen, dann schlich sie auf Zehenspitzen zum Fenster und spähte hinter dem Vorhang hinaus. Ja, es war ihr Mann. Er lächelte vor sich hin und summte eine kleine Melodie. In der Hand hielt er einen Gegenstand, bei dessen Anblick das Herz der jungen Frau vor Entsetzen fast zu schlagen aufhörte. Es war ein nagelneuer Spaten.

Blitzartig kam ihr die instinktive Erkenntnis: *Heute Abend sollte es geschehen ...*

Doch sie hatte noch eine Chance. Seine kleine Melodie summend, ging Gerald um die Ecke und hinter das Haus.

Ohne einen Augenblick zu zögern, lief sie die Treppen hinunter und aus der Tür. Doch sie war kaum aus dem Haus, als ihr Mann von der anderen Seite her um die Ecke trat.

»Hallo«, sagte er, »wohin willst du denn so eilig?«

Alix kämpfte verzweifelt mit sich, ruhig und wie gewöhnlich auszusehen. Für den Moment war ihre Chance vereitelt, aber wenn sie umsichtig darauf achtete, seinen Argwohn nicht zu wecken, würde sie später wiederkommen. Vielleicht sogar gleich...

»Ich wollte nur einmal bis zum Ende des Weges und zurück gehen«, sagte sie in einem Ton, der ihr selbst schwach und unsicher vorkam.

»Gut«, erwiderte Gerald, »ich werde dich begleiten.«

»Bitte nicht, Gerald – ich bin nur nervös – Kopfschmerzen – ich möchte lieber allein gehen.«

Er musterte sie aufmerksam. Einen Moment lang meinte sie Verdacht in seinen Augen aufblitzen zu sehen.

»Was ist denn los mit dir, Alix? Du bist ja blass – und zitterst.«

»Nichts.« Sie zwang sich, brüsk zu sein – und zu lächeln. »Ich habe lediglich Kopfschmerzen. Ein Spaziergang wird mir guttun.«

»Schön, aber es nützt dir gar nichts, dass du mich

nicht mithaben willst«, erklärte Gerald mit seinem unbeschwerten Lachen. »Ich komme, ob du's magst oder nicht.«

Sie wagte nicht, weiter zu protestieren. Wenn er Verdacht schöpfen würde, dass sie *wusste* …

Mit einer Willensanstrengung brachte sie es fertig, ihre normale Art teilweise zurückzugewinnen. Doch sie hatte das unangenehme Empfinden, dass er sie ab und zu von der Seite ansah, als sei er noch nicht ganz beruhigt. Sie fühlte, dass sein Argwohn noch nicht völlig eingeschlafen war.

Als sie ins Haus zurückkamen, bestand er darauf, dass sie sich hinlegte, und brachte Eau de Cologne, um ihre Schläfen damit zu betupfen. Er war, wie immer, der zärtlich liebende Ehemann. Alix fühlte sich so hilflos, als läge sie an Händen und Füßen gefesselt in einer Fallgrube.

Nicht eine Minute lang wollte er sie allein lassen. Er ging mit ihr in die Küche und half ihr, die einfachen kalten Gerichte, die sie schon vorbereitet hatte, ins Zimmer zu tragen. Das Abendessen brachte sie fast zum Ersticken, aber sie zwang sich, zu essen und sogar fröhlich und natürlich zu erscheinen. Sie wusste jetzt, dass sie um ihr Leben kämpfte. Sie war allein mit diesem Mann, meilenweit von jeder Hilfe, völlig in seiner Gewalt. Ihre einzige Chance bestand darin, seinen Verdacht so weit einzuschläfern, dass er sie ein paar Augenblicke lang allein ließ – lang genug, dass sie in die Diele zum Telefon gehen und Hilfe herbeirufen konnte. Das blieb jetzt ihre einzige Hoffnung.

Ein weiterer Hoffnungsschimmer flackerte in ihr auf, als sie sich daran erinnerte, wie er schon einmal seinen Plan verschoben hatte. Angenommen, sie erzählte ihm, dass Dick Windyford sie heute Abend besuchen käme?

Die Worte standen schon auf ihren Lippen – als sie sie hastig wieder zurücknahm. Dieser Mann würde sich nicht ein zweites Mal zurückhalten lassen. In seiner gehobenen Stimmung lag unter seinem ruhigen Äußeren eine Entschlossenheit, dass ihr fast übel wurde. Damit würde sie das Verbrechen nur vorzeitig herausfordern. Er würde sie auf der Stelle umbringen und hinterher ruhig Dick Windyford anläuten, um ihm zu erzählen, dass sie plötzlich zu jemand anders hätten gehen müssen. Oh! Wenn nur Dick Windyford heute Abend hierher käme! Wenn Dick …

Plötzlich zuckte ihr ein Einfall durch den Kopf. Sie blickte ihren Mann scharf von der Seite an, als fürchtete sie, er könnte ihre Gedanken lesen. Mit dem Plan kehrte auch ihr Mut zurück. Alix wurde wieder so ungezwungen und natürlich, dass sie sich selbst bewundern musste.

Sie bereitete den Kaffee und trug ihn auf die Veranda, wo sie oft an schönen Abenden saßen.

»Übrigens«, sagte Gerald plötzlich, »wir wollen später noch die Negative entwickeln.«

Ein Schauder rann Alix über den Rücken, aber sie erwiderte gleichgültig: »Kannst du nicht allein damit fertig werden? Ich bin heute ziemlich müde.«

»Es wird nicht lange dauern.« Er lächelte in sich hinein. »Und ich kann dir versprechen, dass du hinterher nicht müde sein wirst.«

Die Worte schienen ihn zu amüsieren. Alix schauderte. Jetzt oder nie musste sie ihren Plan ausführen.

Sie erhob sich. »Ich will nur eben mal den Schlachter anrufen«, sagte sie gleichgültig. »Bleib nur ruhig sitzen.«

»Den Schlachter? So spät noch?«

»Sein Laden ist natürlich geschlossen, Dummchen. Aber ich kann ihn zu Hause erreichen. Morgen ist Sonnabend, und ich möchte, dass er mir gleich früh ein paar Kalbskoteletts bringt, bevor jemand anders sie mir wegschnappt. Der Gute tut alles für mich.«

Alix ging rasch ins Haus hinein und schloss die Tür hinter sich. Sie hörte Gerald rufen: »Lass die Tür offen«, und hatte schnell die ungezwungene Antwort zur Hand: »Dann kommen nur Nachtfalter herein. Ich ekle mich so vor ihnen. Hast du Angst, dass ich dem Schlachter eine Liebeserklärung machen will, Dummchen?«

Sie nahm hastig den Telefonhörer ab und verlangte die Nummer des *Traveller's Arms.* Alix wurde sofort verbunden.

»Bitte Mr. Windyford! Ist er noch da? Kann ich ihn sprechen?« Doch dann setzte einen Augenblick lang ihr Herzschlag aus. Die Tür ging auf, und ihr Mann trat in die Diele.

»Geh bitte fort, Gerald«, sagte sie, als ob sie sich zierte. »Ich mag es gar nicht, wenn mir jemand beim Telefonieren zuhört.«

Er lachte nur und ließ sich in einen Sessel fallen.

»Ist es auch wirklich der Schlachter, den du da anrufst?«, zog er sie auf.

Alix war verzweifelt. Ihr Plan war fehlgeschlagen. In einer Minute würde Dick Windyford an den Apparat kommen. Sollte sie es riskieren und ihn unumwunden zu Hilfe rufen?

Doch während sie nervös die kleine Taste im Hörer drückte und wieder losließ, welche die Stimme des Anrufenden am anderen Ende der Leitung hören lässt oder unterbricht, fiel ihr blitzartig ein neuer Plan ein.

›Es wird nicht einfach sein‹, dachte sie. ›Ich muss unbedingt einen klaren Kopf behalten und die richtigen Worte wählen. Ich darf keinen Augenblick unsicher werden; doch ich glaube, ich kann es schaffen. Ich *muss* es schaffen.‹

Und im selben Moment hörte sie die Stimme von Dick Windyford im Hörer.

Alix sog einen tiefen Luftzug ein. Dann drückte sie entschlossen die Taste und begann zu sprechen.

»Hier ist Mrs. Martin – Villa Nachtigall. Bitte, kommen Sie (sie ließ die Taste los) *morgen früh mit sechs schönen Kalbskoteletts.* (Sie drückte wieder die Taste.) *Es handelt sich bei mir um Leben und Tod* (sie ließ die Taste los), *dass die Kalbskoteletts schön zart sind, denn mein Mann ist sehr wählerisch. Bitte* (sie drückte die Taste) *kommen* (sie ließ die Taste los) *Sie* (sie drückte die Taste) *so früh wie möglich.* (Sie ließ die Taste los.) *Vielen Dank, Mr. Hexworthy, und entschuldigen Sie, dass ich so spät noch angerufen habe. – Bis morgen früh also.«*

Sie legte den Hörer wieder auf die Gabel und drehte sich zu ihrem Mann um; ihr Atem ging rasch.

»So also pflegst du mit deinem Schlachter zu reden!«, sagte Gerald.

»Das ist eben Frauenart«, meinte Alix leichthin.

Innerlich fieberte sie vor Erregung. Er hatte keinen Verdacht geschöpft. Dick würde kommen, selbst wenn er es nicht verstanden hatte.

»Du scheinst ja auf einmal äußerst gut gelaunt zu sein«, bemerkte er, sie neugierig musternd.

»Allerdings« erwiderte Alix. »Meine Kopfschmerzen sind fort.« Sie setzte sich wieder auf ihren Platz und lächelte ihren Mann an, als er sich in einen Sessel ihr gegenüber sinken ließ. Sie war gerettet. Die Zeiger der Uhr wiesen erst auf fünfundzwanzig Minuten nach acht. Lange vor neun würde Dick hier sein.

»Der Kaffee vorhin gefiel mir überhaupt nicht«, klagte Gerald. »Er schmeckte sehr bitter.«

»Ich hab eine neue Sorte probiert. Wir werden sie nicht wieder trinken, wenn du sie nicht magst, Liebling.«

Alix nahm sich ihre Handarbeit vor und begann zu sticken. Gerald las ein paar Seiten in seinem Buch. Dann blickte er zur Uhr hoch und warf das Buch beiseite.

»Halb neun. Zeit in den Keller zu gehn und mit der Arbeit zu beginnen.«

Die Handarbeit entglitt Alix.

»Oh, doch nicht so früh. Warten wir bis neun!«

»Nein, meine Liebe – halb neun. Für die Zeit habe ich es festgesetzt. Um so eher wirst du zur Ruhe kommen.«

»Aber ich würde lieber noch bis neun Uhr warten.«

»Du weißt doch, wenn ich einmal eine Zeit festgesetzt habe, bleibt es dabei. Komm mit, Alix. Ich warte keine Minute länger!«

Alix blickte zu ihm hoch, und trotz aller Selbstbeherrschung überkam sie ein Grauen. Die Maske war gefallen. Geralds Hände zuckten, seine Augen glänzten vor Erregung, und mit der Zunge fuhr er sich fortwährend über die trockenen Lippen. Er gab sich keine Mühe mehr, seine wahren Gefühle zu verbergen. ›*Wie ein Wahnsinniger*‹, dachte Alix, ›*er kann einfach nicht mehr warten.*‹

Mit langen Schritten kam er zu ihr herüber, packte sie bei der Schulter und riss sie auf die Füße.

»Komm mit, Mädchen – oder ich trage dich dorthin.«

Die Worte sollten fröhlich klingen, aber in ihrem Ton schwang eine kaum verborgene Grausamkeit mit, die sie entsetzte. Mit äußerster Anstrengung riss sie sich los und presste sich mit dem Rücken gegen die Wand. Sie war machtlos. Sie konnte nicht entkommen – sie war ihm ausgeliefert – und er kam auf sie zu.

»Also, – Alix –«

»Nein – nein!«, schrie sie und streckte ohnmächtig die Hände aus, um ihn abzuwehren.

»Gerald – bleib stehn – ich muss dir etwas sagen – etwas gestehen –«

Er blieb stehen. »Gestehen?«, fragte er neugierig.

»Ja, gestehen.« Die Worte waren ihr ohne jeden Grund eingefallen, aber sie wiederholte sie verzweifelt, um seine einmal geweckte Aufmerksamkeit festzuhalten.

Ein verächtlicher Ausdruck trat in sein Gesicht.

»Ein früherer Liebhaber, nehme ich an«, sagte er höhnisch.

»Nein«, erwiderte Alix. »Etwas anderes. Man könnte es wohl – ja, man könnte es ein Verbrechen nennen.«

Augenblicklich erkannte sie, dass sie den richtigen Ton getroffen hatte. Seine Aufmerksamkeit war erneut geweckt, gefangen. Als sie das sah, kehrte ihre Beherrschung zurück. Sie fühlte sich wieder als Herrin der Situation.

»Du solltest dich lieber wieder setzen«, sagte sie ruhig.

Sie durchquerte das Zimmer zu ihrem alten Platz und setzte sich ebenfalls. Sie bückte sich sogar und hob ihre Handarbeit auf. Doch hinter ihrer äußerlichen Ruhe war sie fieberhaft dabei, eine Geschichte zu erfinden; denn was sie sich jetzt ausdachte, musste seine Neugier wachhalten, bis Hilfe eintraf.

»Ich habe dir erzählt«, begann sie langsam, »dass ich fünfzehn Jahre lang als Stenotypistin gearbeitet habe. Das entsprach nicht ganz der Wahrheit. Dazwischen lagen zwei Unterbrechungen. Die erste ereignete sich, als ich zweiundzwanzig war. Ich begegnete einem Mann, einem älteren Mann mit einem kleinen Vermögen. Er verliebte sich in mich und hielt um meine Hand an. Ich sagte ja, und wir heirateten.« Sie machte eine Pause. »Ich brachte ihn dazu, sein Leben zu meinen Gunsten zu versichern.« Sie sah, dass plötzlich ein brennendes Interesse im Gesicht ihres Mannes geschrieben stand, und fuhr mit gestärktem Selbstvertrauen fort. »Während des Krieges arbeitete ich eine Zeitlang in der Apotheke eines Krankenhauses. Dort musste ich mit allen möglichen seltenen Arzneimitteln und Giften hantieren.«

Überlegend hielt sie inne. Er gab keine Zweifel mehr, er war jetzt brennend interessiert. Ein Mörder kann nicht anders, er muss an einem Mord Interesse finden. Darauf hatte sie mit Erfolg gesetzt. Verstohlen blickte sie auf die Uhr. Es war fünfundzwanzig Minuten vor neun.

»Es gibt ein Gift – ein feines weißes Pulver –, eine winzige Prise davon bedeutet Tod. Aber vielleicht verstehst du ja etwas von Giften?«

Sie stellte diese Frage etwas ängstlich. Wenn er sie bejahte, musste sie vorsichtig sein.

»Nein«, sagte Gerald; »so gut wie nichts.«

Erleichtert atmete sie auf.

»Aber bestimmt hast du schon von Hyoscin gehört? Das ist ein Arzneimittel, das, richtig dosiert, *todsicher* wirkt, jedoch absolut nicht nachweisbar ist. Ich stahl eine kleine Portion davon und verwahrte sie gut.«

Sie schaltete eine Pause ein, alle ihre Kräfte zusammennehmend.

»Weiter«, sagte Gerald.

»Nein. Ich habe Angst, es dir zu erzählen. Ein andermal.«

»Jetzt«, forderte er sie ungeduldig auf. »Ich will es jetzt hören.«

»Unsere Ehe dauerte einen Monat. Ich war sehr gut zu meinem ältlichen Mann, sehr freundlich und hingebend. Allen Nachbarn gegenüber lobte er mich. Jedermann wusste, was für eine liebende Frau ich war. Und jeden Abend bereitete ich eigenhändig unseren Kaffee. Eines Abends, als wir beide allein im Hause waren, tat ich eine Prise des tödlichen Alkaloids in seine Tasse –«

Alix machte wieder eine Pause und fädelte umständlich ihre Nadel ein. Sie, die niemals in ihrem Leben geschauspielert hatte, nahm es in diesem Augenblick mit der größten Schauspielerin der Welt auf. Sie ging förmlich auf in der Rolle der kaltblütigen Giftmischerin.

»Es ging äußerst friedlich vor sich. Ich saß da und beobachtete ihn. Einmal keuchte er ein wenig und verlangte nach Luft. Ich öffnete das Fenster. Dann sagte er, er könne sich nicht mehr von seinem Stuhl erheben. *Kurz darauf starb er.*«

Sie hörte auf zu lächeln. Es war Viertel vor neun. Bestimmt würde Dick bald kommen.

»Wie hoch«, fragte Gerald, »war die Versicherungssumme?«

»Ungefähr zweitausend Pfund. Ich habe damit spekuliert und fast alles verloren. Darauf nahm ich wieder Büroarbeit an. Aber ich hatte nie die Absicht, lange dabei zu bleiben. Etwas später lernte ich einen anderen Mann kennen. Da ich im Büro wieder unter meinem Mädchennamen arbeitete, wusste er nicht, dass ich schon einmal verheiratet war. Es war ein jüngerer Mann, recht gut aussehend und ziemlich vermögend. Wir heirateten in aller Stille in Sussex. Er wollte keine Lebensversicherung abschließen, aber natürlich machte er ein Testament zu meinen Gunsten. Genau wie mein erster Mann sah er es gern, wenn ich eigenhändig den Kaffee bereitete.«

Alix lächelte beziehungsvoll und fügte lächelnd hinzu: »Ich mache sehr guten Kaffee.«

Dann fuhr sie fort: »In dem kleinen Ort, in dem wir wohnten, hatte ich eine Anzahl Freunde. Sie waren sehr um mich besorgt, als mein Mann eines Abends nach dem Essen plötzlich an einem Herzschlag starb. Nur der Arzt war mir nicht sehr gewogen. Ich glaube zwar nicht, dass er mich verdächtigte, auf jeden Fall aber überraschte ihn der plötzliche Tod meines Mannes sehr. Ich weiß nicht recht, warum ich eigentlich wieder ins Büro ging. Wahrscheinlich war es die Macht der Gewohnheit. Mein zweiter Mann hinterließ mir etwa viertausend Pfund. Diesmal spekulierte ich nicht damit, sondern investierte es. Und dann, wie du ja weißt –«

Doch sie wurde unterbrochen. Gerald Martin, dessen Gesicht blutrot angelaufen war, deutete mit zitterndem Zeigefinger auf sie.

»Der Kaffee – mein Gott, der Kaffee!«, keuchte er halb erstickt.

Sie starrte ihn an.

»Jetzt verstehe ich, warum er so bitter war. Du Teufelin hast es jetzt auf mich abgesehen!«

Seine Hände umklammerten die Sessellehnen. Er machte Anstalten, sich auf sie zu stürzen.

»Du hast mich vergiftet!«

Alix war vor ihm bis zum Kamin zurückgewichen. Von Furcht gepackt, öffnete sie die Lippen, um nein zu sagen – hielt jedoch inne. Im nächsten Augenblick würde er sie anspringen. Sie nahm all ihren Mut zusammen. Ihre Augen hielten ihn fest, bannten ihn an seinen Platz.

»Ja«, sagte sie. »Ich habe dich vergiftet. Das Gift arbeitet bereits in deinem Körper. Du kannst dich nicht mehr von deinem Stuhl erheben – du kannst dich nicht mehr bewegen –«

Wenn sie ihn nur an seinem Platz halten konnte – nur ein paar Minuten …

Ah! Was war das? Schritte auf der Straße. Die Pforte knarrte. Die Schritte kamen den Gartenweg herauf – die Haustür öffnete sich –

»Du kannst dich nicht bewegen!«, wiederholte sie.

Dann schlüpfte sie an ihm vorbei und floh Hals über Kopf aus dem Zimmer, um ohnmächtig in Dick Windyfords Arme zu fallen.

»Mein Gott, Alix!«, rief er aus.

Dann wandte er sich an seinen Begleiter, einen großen, kräftigen Mann in Polizeiuniform.

»Sehen Sie doch bitte mal nach, was im Zimmer nebenan vor sich geht.«

Dick legte Alix sorgsam auf eine Couch und beugte sich über sie.

»Mein kleines Mädchen«, murmelte er. »Mein armes kleines Mädchen. Was hat man dir nur angetan?«

Ihre Augenlider flatterten, und ihre Lippen hauchten seinen Namen.

Dick wurde von dem Polizisten aufgestört, der ihn am Arm berührte.

»Im Nebenzimmer sitzt lediglich ein Mann im Sessel, Sir. Er sieht aus, als hätte ihm etwas einen gewaltigen Schreck eingejagt, und –«

»Ja?«

»Nun, Sir – er ist – tot.«

Der Klang von Alix' Stimme ließ sie zusammenfahren. Sie sprach mit geschlossenen Augen, als ob sie träumte.

»Und kurz darauf«, sagte sie, fast als zitiere sie etwas aus dem Gedächtnis, *»starb er –«*

P. D. James

Das Mädchen, das Friedhöfe liebte

Nichts war ihr in Erinnerung geblieben von jenem heißen Augusttag damals im Jahr 1956, als man sie bei Tante Gladys und Onkel Victor ablieferte, um fortan bei ihnen, in dem schmalen Haus im Osten Londons, Alma Terrace 49, zu leben. Sie wusste noch, dass sie gerade drei Tage zuvor zehn Jahre alt geworden war und dass diese beiden einzigen noch lebenden Verwandten sie in ihre Obhut nehmen sollten, nun, da Vater und Großmutter an der Grippe gestorben waren, nacheinander und im Laufe einer einzigen Woche. All dies aber waren nur nackte Tatsachen, die ihr irgendjemand irgendwann kurz mitgeteilt hatte. Keine Erinnerung war ihr geblieben aus ihrem vorhergegangenen Leben. Jene ersten zehn Jahre kamen ihr vor wie eine kahle Stelle, ließen sich nicht fassen, wie ein Traum, der verblichen ist, aber im Gemüt eine unsichtbare Narbe aus Beklemmung und Angst hinterlassen hat. Die Erinnerung und ihre Kindheit begannen für sie mit jenem Augenblick, als sie in dem engen, fremden Schlafzimmer erwachte, neben Sambo, der Katze, die, ungerührt in ein Handtuch gerollt, am Fußende ihres Bettes schlief. Barfuß war sie ans Fenster getreten und hatte die Vorhänge zurückgezogen.

Und dort draußen lag vor ihren Blicken der Friedhof, leuchtend und geheimnisvoll im Licht des frühen Morgens. Eisengitter umgrenzten ihn, und nur ein schmaler Pfad trennte ihn von der Rückseite des Hauses in der Alma Terrace. Der Tag versprach wieder warm zu werden, und über den ordentlichen Reihen von Grabsteinen hing ein dunstiger Schleier, aus dem nur hier und da ein Obelisk ragte oder die Flügelspitzen eines Marmorengels, dessen körperloses Haupt in der schimmernden Luft zu treiben schien. Und als sie hinübersah, bewegungslos und wie verzaubert, begann der Dunst sich zu heben, und der ganze weite Friedhof bot sich ihren Augen dar, ein Wunder aus Stein und Marmor, glänzendem Gras und sommerschweren Bäumen, mit den mit Blumen bepflanzten Gräbern und den schmalen Trennpfaden dazwischen, soweit das Auge reichte. Ganz in der Ferne war gerade noch das Dach der viktorianischen Kapelle auszumachen, gleißend, der Turm eines Zauberschlosses, aus einem lang vergessenen Märchen. Sie fühlte, wie sie in diesem Augenblick des wachsenden Entzückens erschauerte, ein Gefühl, das sie kaum kannte und das durch ihren dünnen Körper lief wie ein Schmerz. Und es war in diesem Augenblick, an diesem ersten Morgen ihres neuen Lebens, an dem die Vergangenheit hinter ihr untergegangen war und vor ihr die Zukunft lag, fremd und beängstigend, dass sie den Friedhof für sich in Besitz nahm. Ihre ganze Kindheit und Jugend über sollte dies der Ort der Seligkeit und des Geheimnisses für sie bleiben, ihre Wohnstätte und ihr Trost.

Ihre Kindheit war eine Zeit ohne Liebe, fast ohne Zuneigung. Onkel Victor war der ältere Halbbruder ihres Vaters, auch das hatte man ihr gesagt. Tante und Onkel waren also keine wirklichen Verwandten. Das geringe Liebespotential, das ihnen zur Verfügung stand, reichte gerade für sie beide aus, und auch zwischen ihnen konnte man nicht eigentlich von einem Gefühl der Liebe sprechen, viel eher unterstützten und trösteten sie sich gegenseitig, angesichts der bedrohlichen Welt, die draußen vor den adretten Vorhängen ihres kleinen, erstickend vollgestopften Wohnzimmers zu lauern schien.

Dennoch sorgten sie ebenso pflichtbewusst für das Kind wie für Sambo, die Katze. Der Haushalt hielt die Fiktion aufrecht, das Mädchen vergöttere seine Katze Sambo, die es mitgebracht hatte, als es ins Haus kam, das einzige Bindeglied zur Vergangenheit, ja beinahe ihr einziger Besitz. Nur sie allein wusste, dass sie Sambo nicht leiden konnte und sich vor ihm fürchtete. Sie bürstete und fütterte ihn mit der wachsamen Fürsorge, die sie für alle Verrichtungen aufbrachte. Als Dank dafür wurde er zu ihrem treuen Sklaven, der fast nie von ihrer Seite wich. Auf ihren Spuren durchstreifte er den Friedhof und blieb erst hinter ihr zurück, wenn sie das Hauptportal erreicht hatte. Ihr Freund aber war er nicht. Er liebte sie nicht und wusste, dass auch sie ihn nicht liebte. Er war ein Mitverschwörer, ein Kamerad, aus dessen Augenschlitzen sie azurne Bläue anblitzte. Wie sie selbst verfügte er über ein geheimes Wissen, das sie teilten. Er fraß begierig, wurde aber nie fett, stattdessen magerte sein glatter schwarzer Körper immer mehr ab, bis er, ausgestreckt im Sonnenlicht auf dem Fensterbrett, sein scharf geschnittenes Profil dem Friedhof zugekehrt, eher einem pelzigen Reptil glich, düster und unnatürlich.

Glücklicherweise gab es ein Nebentor auf der Seite von Alma Terrace, und so war es ihr möglich, auf dem Heimweg von der Schule die Abkürzung durch den Friedhof zu nehmen, um den Gefahren der Hauptstraße zu entgehen.

»Gut, warum nicht? Aber irgendwie finde ich es nicht richtig, wenn ein Kind jeden Tag durch Reihen von Toten laufen muss«, hatte ihr Onkel am ersten Morgen voller Zweifel gesagt.

»Die Toten können nicht aus ihren Gräbern steigen«, hatte die Tante erwidert. »Die liegen schön still. Vor den Toten ist sie sicher.«

Die Stimme ihrer Tante war unnatürlich rauh und laut gewesen. Ihre Worte klangen übertrieben, fast wie eine Herausforderung. Das Kind aber wusste, dass sie recht hatte. Mit den Toten fühlte es sich sicher, sicher und wie zu Hause.

Die Jahre in Alma Terrace verstrichen, so milde und langweilig wie das Milchgelee, das die Tante zubereitete und das man eher fühlen als schmecken konnte. War sie glücklich gewesen? Nie hatte sie sich diese Frage gestellt. In der Schule fiel sie nicht besonders auf, da sie weder hübsch noch intelligent genug war, um das Interesse der Mitschüler oder der Lehrer zu erregen; ein ganz gewöhnliches Kind, etwas ungewöhnlich nur dadurch, dass sie verwaist war, aber unfähig, sentimentalen Gewinn aus diesem Umstand zu ziehen. Vielleicht hätte sie Freunde finden können, stille und friedfertige Kinder, wie sie selbst eines war, Kinder, die auf ihre eigene beruhigende Mittelmäßigkeit angesprochen hätten. Etwas an ihr jedoch entmutigte die schüchternen Annäherungsversuche anderer Kinder, etwas an ihr stieß sie zurück. Vielleicht war es ihre Selbstgenügsamkeit, ihr milder, leidenschaftsloser Blick, ihre Weigerung, irgendetwas von sich selbst preiszugeben, selbst in einer oberflächlichen Freundschaft. Sie brauchte keine Freunde. Sie hatte ja den Friedhof und seine Bewohner.

Einige dieser Bewohner waren ihre Lieblinge. Sie kannte alle, wusste, wann sie gestorben, wie alt sie geworden, und manchmal sogar, woran sie gestorben waren. Sie kannte ihre Namen und lernte ihre Daten auswendig. Für sie waren sie wirklicher als die Lebenden, jene Reihen von innig geliebten Ehefrauen und Müttern, von angesehenen Geschäftsmännern, jene beweinten Väter und tief betrauerten Kinder. Neue Gräber interessierten sie wenig, obgleich sie den Trauerzeremonien aus einiger Entfernung zusah und sich dann heranschlich, um die Beileidskarten zu lesen. Was ihr am meisten gefiel, waren die alten, vernachlässigten länglichen Erdhügel, die abgesplitterten Grabsteine, die schiefen Kreuze, auf denen die eingemeißelten Worte von der Witterung fast ausgelöscht waren. Um jene Namen der längst Verstorbenen rankten sich ihre kindlichen Phantasien.

Sogar die Jahreszeiten wurden ihr eigentlich erst

im Friedhof und durch den Friedhof deutlich. Die goldenen und lila Speerspitzen der ersten Krokusse, die sich aus der harten Erde bohrten. April mit seinen bebenden Narzissen. Der ganze Friedhof *en fête,* in Gelb und Weiß, wenn die Hinterbliebenen die Gräber zu Ostern schmückten. Im Geruch von frisch gemähtem Gras und im erdigen Duft des Hochsommers schien es ihr, als sögen die Toten die blütenschwangere Luft ein und entließen dafür ihren eigenen, geheimnisvoll herb parfümierten Atem. Die Steine und Marmordenkmäler leuchteten im Sonnenlicht, wenn die alten Frauen mit ihren verfärbten Kattunkleidern trippelnd ihre Blumenvasen am Hahn hinter der Kapelle füllten. Sie sah den ersten Schnee des Winters fallen. Die Marmorengel hatten dann groteske hohe Mützen aus glitzerndem Weiß. Sie wartete, am Fenster stehend, auf Tauwetter und darauf, dass die Schneetücher schmelzen würden und die verhüllten Gestalten wieder sie selber würden.

Einmal hatte sie nach ihrem Vater gefragt, danach hatte sie begriffen, wie Kinder so etwas eben begreifen, dass dieses Thema, aus irgendwelchen rätselhaften Gründen der Erwachsenen, besser nicht besprochen wurde. Sie hatte in der Küche gesessen, über ihren Hausaufgaben am Tisch, während die Tante dabei war, das Abendessen vorzubereiten. Sie hatte den Kopf von ihrem Geschichtsbuch gehoben und gefragt: »Wo ist Papa begraben?«

Die Bratpfanne schlug gegen den Herd. Die Gabel fiel aus der Hand der Tante. Lange brauchte sie dazu, die Gabel aufzuheben, sie abzuwaschen und den Boden vom Fett zu säubern. Wieder hatte das Kind gefragt: »Wo ist Papa begraben?«

»Im Norden. In Creeton bei Nottingham mit deiner Mama und deiner Oma. Wo sonst?«

»Kann ich dort hingehen? Kann ich ihn besuchen?«

»Vielleicht, wenn du älter bist. Es hat keinen Sinn, an Gräbern herumzuhängen. Die Toten sind dort nicht.«

»Wer kümmert sich um sie?«

»Um die Gräber? Die Friedhofsleute. Und jetzt mach zu mit deinen Hausaufgaben, bitte, Kind. Ich brauch den Tisch fürs Abendessen.«

Nach ihrer Mutter hatte sie nicht gefragt, ihre Mutter war bei ihrer Geburt gestorben. Sie hatte ihr Weggehen immer als böse Absicht empfunden und auch als Quelle von heimlichen Schuldgefühlen. »Du hast deine Mutter umgebracht.« Irgendjemand hatte einmal diese Worte zu ihr gesagt und ihr damit eine Bürde auferlegt. Nie erlaubte sie sich, über ihre Mutter nachzudenken. Ihr Vater, so wusste sie, war bei ihr geblieben. Er hatte sie geliebt, er hatte damals nicht sterben, sie nicht allein lassen wollen. Eines Tages würde sie heimlich sein Grab ausfindig machen. Sie wollte ihn dort besuchen, nicht nur einmal, sondern jede Woche. Sie wollte das Grab pflegen, Blumen darauf pflanzen und das Gras am Rand kurz halten, wie es die alten Damen im Friedhof taten, und wenn es keinen Grabstein gab, wollte sie einen kaufen, kein Kreuz, sondern einen gleißenden Obelisken, den höchsten im ganzen Friedhof, der seinen Namen tragen sollte, in Buchstaben gemeißelt, die sie selbst ausgesucht hatte. Natürlich würde sie warten müssen, bis sie älter war, bis sie die Schule verlassen und zur Arbeit gehen konnte, um genug Geld dafür zu sparen. Eines Tages aber, das wusste sie, würde sie ihren Vater finden, dann würde auch sie ein Grab haben, um es zu besuchen und zu pflegen. Die Schulden der Liebe mussten bezahlt werden.

Vier Jahre nach ihrer Ankunft in Alma Terrace kam der einzige Bruder ihrer Tante aus Australien zu Besuch. Körperlich glichen sich die Geschwister sehr, sie hatten den gleichen untersetzten, kurzbeinigen Körperbau, die gleichen kleinen Augen in dem eckigen, plumpen Gesicht. Onkel Ned jedoch strahlte eine kecke Selbstsicherheit aus, eine fröhliche Herzlichkeit, die sich so stark von der scheuen Reserviertheit seiner Schwester abhob, dass es einem schwerfiel, die beiden für Geschwister zu halten. In den zwei Wochen, die er zu Gast war, beherrschte er das kleine Haus mit seiner durchdringenden, fremdartigen Stimme und seiner von sich selbst überzeugten Männlichkeit. Unvermutet kam es zu allerlei angenehmen Ausflügen, Abendessen im West End, einem Besuch im Greyhoundstadion, einer Show im Earl's Court. Er war freundlich zu dem Kind. Er steckte ihr Geld zu und ging sogar an einem Morgen, als er die Pferderennzeitung kaufen wollte, mit ihr durch den Friedhof. An diesem Abend hörte sie, als sie gerade die Treppe herunterkam, wie die Erwachsenen im Esszimmer sich unterhielten. Es waren unzusammenhängende Wortfetzen, die sie auffing, Erwachsenengerede und unverständlich. Dennoch nahm sie die Worte wahr und speicherte sie in ihrem Inneren.

Da war zuerst das laute Dröhnen der Stimme, die ihrem Onkel gehörte: »Also, wir schaun uns zusammen die Gräber an, nicht wahr. Geliebter Gatte und Vater, von uns gegangen … plötzlich … am 14. Mai 1892 … oder so ähnlich. Marmorbrocken, die Urne geborsten und ein verdammt großer Engel, der nach oben zeigt. Ihr wisst ja, wie so was aussieht. Und das Kind schaut mich an und sagt,

›Papas Tod kam auch ganz plötzlich‹. Das hat sie gesagt. Rückte damit raus, ganz cool, cooler geht's nicht. Also, was in Gottes Namen bringt sie dazu, so was zu sagen? Ich meine, warum gerade in diesem Moment? Jesus, das hat mich erschreckt, ich kann euch sagen. Ich wusste gar nicht, wo ich hinschauen sollte. Und was für einen Ort sie sich dazu ausgesucht hatte, den verdammten Friedhof. Eins sage ich euch, wenn ihr nach Sydney kommt, habt ihr 'ne bessere Aussicht, das verspreche ich euch.«

Sie schlich sich näher, spitzte aber umsonst die Ohren, die undeutliche gemurmelte Antwort der Tante war nicht zu verstehen.

Nun sprach der Onkel wieder: »Das Miststück hat ihm nie verziehen, dass er Helen geschwängert hat. Keiner war gut genug für ihre einzige, kostbare Tochter. Und dann, als Helen starb, im Kindsbett, da hat sie ihm das auch angelastet. Armer Hund, er hat sich nichts als Verdruss eingehandelt, als er so verrückt auf das Mädchen war. Zu weich, zu romantisch. Das war schon immer Martins Leiden.«

Und wieder das Gemurmel von undeutlichen Stimmen, die Geräusche, als die Tante aufstand und vom Tisch zum Herd ging, das Scharren eines Stuhles. Dann erneut die Stimme des Onkels: »Komische Kleine, was? Irgendwie altmodisch. Morbide könnte man sagen. Man könnte glatt meinen, sie wohne dort in dem Knochengarten, sie und diese verdammte Katze. Und sie ist das Abbild ihres Vaters. Jesus, das fuhr mir richtig in die Glieder, ich sag's euch. Schaut mich an mit seinen Augen und kommt damit raus: ›Papa ist auch sehr plötzlich gestorben.‹ Ist richtig, sage ich. Grippe? Na ja, es hilft wohl, die Sache so zu nennen – wenn man damit durchkommt. Ist eine gute Bezeichnung, Grippe, für so was, möchte ich meinen. Die Leute kapieren's nicht. Wie lange ist es jetzt her? Vier Jahre? Ich dachte, es wäre länger her.«

Ein Teil dieser bruchstückhaften und rätselvollen Unterhaltung verstörte sie. Onkel Ned versuchte Onkel und Tante zu überreden, zu ihm nach Australien zu ziehen. Es konnte also geschehen, dass man sie wegbringen würde, weit weg von Alma Terrace und von dem Friedhof, den sie dann nie mehr sehen würde. Jahre würde sie dann warten müssen, ehe sie genug Geld zusammenhätte, um nach England zurückzukehren und das Grab ihres Vaters zu finden. Und wie sollte sie dann das Grab regelmäßig besuchen und pflegen, wenn sie auf der anderen Seite der Welt festsaß?

Monate vergingen nach Onkel Neds Besuch, ehe sie fähig war, seine seltenen Briefe mit den australischen Marken durch den Schlitz des Briefkastens zu erspähen, ohne dass ihr Herz sich vor Angst zusammenzog.

Ihre Sorge jedoch war ganz überflüssig. Erst im Oktober des Jahres 1966 verließen Onkel und Tante England, und sie reisten allein. Als sie ihr an einem Sonntagmorgen beim Frühstück von ihrem Entschluss erzählten, wurde es offenbar, dass sie nie vorgehabt hatten, sie mitzunehmen. Pflichtbewusst wie immer, hatten sie so lange mit ihrem Plan gewartet, bis das Mädchen die Schule beendet und ihr eigenes Geld als Sekretärin eines ortsansässigen Grundstückmaklers verdienen konnte. Ihre Zukunft war gesichert. Die beiden hatten alles getan, was das Gewissen von ihnen gefordert hatte. Zögernd und etwas verlegen rechtfertigten sie ihren Entschluss, als glaubten sie, dass dies wichtig für das junge Mädchen sei, so als läge ihr etwas daran, ob sie nun blieben oder fortgingen. Die Arthritis quäle ihre Tante in den letzten Jahren immer stärker, sagten sie, man sehne sich nach Sonne. Onkel Ned sei ihr einziger naher Verwandter, und sie würden immer älter. Monatelang hatten sie angstvoll und flüsternd hinter verschlossenen Türen ihren Plan von allen Seiten betrachtet. Sie hatten beschlossen, vorderhand sechs Monate in Sydney zu bleiben, um sich dann, wenn Australien ihnen gefiel, als Auswanderer dort niederzulassen. Das

Haus an der Alma Terrace sollte verkauft werden, um die Flugreise zu finanzieren. Es wurde schon vom Makler angeboten. Aber die beiden Alten hatten Vorsorge für das Mädchen getroffen. Als sie ihr erzählten, was abgemacht worden war, musste sie ihr Gesicht tief über den Teller beugen, damit keiner sehen konnte, welch eine tiefe Freude sie durchströmte. Mrs Morgan, die drei Häuser weiter wohnte, hatte sich bereit erklärt, sie bei sich aufzunehmen, wenn es ihr nichts ausmachte, das kleine Schlafzimmer im hinteren Teil der Wohnung zu beziehen, dessen Fenster hinausblickte auf den Friedhof. Die Erleichterung, die in ihr aufstieg wie ein brausender Wind, ließ sie kaum auf die nächsten Worte ihrer Tante achten. Es gab ein kleines Problem. Jeder wusste, wie Mrs Morgan zu Katzen stand. Sambo musste sie loswerden.

Der Nachmittag, an dem Tante und Onkel von Heathrow abfliegen sollten, war für den Umzug in die Alma Terrace 43 vorgesehen. Die beiden Koffer, die alles bargen, was sie auf dieser Welt besaß, standen fertig gepackt. Sorgsam verstaute sie ihre wenigen Papiere, die Beweise ihrer Existenz, in der Handtasche: Geburtsurkunde, Impfzeugnis, ihr Postsparbuch, auf dem sie mühevoll 103 Pfund gespart hatte, einen Grundstein für die Gedenkstätte ihres Vaters. Am nächsten Tag wollte sie mit der

Suche beginnen. Vorher aber musste sie noch zum Tierarzt, um Sambo töten zu lassen. Aus zwei Pappkartons, die sie zusammenschob, fertigte sie eine Katzenkiste und bohrte Löcher hinein, dann saß sie geduldig im Wartezimmer, die Kiste zu ihren Füßen. Die Katze gab keinen Laut von sich, und diese stille Resignation berührte sie. Zum ersten Mal empfand sie etwas wie Zuneigung und Mitleid, aber es gab keine Möglichkeit, Sambo zu retten. Sie wussten es beide. Hatte er nicht immer gewusst, was sie dachte, was vergangen war und was kommen sollte? Es gab etwas, das sie teilten und das sie verband, ein Wissen, eine gemeinsame Erfahrung, an die sie sich nicht erinnern und die er ihr nicht mitteilen konnte. Nun, da er getötet werden sollte, würde auch dieses letzte spärliche Band zu den ersten zehn Jahren ihres Lebens für immer zerstört werden.

Als sie an der Reihe war und ins Sprechzimmer trat, sagte sie: »Ich möchte ihn einschläfern lassen.«

Der Tierarzt ließ seine starken, erfahrenen Hände über das dichte glänzende Fell gleiten: »Wollen Sie das wirklich? Er wirkt noch sehr gesund. Alt ist er, das ja, aber in erstaunlich gutem Zustand.«

»Ich habe mich entschieden. Ich möchte ihn einschläfern lassen.«

Und damit entfernte sie sich, ließ ihn zurück, ohne ein weiteres Wort oder einen Blick.

Sie hatte geglaubt, sie würde sich nun befreit fühlen, ohne weiter Liebe heucheln zu müssen, befreit von diesen geschlitzten und anklagenden Augen. Aber auf dem Nachhauseweg bemerkte sie, dass sie weinte. Tränen, die sie nicht zurückhalten konnte und die sie nicht erwartet hatte, liefen wie Regentropfen über ihr Gesicht.

Es machte ihr keine Mühe, eine Woche frei zu nehmen, sie hatte Urlaubstage angespart. Mit ihrer Arbeit war sie, wie gewöhnlich, nicht im Rückstand. Sie hatte sich ausgerechnet, wie viel Geld sie benötigen würde, um den Zug zu bezahlen, die Busfahrten und den Wochenaufenthalt in einem billigen Hotel. Sie hatte alles wohl geplant und das schon seit Jahren. Sie wollte ihre Suche bei der Adresse beginnen, die auf ihrer Geburtsurkunde vermerkt war, Cranstoun House, Creedon, Nottingham, das Haus, in dem sie geboren war. Vielleicht konnten sich die jetzigen Besitzer an sie erinnern und an ihren Vater. Wenn nicht, hoffte sie, etwas über den Tod ihres Vaters und sein Grab von Nachbarn oder alten Bewohnern des Dorfes zu erfahren. Scheiterte sie auch damit, dachte sie daran, sich an den örtlichen Leichenbestatter zu wenden. Immerhin waren seitdem erst zehn Jahre vergangen. Irgendjemand im Dorf musste sich erinnern, irgendwo in Nottingham musste es Listen von Begräbnissen geben. Sie sagte Mrs Morgan, sie wolle eine Woche Urlaub machen, um die Heimat ihres Vaters zu besuchen. Die nötigen Dinge für die Übernachtungen packte sie in eine Reisetasche und nahm den frühestmöglichen Schnellzug von St. Pancras nach Nottingham.

Im Bus von Nottingham nach Creedon überkam sie zum ersten Mal das Gefühl von Angst, und sie fühlte Misstrauen in sich aufkeimen. Bis dahin war sie auf der Reise ruhig und zuversichtlich gewesen, dabei ohne Erregung, als sei diese lang geplante Fahrt so natürlich und unvermeidlich wie der tägliche Fußmarsch zum Büro, als sei sie eine unausweichliche Pilgerreise, die sie auf sich genommen hatte in jenem Augenblick, als das barfüßige kleine Mädchen die Vorhänge ihres Schlafzimmerfensters zurückgezogen hatte und ihr Königreich sich vor ihren Augen ausbreitete. Ihre Stimmung schlug plötzlich um, und während sich der Bus durch die Straßen der Vorstadt schlängelte, rückte sie unruhig auf ihrem Sitz hin und her, als bereite ihr die seelische Spannung auch körperliche Pein. Sie hatte eine grüne Landschaft erwartet, kleine Kirchen, die über saubere, gartenähnliche Friedhöfe wachten, in denen Eiben standen. So hatten die Friedhöfe ausgesehen, die sie in den Ferien besucht hatte und die ihr fast ebenso lieb gewesen waren wie jener, den sie als ihr Eigentum betrachtete. Es konnte nicht anders sein, als dass auch ihr Vater in solch geheiligtem Frieden ruhte, umzwitschert vom Gesang der Vögel.

Die Stadt Nottingham hatte sich in den letzten zehn Jahren stark ausgebreitet, und Creedon schien nichts weiter als ein verstädtertes Dorf, das ein Ring aus neuerbauten hässlichen Häusern, Tankstellen und Ladenzeilen von der Stadt trennte. Nichts in Nottingham selbst erlebte sie als vertraut, und doch wusste sie, auf dieser Straße war sie schon einmal unterwegs gewesen, und jene frühere Reise war schmerzlich für sie gewesen und voller Ängste.

Als der Bus nach einer halben Stunde im Busbahnhof von Creedon anhielt, wusste sie allerdings sogleich, wo sie war. Die Kneipe zum Hund mit der Pfeife lag noch immer am Rande des staubigen, unratbedeckten kleinen Dorfangers und daneben die überdachte Haltestelle des Busses, und als sie die graffitibedeckten Wände betrachtete, strömten Erinnerungen in sie zurück, als hätten sie schon in ihrem Inneren gewartet.

Hier hatte ihr Vater sie abgeliefert, wenn sie, wie immer an den Sonntagen, ihre Großmutter besuchen sollte. Die ältliche Köchin der Großmutter erwartete sie hier bereits, und sie pflegte sich jedes Mal noch einmal umzudrehen, um ihrem Vater zu winken, der geduldig dastand und wartete, bis der Bus abfuhr. Hier hatte man sie um 18 Uhr 30 wieder abgegeben, damit er sie abholen konnte. Cranstoun House war der Wohnsitz ihrer Großmutter. Sie selbst war dort zur Welt gekommen, aber nie zu Hause gewesen.

Den Weg brauchte sie nicht zu erfragen. Und als sie fünf Minuten später vor dem Tor stand und das Haus anstarrte, bestürzt und wie verzaubert, brauchte sie auch den Namen nicht zu entziffern, der an dem schäbigen Gittertor hing, an dem ein Schloss baumelte. Es war ein massiger, dunkler Ziegelbau, der hier am Ende des Fußpfades mit falscher und unpassender Großspurigkeit residierte. Zwar schien ihr das Haus kleiner als in ihrer Erinnerung, immer noch aber war es überaus bedrohlich. Wie hatte sie jemals die verzierten, auskragenden Giebel vergessen können, die steilen Dächer, die geheimnisvollen Erkerfenster, den abweisend aufragenden Turm an der Ostseite? Am Tor hatte man mit Draht ein Brett mit der Anschrift des Häusermaklers befestigt, und sie erkannte sofort, dass das Haus leer stand. Die Farbe der Haustür blätterte ab, der Rasen stand zu hoch, die Zweige der Rhododendronbüsche waren geknickt, und Unkraut spross auf dem kiesigen Weg. Hier gab es keinen, der ihr den Weg zum Grab ihres Vaters weisen konnte. Sie wusste, sie würde dies Haus noch einmal betreten müssen, würde noch einmal diese Tür durchschreiten müssen, die sie einzuschüchtern schien. Dieses Haus wusste etwas und musste es ihr offenbaren, etwas, das auch Sambo gewusst hatte. Ihr nächster Schritt war unausweichlich. Sie würde den Makler finden müssen und ihn um Erlaubnis bitten, das Haus besichtigen zu dürfen.

Den Bus zurück hatte sie versäumt, und als der nächste Nottingham erreichte, war es schon nach drei. Seit dem Frühstück hatte sie nichts gegessen, aber sie fühlte sich viel zu erregt, um auf ihren Hunger zu achten. Sie begriff, dass es ein langer Tag werden würde und dass es vernünftiger wäre, etwas zu essen. Sie betrat ein Café und bestellte sich ein Käsebrot und einen Becher Kaffee. Ungeduldig würgte sie die Nahrung hinunter. Der Kaffee war heiß, aber fast ohne Aroma, doch sie hatte keine Ruhe, um auf den Geschmack zu achten. Erst als die heiße Flüssigkeit ihren Gaumen berührte, bemerkte sie, wie nötig sie den Kaffee gebraucht hatte.

Das Mädchen an der Kasse konnte ihr den Weg zum Büro des Häusermaklers erklären. Es schien ihr ein gutes Omen, dass es nur ein paar Schritte vom Café entfernt lag. Ein junger Mann mit markanten Zügen, der in einem eleganten Nadelstreifenanzug steckte, nahm sie in Empfang. Ein einziger geübter Blick auf ihren alten blauen Tweedmantel und die billige Plastikreisetasche ordnete sie, in seinen Augen, jenen Kunden zu, die er kannte und von denen nichts zu erwarten war, weshalb man sich auch mit ihnen keine große Mühe zu machen brauchte.

Dennoch suchte er die nötigen Angaben für sie heraus, und als er beobachtete, wie sie nur einen Blick darauf warf und sie dann in ihre Tasche steckte, wurde er neugierig. Ihr Ansinnen, das Haus noch diesen Nachmittag zu besichtigen, stieß, wie sie es erwartet hatte, auf Höflichkeit, nicht aber auf Begeisterung. In solchen Sachen kannte sie sich aus, und sie verstand sogleich, dass das Haus unbewohnt war. Das verlangt nach einer Begleitperson. Nichts an ihrer anständigen, aber ärmlichen Kleidung ließ Hoffnung aufkommen, dass sie ein potentieller Käufer sei. Als er sich kurz bei ihr entschuldigte, um sich mit einem Kollegen zu beraten, und als er zurückkam und sagte, er selbst würde sie nach Creedon fahren, verstand sie auch das sogleich: Es gab im Augenblick wenig zu tun im Büro, und man hielt es für günstig, dass jemand auf dem Anwesen nach dem Rechten sah.

Auf der Fahrt sprach keiner der beiden ein Wort.

Als sie Creedon erreichten und in den Fußpfad einbogen, der zum Haus führte, kehrten ihre unbestimmten Angstgefühle wieder, wie beim ersten Besuch, nur womöglich tiefer und deutlicher. Es war nicht nur die Erinnerung an altes Elend, das in ihr emporstieg. Sie fühlte das Leid eines Kindes, durchlebte jene Furcht noch einmal, jedoch intensiver und grauenvoller diesmal, da die bösen Ahnungen der erwachsenen Frau, die sie nun war, sich dazumischten. Der junge Mann stellte seinen Wagen auf dem Grasstreifen ab, und als sie hinaufschaute zu den blinden Fenstern, überfiel sie das Entsetzen wie ein Krampf, so dass sie für einen Augenblick weder sprechen noch sich bewegen konnte. Es war ihr bewusst, dass der Mann die Autotür für sie aufhielt, sie roch den Bierdunst seines Atems, sah sein Gesicht, unangenehm nahe, als er sich über sie beugte und sie ungeduldig ansah. Sie wollte ihm sagen, sie habe es sich anders überlegt, das Haus sei keinesfalls das Richtige für sie, es habe keinen Sinn, es anzusehen, sie werde im Wagen auf ihn warten. Aber sie zwang sich aus dem warmen Sitz und kroch aus dem Auto, verfolgt von seinen verächtlichen Blicken. Sie hasste sich selbst für ihre Schwerfälligkeit. Schweigend wartete sie neben ihm, als er das Vorhängeschloss aufsperrte und das Tor aufschob.

Nebeneinander überquerten sie den verwilderten Rasen und näherten sich, an den wuchernden Rhododendren vorbei, der Haustür. Plötzlich fühlte sie, wie das Geräusch ihrer Schritte auf dem Kies sich veränderte, und sie wusste, dass sie neben ihrem Vater herging, wie als Kind. Sie brauchte nur die Hand auszustrecken, um seine Hand zu fassen. Ihr Begleiter sagte etwas über das Haus, aber sie hörte ihm nicht zu. Die belanglosen Worte verstummten, und sie vernahm eine andere Stimme, die Stimme ihres Vaters, die sie zehn Jahre nicht mehr gehört hatte. »Es ist ja nicht für immer, Liebling. Nur so lange, bis ich Arbeit gefunden habe. Und ich besuch dich jeden Sonntag zum Essen. Wir können dann spazieren gehen und zusammen herumstrolchen, nur wir beide. Oma hat mir das versprochen. Und ich kauf dir ein Kätzchen. Ich bring es mit, nächstes Wochenende. Ich weiß genau, Oma wird nichts dagegen haben, wenn sie das Tierchen erst mal gesehen hat. Ein schwarzer Kater. Du hast doch immer ein schwarzes Kätzchen gewollt. Wie sollen wir ihn nennen? Den kleinen schwarzen Sambo? Er wird dich an mich erinnern. Und dann, wenn ich Arbeit gefunden habe, kann ich uns ein kleines Häuschen mieten, und wir sind wieder zusammen, und ich sorge für dich, mein Liebling. Wir sorgen füreinander.«

Sie wagte nicht, die Augen zu heben, vielleicht würde sie vor sich noch einmal seine Augen sehen, Augen, die sie anflehten, Verständnis zu haben, ihm keine Schwierigkeiten zu machen, ihn nicht zu verachten. Damals hätte sie ihm helfen sollen, das wusste sie nun, sie hätte ihm sagen sollen, sie verstehe ihn, es mache ihr nichts aus, für einen Monat oder länger bei Oma zu wohnen, alles würde gut werden. Es war ihr nicht gelungen, so erwachsen zu reagieren. Noch einmal sah sie sich selbst in Tränen aufgelöst, wie sie sich verzweifelt an Vaters Mantel klammerte, sah Omas Köchin, die sie mit schmalen Lippen von ihrem Vater fortzerrte und sie hinauftrug ins Bett. Ihre letzte Erinnerung war, wie sie ihm nachsah, aus dem Fenster ihres Zimmers über der überdachten Terrasse: seine vor Niedergeschlagenheit zusammengesunkene Gestalt und wie er den Fußpfad entlangging zur Busstation.

Vor der Haustür hob sie den Blick. Das Fenster war noch immer dort oben. Natürlich, sie kannte jedes Zimmer in diesem dunklen Haus.

Der Garten lag in weiches Oktobersonnenlicht getaucht, sie aber fühlte sich kalt und trübe. Die schwere Mahagonitreppe führte sie aus der Dämmerung hinein in die seltsame Dunkelheit des Hauses, die sich über sie legte wie ein Leichentuch. Der Makler tastete nach einem Lichtschalter an der

Wand entlang. Sie aber wartete nicht auf ihn. Wieder fühlte sie den riesigen Messingtürknauf unter den Fingern, den ihre Kinderhände kaum hatten umfassen können, und zielstrebig betrat sie das Wohnzimmer.

Der Raum roch anders. Damals hing immer ein leichter Veilchenduft in der Luft, vermischt mit dem Geruch von Möbelpolitur. Nun aber roch die Luft kalt und feucht. Sie stand in der Dunkelheit, zitternd, aber ganz ruhig. Es war ihr, als hätte sie die Schranke der Furcht durchbrochen, wie ein Folteropfer durch den Schmerz bricht und eine Art Frieden findet. Sie fühlte die Schulter des Mannes an ihr vorbeistreichen, als er zum Fenster trat und die schweren Vorhänge zur Seite zog.

Er sagte: »Die letzten Besitzer haben einen Teil der Möbel hinterlassen. So wirkt es besser, es ist leichter, ein Haus zu verkaufen, wenn es bewohnt aussieht.«

»Gab es Angebote?«

»Noch nicht. Es liegt nicht jedem, bisschen groß für eine moderne Familie. Und dann der Mord. Schon zehn Jahre her, aber die Nachbarn sprechen noch immer davon. Viermal hat das Haus seit damals den Besitzer gewechselt, keiner blieb lange. So was drückt die Preise. 'nen Mord kann man eben nicht so einfach verheimlichen.«

Seine Stimme klang beiläufig, aber er ließ ihr Gesicht nicht eine Sekunde aus den Augen. Er trat zum leeren Kamin, legte einen Arm auf den Sims und folgte ihr mit den Augen, während sie wie in Trance im Zimmer herumging.

Sie hörte sich fragen: »Was für ein Mord?«

»Eine vierundsechzigjährige Frau. Totgeschlagen von ihrem Schwiegersohn. Die alte Köchin kam hinten aus der Küche herbeigelaufen und sah ihn stehen mit dem Schürhaken in der Hand … Wenn man sich's recht überlegt, konnte es einer von denen hier sein …«

Er nickte den verschiedenen Kaminbestecken zu, die am Rost lehnten. Er sagte: »Genau da, wo Sie jetzt stehen, ist es passiert. Genau auf diesem Stuhl hat sie gesessen.«

Sie sagte mit einer Stimme, die so rauh war und streng, dass sie sie selbst nicht wiedererkannte: »Nicht dieser Stuhl war es. Der war größer. Ihr Stuhl hatte ein besticktes Sitzkissen und eine bestickte Lehne, und Häkeldeckchen lagen auf den Armpolstern, und er hatte Füße mit Löwenpfoten.«

Er mustere sie scharf, dann lachte er unsicher. Seine wachsamen Augen versuchten sie zu ergründen und veränderten sich dann. War es Verachtung, die sie jetzt in seinem Blick las?

»Ach so. Sie wissen davon. Sie sind eine von denen.«

»Eine von denen?«

»Leute, die gar kein Haus wollen, die sich so ein großes gar nicht leisten können, die nur einen Kitzel wollen, sehen wollen, wo's passiert ist. Mir sind in dem Gewerbe schon einige solche Leute untergekommen, aber gewöhnlich erkenne ich sie rasch. Kann Ihnen all die blutigen Details runterbeten, wenn Sie das interessiert. Nicht, dass es viel Blut gegeben hätte. Der Schädel wurde zertrümmert, aber die Blutungen waren mehr innerlich. Sie sagen, es gab nur ein kleines Rinnsal, das über ihre Stirn lief und auf ihre Hände tropfte.«

Er sagte dies alles ganz kalt, und sie begriff, dass er es schon öfter gesagt hatte, dass er es genoss, die grauenvollen Details aufzuzählen, um seine Kunden zu unterhalten und um die Langeweile des Tages zu mildern. Wenn ihr nur nicht so kalt gewesen wäre! Wenn sie nur wieder warm hätte werden können, und wenn ihre Stimme doch nur nicht so merkwürdig geklungen hätte! Mit trockenen und geschwollenen Lippen sagte sie: »Und das Kätzchen? Erzählen Sie nur von dem Kätzchen.«

»Also das war was! Das grenzte an Horror, wenn Sie es so nennen wollen. Das Kätzchen saß auf ihrem Schoß und leckte das Blut auf. Aber das wissen Sie sicher schon. Sie haben schon davon gehört.«

»Ja«, log sie. »Ich habe davon gehört.«

Aber es war mehr als das. Sie wusste es. Sie hatte es gesehen. Sie war dabei gewesen.

Und da veränderte sich das Aussehen des Stuhles. Ein amorpher schwarzer Umriss schwamm vor ihren Augen und festigte und formte sich immer mehr. Da saß ihre Großmutter, hockte breit wie eine Kröte in ihrem schwarzen Sonntagsstaat, angezogen für die Frühmesse, mit Handschuhen und Hut, das Gebetbuch auf ihrem Schoß. Sie sah die Schleimblasen in ihren Mundwinkeln, die geplatzten Äderchen über den Flügeln ihrer scharfen Nase. Die alte Frau wartete darauf, ihr Enkelkind zu inspizieren, ehe es zur Kirche mitgenommen wurde, und betrachtete es mit quengeliger Unzufriedenheit. Da hockte sie, die Hexe. Die Hexe, die das kleine Mädchen hasste und die auch ihren Vater hasste. Die Hexe, die ihr sagte, wie nutzlos und schwach sie sei, wie sehr sie ihrem Vater gliche, dem Mörder ihrer Mutter. Die Hexe, die drohte, Sambo töten zu lassen, weil er ihren Lehnstuhl zerrissen hatte, weil er ein Geschenk von Papa war. Die Hexe, die sie für immer von Daddy trennen wollte.

Und dann sah sie etwas anderes. Der Schürhaken lag dort, lag noch immer dort, so, wie sie ihn in Erinnerung hatte, eine lange Röhre aus poliertem Messing mit einem schweren Knauf.

Sie packte ihn, wie sie ihn damals gepackt hatte, und ließ ihn mit einem hohen Heulen des Hasses und der Angst auf den Kopf der Großmutter niedersausen. Wieder und wieder schlug sie zu, hörte das Metall auf das Leder prallen, Schlag um Schlag. Und sie schrie noch immer. Der ganze Raum hallte wider vor Entsetzen. Erst als der wahnsinnige Rausch verebbte und das fürchterliche Geräusch verstummte, erkannte sie am Schmerz in ihrer Kehle, dass sie selbst es war, die geschrien hatte.

Da stand sie bebend und rang nach Atem. Schweißperlen standen auf ihrer Stirn und rannen beißend in ihre Augen. Als sie aufsah, bemerkte sie die Augen des Mannes, die ihr, vor Entsetzen geweitet, entgegenstarrten. Dann bemerkte sie, dass er Flüche murmelte, und hörte ihn zur Tür stürzen. Der Schürhaken entglitt ihren feuchten Händen, und sie hörte ihn leise auf den Teppich aufschlagen.

Er hatte recht gehabt, es gab kein Blut. Einzig der groteske Hut war über das Gesicht der Toten gerutscht. Aber sie sah, wie ein träges dunkelrotes Band unter der Krempe hervorkroch, über die Stirne rann, die Falten der Wangen füllte und in schweren Tropfen auf die behandschuhten Hände niederfiel. Und dann hörte sie das leise Miauen. Ein schwarzer Fellball kam hinter dem Stuhl hervor, und Sambos Geist, mit azurblauen Augen, sprang wie damals vor zehn Jahren geschickt in den reglosen Schoß.

Sie betrachtete ihre Hände. Wo waren ihre Handschuhe, die weißen Baumwollhandschuhe, die sie auf Befehl der Hexe immer zur Kirche trug? Aber ihre Hände waren nicht mehr die Hände eines neunjährigen Kindes, sie waren nackt, und der Stuhl war leer. Nichts als das aufgeplatzte Leder, aus dem die Rosshaarfüllung quoll, und ein schwacher Duft nach Veilchen, der sich in der stillen Luft verlor.

Sie trat aus der Tür, ohne sie hinter sich zu schließen, so wie sie es damals getan hatte. Sie ging wie damals mit unbefleckten Handschuhen auf dem Kiesweg zwischen den Rhododendren entlang, durchs Eisentor hindurch und den Fußweg hinunter zur Kirche. Gerade erst hatten die Glocken zu läuten begonnen, sie war sehr pünktlich. Aus den Augenwinkeln heraus hatte sie ihren Vater erspäht, der von der Gemeindewiese her zum Fußweg hinaufkletterte. Also musste er schon vor dem Frühstück losgegangen und zu Fuß nach Creedon gelangt sein. Und warum so früh? War das ein kläglicher Versuch gewesen, die Hexe zu erweichen, indem er sich anbot, mit ihr zur Kirche zu gehen?

Oder war er – wunderbarer Gedanke – gekommen, um sie heimzuholen, um sich darum zu kümmern, dass ihre wenigen Habseligkeiten gepackt und bereit wären bis zum Ende der Messe? Ja, das hatte sie damals gedacht, nun fiel es ihr ein. Ihre Hoffnung erhob sich jubelnd wie ein Springbrunnen und trug tanzend die selige Gewissheit: Wenn sie nach Hause käme, wäre alles gepackt und fertig. Aufrecht würden sie nebeneinander vor der Hexe stehen und sie besiegen, würden ihr sagen, dass sie nun gemeinsam weggingen, Vater und Tochter und natürlich Sambo, und dass sie nie mehr wiederkämen. Am Ende des Weges sah sie sich noch einmal um, und zum letzten Mal gewahrte sie den geliebten Geist, wie er über den Weg auf das Haus zuschritt, auf die schicksalhaft offene Tür.

Und danach? Die Vision begann zu verblassen. Nichts wollte ihr mehr einfallen von der Messe, außer den rot und blau glänzenden Lichtern, die sich wie in einem Kaleidoskop verschoben und schließlich zusammenschmolzen zu dem bunten Glasfenster, das den guten Hirten zeigte, das Lämmchen an die Brust gedrückt. Und danach? Gewiss hatten fremde Leute sie auf der Pergola erwartet, hatten mit ernsten, besorgten Gesichtern geflüstert und sich heimliche Blicke zugeworfen. Vielleicht war da eine Frau gewesen in einer Art

Uniform, ein Polizeiwagen. Und dann? Nichts. Ihr Gedächtnis war leer.

Nun aber wusste sie, wo ihr Vater begraben lag, und sie wusste, warum sie es niemals über sich brächte, ihn zu besuchen. Die fromme Pilgerreise zu seinem Grab konnte sie niemals antreten, lag er doch ihretwegen dort, wo er lag, an jenem schändlichen Ort, an dem man ihn verscharrt hatte. Dort konnte es keine Blumen geben, keinen Obelisk, keine liebevolle Inschrift, in Marmor gemeißelt. All das gab es nicht für jene, die in gelöschtem Kalk lagen hinter Gefängnismauern. Und dann, gnadenlos, stieg die letzte Erinnerung in ihr auf. Wieder sah sie die offene Kirchentür, die Messebesucher, die sich langsam sammelten, die fragenden Gesichter, die sich ihr zuwandten, als sie allein über die Schwelle trat. Sie hörte sie wieder, die hohe kindliche Stimme, die Worte sprach, Worte, die ihm den Hanfstrick um den Hals gelegt, das Leichentuch über den Kopf gezogen hatten.

»Oma? Sie fühlt sich nicht besonders. Sie hat mich allein losgeschickt. Nein, kein Grund zur Sorge. Es geht ihr gut. Papa ist bei ihr.«

Joan Aiken

Das Lateinfossil

Fletcher war unser Lateinlehrer. Er hatte eine Figur wie ein Dominostein. Nein, das stimmte so nicht, denn er war nicht viereckig. Er hatte eine Figur wie aus einem Dominostein geschnitzt, er besaß Form, aber keine Tiefe, man hatte den Eindruck, als hätte er sich mit seiner Schmalseite durch den Spalt am Türscharnier schieben können. Wäre er dazu in der Lage gewesen, hätte er von dieser Fertigkeit wohl auch häufiger Gebrauch gemacht. Er war groß darin, lautlos über den Flur zu schleichen und dann blitzschnell die Tür aufzureißen, um zu sehen, was wir alle trieben. Er geisterte herum wie ein altes Schlossgespenst, aber wenn man einen gut entwickelten Geruchssinn hatte, merkte man an dem schalen Zigarettenmief, der ihn umwaberte, immer rechtzeitig, wenn er im Anmarsch war. Er war Kettenraucher. Obgleich er eine Zigarettenspitze benutzte, waren seine Finger gelb bis zu den Knöcheln, ebenso die Zähne, wenn er sie zu einem freudlosen Grinsen fletschte. Er hatte stumpfes schwarzes Haar, das ihm in einer schlappen Tolle über die große, kantige Stirn fiel, und enorm große Füße. Sie wölbten sich beim Aufsetzen wie die Schwimmfüße einer Ente, deshalb konnte er wohl auch so leise auftreten. Sogar sein Auto war leise, ein riesiges altes Ding von einem deutschen Hersteller – wir nannten es Fletchers Strudel –, feldgrau, immer auf Hochglanz poliert und aufs pingeligste gepflegt, an dem sein Herz hing. Dass er noch niemanden über den Haufen gefahren hatte, wenn er flüsterleise durchs Schulhoftor flitzte, war das reinste Wunder, und alle meinten, früher oder später würde es doch noch passieren, denn Fletcher war sehr kurzsichtig und lehnte es ab, eine Brille zu tragen. Wenn in der Klasse einer aus den hinteren Bänken Unfug trieb, kniff er erst mal die Augen zusammen, streckte schlangengleich den Kopf vor und schwenkte ihn hin und her, um auszumachen, wer der Störenfried war, dann schritt er langsam durch den Mittelgang und schob sein Gesicht in jede Bankreihe; diese Schau konnte einem ganz schön an die Nieren gehen.

Er wirkte alterslos. In Wirklichkeit mag er um die sechzig gewesen sein, aber Genaues wusste man nicht. In den Ferien fuhr er immer nach Deutschland, und er hatte einen Dackel, der Heinkel hieß. Heinkel war älter als sein Herr, ein kurzatmiger, rheumageplagter, auf einem Auge blinder Köter mit einem Holzbein. Das ist kein Witz. Aus irgendeinem Grund hatte man eine Vorderpfote amputieren müssen und ihm eine Art kleiner Stelze angeschnallt, mit der er ganz langsam, Schrittchen für Schrittchen, herumhumpeln konnte. Viel Gebrauch davon machte er allerdings nicht, meist saß er im Wagen und döste, bis der Schultag vorbei war.

Die meisten von uns waren nicht scharf auf Latein, wir sahen nicht ein, wozu es gut sein sollte, so dass wir mit dem alten Fletcher nicht viel anfangen konnten. Für uns war er ein komischer alter Kauz und furchtbar antiquiert, er benutzte Ausdrücke wie »famos« und »tipptopp«, die musste er sich aus *Boy's Own Paper,* einer Monatszeitschrift für die männliche Jugend um 1910, angelesen haben. Er selbst war Feuer und Flamme für sein Fach, und wirklich Interessierte hätten bei ihm bestimmt allerlei lernen können. Das gelbe Gesicht erhellte nur dann ein mattes Lächeln, wenn er die Schönheiten einer Satzkonstruktion bei Livius oder Horaz aufzeigen konnte. Ich selbst bin ja nicht so – wenn man schon was machen muss, kann man es ebenso gut ordentlich machen –, aber für die meisten war er eine ganz trübe Tasse. So standen die Dinge, bis Pridd kam und Fletcher unser Klassenlehrer wurde.

Pridds Vater war der neue Geschäftsführer von unserem neuen Supermarkt, die Familie war gerade erst zugezogen. Pridd war ein dicker, schwerfälliger Bursche, eine richtige Dampfwalze, mit einem kleinen Kopf, der übergangslos zwischen die Schultern gepflanzt war, und kleinen, durchtriebenen Chinesenaugen. Mathe mochte er gern, aber alle anderen Fächer ödeten ihn an, er saß ganz hinten und las Heftchenromane unter der Bank oder feilte sich ein Stück Gardinenstange als Blasrohr für Erbsen zurecht. Latein war ihm ein Greuel, er fand, dass es keinen praktischen Nutzwert hatte.

»Sobald ich mit der Schule fertig bin«, sagte er, »geh ich zu meinem Vater ins Geschäft, was soll ich da mit Cäsar und Vergil und all dem Scheiß? Latein ist doch 'ne tote Sprache, 'n Fossil. Genus, unregelmäßige Verben, wenn ich das schon höre … Ich wette, dem alten Fletcher sein Genus ist – « Und dann kam etwas Unanständiges. Pridd hatte eine sehr zotige Ausdrucksweise und hielt sich für überaus geistreich, aber ich fand ihn dämlich und sonst gar nichts. Mit seinen sechzig Kilo fehlgelenkter Energie rammte er gezielt unsere Mädchen, vorzugsweise dann, wenn sie gerade eine Schüssel mit Pudding oder Wackelpeter aus dem Kochunterricht heimtragen wollten. Seine Lieblingsbeschäftigung war es, den Mädchen Leim in die Haare zu spritzen oder einem von uns eine Flasche Tinte ins Pult zu schütten, wenn wir nicht hinsahen.

Es war Pridd, der Fletcher »das Lateinfossil« taufte. »Achtung, das El-Ef kommt«, warnte er in durchdringendem Flüsterton, wenn Fletcher hereingeknarzt kam. Der Name blieb an ihm hängen, auf makabre Weise passte er irgendwie zu dem armen alten Knaben.

Als Flechter unser Klassenlehrer wurde, begriffen wir plötzlich, dass wir ihn nun nicht mehr bloß dreimal in der Woche zur Lateinstunde sehen, sondern ihn ständig am Hals haben würden. In den Pausen flatterte er herum wie eine Motte, um zu sehen, was wir trieben, und fast immer gab es Ärger.

»Aaalso –«, damit pflegte er seine Sätze einzuleiten –, »aaalso jetzt möchte ich doch einmal wissen, Pridd, was du da auf dem Fensterbrett machst.« Er hatte eine näselnde Krächzstimme wie ein stark angerosteter alter Vogel.

»Nichts, Sir«, antwortete Pridd harmlos, indem er in einer einzigen Bewegung die soeben aus Papier verfertigte Wasserbombe einem der Mädchen auf den Kopf warf und vom Fensterbrett rutschte.

»Aaalso das stimmt ja wohl nicht ganz, Pridd. Mir scheint, da ist wieder mal ein Besuch beim Direktor fällig.«

Pridd machte ein finsteres Gesicht. An unserer

Schule wird nicht geprügelt, als Strafe brummen sie uns hauptsächlich Samstagsarrest auf, und wir hatten Fletcher erst ganze drei Wochen, da war Pridd schon mit Arrest für sämtliche Samstage des Trimesters versorgt. Das ärgerte ihn mächtig, weil er samstags immer einen weißen Kittel anzog und seinem Vater im Geschäft half, was ihm jedes Mal drei oder vier Pfund einbrachte.

»Das zahl ich ihm heim, diesem Pappchinesen, da könnt ihr Gift drauf nehmen«, maulte er.

Im Grunde hätte er sich die Mühe sparen können, schon seine Präsenz im Klassenzimmer war Vergeltung genug. Seit seinem ersten Tag bei uns ging die Klasse aus den Fugen. Manchmal taten nur noch die vier in der ersten Reihe so, als ob sie dem Unterricht folgten, alle anderen sahen auf Pridd und kicherten über sein verrücktes Gekasper.

»Dicke Frau geht Treppe rauf«, sagte er, blähte abwechselnd die Backen und schielte uns aus seinen schlammfarbigen Schlitzaugen an. Er kaufte Luftballons, die er zu unanständigen Gebilden aufblies, er ließ Bilder herumgehen oder erzählte Witze, von denen er einen unerschöpflichen Vorrat auf Lager hatte. Die meisten waren einfach albern, manche aber waren wirklich komisch. Wenn ihm sonst nichts einfiel, warf er »aus Versehen« alle seine Bücher vom Pult oder ließ mit ohrenbetäubendem

Krach den Deckel zufallen. Alles war ihm recht, wenn er nur stören konnte.

Die meisten Lehrer tolerierten ihn mehr oder minder und stauchten ihn zusammen, wenn er sie mal richtig auf die Palme gebracht hatte, aber Fletcher konnte ihn nicht ausstehen, woraus er auch keinen Hehl machte. Das beruhte auf Gegenseitigkeit, man spürte den Hass zwischen den beiden, kalt wie flüssige Luft. Pridd machte Fletcher das Leben zur Hölle. Die Lateinstunde verkam bald zum totalen Chaos, keiner machte auch nur den Versuch, etwas zu lernen. Man hörte das Pfeifen und Trampeln und Schwatzen und Lachen den ganzen Flur entlang. Fletcher wurde immer gelber und verschrumpelter, er war hohl und eingefallen wie ein alter Kürbis, der auf dem Komposthaufen gelandet ist, weil er zum Essen nicht mehr taugt.

Komischerweise habe ich vergessen, welcher von Pridds Streichen der Auslöser für die Entwicklung war, die dann schließlich zur Krise führte. Vielleicht der schwarze Faden, den er um Fletchers Tintenfass gebunden hatte, um es ihm vom Pult zu ziehen, während er übersetzte, oder auch die zur Hälfte durchgesägten Haltepfosten der Tafel, die Fletcher krachend auf die Füße fiel, als er anfing zu schreiben. Jedenfalls geriet Fletcher daraufhin derart in Rage, dass ihm das samstägliche Nachsitzen nicht genügte. Er strich Pridd auch die Erlaubnis, zu dem Fight Fenner – Giugliani zu gehen, schickte Pridds Vater das Geld zurück und gab die Karte einem anderen Schüler.

Pridd war vor Wut und Enttäuschung total außer sich, er wollte auf Biegen und Brechen diesen Kampf sehen. Die Schule hatte schon früh Vorzugskarten bekommen, und inzwischen waren auch um Geld und gute Worte keine mehr zu kriegen. Keiner von uns mochte Pridd so gerne, dass er ihm die eigene Karte überlassen hätte, obgleich er herumging und enorme Summen bot.

Er begann auf Rache zu sinnen.

Es war Tradition, dass Fletcher am letzten Montag des Sommertrimesters mit seiner Klasse zu einem Picknick an den Butt-See fuhr, und zunächst hatte Pridd sich ausgedacht, dass er Fletcher irgendwie ein Bein stellen und ihn in den See schubsen würde.

»Ich wette, der Arsch kann nicht schwimmen«, sagte er. »Wär doch scharf, ihn im Wasser rumrudern zu sehen, den blöden alten Zimtbock. ›Aaalso, rettet mich, rettet mich, ach rettet mich denn bitte keiner?‹«

Dann aber bot das Schicksal Pridd eine andere Chance.

Als wir am Montagmorgen auf dem Schulhof

unsere Faxen machten, sahen wir einen Haufen Jungen um Fletchers Wagen herumstehen und hineinstarren.

»Vielleicht hat der alte Trottel die Brieftasche drin liegenlassen«, sagte Pridd hoffnungsvoll. »Kommt, wir sehen mal nach.«

Aber nicht die Brieftasche, sondern der Dackel Heinkel lag im Wagen, er hatte alle viere von sich gestreckt und war mausetot. Offenbar war er an einem Herzschlag oder an Altersschwäche gestorben, kaum dass sein Herr ausgestiegen war und ihn allein gelassen hatte. Für den armen Köter war es höchste Zeit. Wenn mein Vater ihn sah, bemerkte er regelmäßig: »Der Hund gehört eingeschläfert!«

Pridd stellte sich zu den anderen, steckte die Hände in die Taschen und betrachtete Heinkel. Dann fing er an zu wiehern.

»Daraus lässt sich was machen«, sagte er. »Das ist 'n Hammer, aber ehrlich.«

Gewöhnlich schloss Fletcher den Wagen ab, heute aber war er offen. Pridd beugte sich vor und griff nach dem Hund. »Bleibt um mich rum«, sagte er, »damit keiner sieht, was los ist. Sollt mal sehn, da staunt er Bauklötzer, das olle El-Ef.«

»Was haste denn vor, Priddy?«, fragte einer.

»Abwarten«, gab er zurück. Ich glaube, er wusste es selbst noch nicht so recht.

Mir reichte es plötzlich, und ich blieb an der Tür stehen, während die anderen kichernd und drängelnd zu unserer Klasse hochgingen. Ich drückte mich immer noch unten herum und las die Anschläge in der Halle, die ich schon hundertmal gelesen hatte, als die Schulsekretärin herauskam. Sie heißt Miss Figgins, und wir nennen sie natürlich Fig. Sie ist ganz nett, grauhaarig und pummelig, ein mütterlicher Typ. Sie warf einen Blick durchs Wagenfenster. »Wo ist denn Heinkel?«, fragte sie. »Ich hab versprochen, dass ich ihn nehme, solange Mr. Fletcher im Krankenhaus ist.«

»Krankenhaus?«, fragte ich. »Er muss ins Krankenhaus?«

»Ach je, das ist mir so rausgerutscht. Ich hätte es nicht sagen dürfen, er will nicht, dass drüber geredet wird. Sei so nett und trag's nicht herum, Grant, ich weiß, du kannst ein vernünftiger Junge sein, wenn du willst.«

»Ist gut«, sagte ich. »Aber wegen Heinkel brauchen Sie sich keine Gedanken zu machen. Er ist soeben gestorben, die anderen wollen es gerade Mr. Fletcher sagen.«

»Ach je«, sagte sie. »Die arme Kreatur, das wird Mr. Fletcher ganz schön nahegehen. Allerdings – Zeit war's, das muss ich schon sagen. Na gut, dann ist das ja erledigt.«

Als ich in die Klasse kam, war Fletcher schon da. Er sah mich mit leidgeprüfter Miene an, als ich in meine Bank rutschte, sagte aber nichts. Heinkel war nirgends zu sehen, aber die Atmosphäre im Raum war elektrisch aufgeladen. Ich schaute mich vorsichtig um. Was hatte Pridd wohl mit ihm angestellt? Dann merkte ich, dass sich die Aufmerksamkeit aller auf den Schrank konzentrierte, in dem Fletcher die Bücher aufbewahrte, die er nicht alle Tage brauchte, den Cicero etwa, den Ovid und den Horaz. Sobald Fletcher sich in diese Richtung bewegte, zog die Spannung in der Klasse um etliche Grade an.

Noch aber holte Fletcher kein Buch hervor, er gab Klassenarbeiten zurück und überreichte die Hefte jeweils mit einem gepfefferten Kommentar.

Nachdem er das letzte Heft ausgegeben hatte, räusperte er sich und wandte sich an die ganze Klasse.

»Aaalso, darf ich um Ruhe bitten. Ruhe bitte!«

Pridd flüsterte seinem Nachbarn etwas zu, und ein Kichern lief durch die hinterste Reihe wie Feuer durch trockenes Gras. Einer prustete, ein anderer hustete, und Sekunden später schüttelte sich die halbe Klasse in einem Lachkrampf und achtete nicht auf das, was Fletcher zu sagen versuchte. Ich sah, dass Fletchers Hände zitterten. Er blickte sich zwei- oder dreimal um – hastig, als wüsste er kaum, was er suchte –, dann griff er sich den Schürhaken vom Ofen und schlug zweimal auf sein Pult.

»Ruhe! Ich bitte mir Ruhe aus, wenn ich rede!«

Es wurde etwas stiller. Nur ganz hinten hörte man Pridd murmeln: »Alter Kloßkopp!«, und einer kicherte unterdrückt.

»Pridd!«, schrie Fletcher. Seine Brust wogte. Er umklammerte den Schürhaken und tat ein paar Schritte. Wir warteten mit angehaltenem Atem und überlegten, ob Pridd diesmal nun doch zu weit gegangen war und Fletcher ihm eins über den Schädel geben würde. Aber er wischte sich nur mit dem Handrücken der anderen Hand die Stirn und sagte:

»Ich gebe euch heute keinen Unterricht. Ich werde euch nie mehr unterrichten, ich gehe ab.«

»Hurra«, sagte jemand gerade noch vernehmlich.

Fletcher hob die Stimme. »Ich gehe ab, und wenn ihr den Grund wissen wollt: Es ist euretwegen. Weil ihr mich in den letzten Trimestern zur Verzweiflung getrieben habt mit eurer albernen, sinnlosen Insubordination, mit eurer Idiotie und Infamie. Früher wart ihr doch ganz vernünftige Burschen, ich weiß nicht, was in euch gefahren ist, ich weiß es wahrhaftig nicht. Ich kann nur jeden bedauern, der in Zukunft den Versuch unternimmt, euch Latein beizubringen. Mich habt ihr erledigt, und ich hoffe, dass ihr stolz darauf seid.«

Bebend starrte er uns an, und wir starrten zurück. Auf seiner gelben Stirn standen Schweißtropfen. Er merkte, dass er noch immer den Schürhaken in der Hand hielt, und ließ ihn fallen.

»Ich mache nicht das übliche Picknick mit euch«, erklärte er. »Um es ganz klar zu sagen: Mir ist nicht danach, Mr. Whitney wird für mich einspringen. Grant, du bist Klassensprecher. Hier sind zehn Pfund, kauf euch damit was zu essen.«

»Aber nein, Sir, danke, Sir ...«, sagte ich. Ich wollte das Geld nicht nehmen, aber er drängte es mir auf und fuhr fort:

»Ich kann nur hoffen, dass ihr eines Tages begreifen werdet, wie viel Leid ihr verursacht habt. Vielleicht lernt ihr dann, euch wie zivilisierte Menschen zu benehmen. Das ist alles.«

Er drehte sich um und verließ die Klasse. Wir sahen ihm nach wie vom Donner gerührt. Dann stieß Pridd hervor:

»Mensch, der Hund muss wieder in den Wagen!«

»Warum?«, fragte einer.

»Warum, du Waldheini? Sollen wir im nächsten Trimester mit dem Köter im Schrank leben? Los, wir tun, als wenn wir dem alten Bock die Lateinbücher runterbringen.«

Fletcher stieg gerade in seinen Wagen, als die halbe Klasse auf den Hof gestürzt kam. Heinkel schien er nicht zu vermissen, offenbar dachte er, Miss Figgins hätte ihn genommen. Er sah uns kurz an, ohne zu lächeln.

»Was ist?«

»Wir wollten uns nur verabschieden, Sir, und uns für das Geld bedanken«, sagte Pridd salbungsvoll. »Sie haben Ihre Bücher vergessen, Sir. Sollen wir sie in den Kofferraum tun?«

»Das wäre nicht nötig gewesen, ich werde sie nicht mehr brauchen«, sagte Fletcher, aber er drückte auf den Knopf, der den Kofferraum öffnete. Der Kofferraumdeckel schwenkte nach hinten und nach unten. Zwei, drei Jungen drängten sich um das Fenster an der Fahrerseite, zwei, drei weitere umstanden Pridd, der Heinkel unter seinem Blazer hervorzog. Pridd setzte sich mit seinem fetten Hintern auf den Deckel und beugte sich weit vor, um die Hundeleiche ganz hinten im Kofferraum zu verstauen. Er feixte wieder, seine Chinesenaugen waren wie Schlitze, und es war ihm anzusehen, dass er sich genüsslich ausmalte, wie Fletcher reagieren würde, wenn er den Kofferraum aufmachte, um die Bücher herauszunehmen.

Fletcher ließ den Motor an und warf einen Blick in den Rückspiegel.

Wie es passiert ist, weiß ich nicht. Augenscheinlich konnte Fletcher Pridds Kopf im Spiegel nicht sehen, denn er drückte auf den Knopf, um den Kofferraum zu schließen. Der Deckel schwenkte nach oben, Pridd zog hastig und instinktiv die Beine an und schwupp, war der Deckel zu, und Pridd war drin. Fletcher löste die Handbremse, und der Wagen schoss lautlos nach vorn, über den Hof und zum Tor hinaus.

Einer rief etwas, ein anderer winkte aufgeregt. Fletcher nahm keine Notiz davon, er dachte wohl, wir wollten ihn zum Abschied noch einmal ordentlich veralbern. Oder *wusste* er, dass er Pridd mitgenommen hatte?

Wie es wirklich war, werden wir nie erfahren, denn Fletcher verschwand auf Nimmerwiedersehen. Er war nicht ins Krankenhaus gegangen. Fünf Tage später fand man seinen Wagen an einer einsamen Stelle der Küste, Fletchers Sachen lagen ordentlich gefaltet auf dem Fahrersitz. Ansonsten war der Wagen leer – abgesehen von dem, was im Kofferraum war.

Margaret Millar

Das Ehepaar von nebenan

Zufall war es, dass sie nebeneinander wohnten, aber Bestimmung war es, dass sie Nachbarn wurden – Mr. Sands, der sich nach einem Leben der Verbrechensbekämpfung nach Kalifornien zurückgezogen hatte, und die Rackhams, Charles und Alma. Rackham war ein großer, unschuldig wirkender Mann in den Fünfzigern. Mit Ausnahme des Geldes, das er zusammengetragen hatte, hatte Rackham nichts Bedeutendes erlebt, und so hörte er gern den Erzählungen von Sands zu, während Alma mit ihrem Strickzeug dasaß, rund und zufrieden, unbeeindruckt von jeder Erzählung, die für ihr Leben keine direkte Bedeutung hatte. Sie war halb so alt wie Rackham, aber die Üppigkeit ihrer Figur und ihre Art, sich ruhig und ohne Aufhebens aus dem Leben zurückgezogen zu haben, gaben ihr den Stempel einer Frau in den mittleren Jahren.

Zwei oder drei Mal in der Woche überquerte Sands die Betonauffahrt und drückte bei Rackhams auf die Klingel. Er blieb zum Tee oder zum Abendbrot, um Gin-Rummy oder Scrabble zu spielen, oder auch nur, um zu erzählen. »Das erinnert mich an einen Fall, den ich in Toronto hatte«, pflegte Sands zu sagen, und Rackham holte daraufhin immer Martinis und zeigte einen gespannt interessierten Ausdruck, während Alma duldsam lächelte, als glaubte sie kein Wort von dem, was Sands oder irgendein anderer jemals sagte.

Sie wurden gute Nachbarn: die Rackhams, bei denen Charles jünger aussah, als er alt war, und Alma älter, als sie war, während Sands völlig alterslos zu sein schien ...

Es war der letzte Abend im August, und durch das geöffnete Fenster des Arbeitszimmers roch Sands den Duft des Jasmins und hörte das Geräusch einer Frau, die wild und unbeherrscht weinte.

Zuerst dachte er, dass die Rackhams einen Gast hätten, eine Frau vielleicht, die sich betrunken hatte, nachdem sie sich mit ihrem Mann zerstritten hatte.

Er trat vorne hinaus, um zu lauschen; in diesem Augenblick kam Rackham um die Hecke, einen Bademantel übergeworfen.

Er sagte, und es klang äußerst überrascht: »Alma weint.«

»Das habe ich gehört.«

»Ich bat sie, aufzuhören. Ich flehte sie an. Sie will mir nicht sagen, was los ist.«

»Frauen haben schon immer geweint.«

»Aber nicht Alma.« Rackham stand auf dem feuchten Rasen, zitternd, die Stirn mit Schweiß bedeckt. »Was, glauben Sie, sollen wir jetzt tun?«

Aus dem Ich war ein Wir geworden, weil sie gute Nachbarn waren und außer den Spielen, dem gelegentlichen Abendessen und dem Duft des Jasmins den geräuschvollen Kummer einer Frau teilten.

»Vielleicht können Sie mit ihr reden«, sagte Rackham.

»Ich will es gern versuchen.«

»Ich glaube nicht, dass physisch mit ihr irgendetwas los ist. Letzte Woche haben wir uns beide in der Tracy-Klinik untersuchen lassen. George Tracy ist ein guter Freund von mir – er hätte mir bestimmt gesagt, wenn irgendetwas nicht gestimmt hätte.«

»Davon bin ich überzeugt.«

»Wenn Alma irgendetwas passiert, bringe ich mich um.«

Alma hockte in einer Ecke der Couch im Wohnzimmer und weinte rhythmisch, methodisch, als hätte sich bei ihr ein Vorrat von Tränen angesammelt, der in einer einzigen Nacht verbraucht werden musste. Ihre helle Haut zeigte rote Flecken, die fast wie Muttermale aussahen, und ihre Augenlider hatten von der Hitze der Tränen Blasen bekommen. Auf Sands wirkte sie wie eine völlig Fremde, zumal er bei ihr noch nie ein stärkeres Gefühl als damenhaften Unwillen wegen einer zersprungenen Teetasse erlebt hatte. Rackham ging zu ihr und streichelte ihr Haar. »Alma, Liebes. Was ist denn los?«

»Nichts ... nichts ...«

»Mr. Sands ist hier, Alma. Ich dachte, dass er vielleicht in der Lage wäre – dass wir vielleicht in der Lage wären ...«

Aber alles war umsonst. Mit einem langen, zitternden Schluchzen stand Alma auf und ging langsam durch das Zimmer, wobei sie ihr geflecktes Gesicht mit den Händen bedeckte. Sie hörten, wie sie die Treppe hinaufstolperte.

»Es ist sicher besser, wenn ich jetzt gehe«, sagte Sands.

»Nein, bitte, bleiben Sie. Ich – Tatsache ist, dass ich entsetzlich Angst habe. Alma war immer so ruhig.«

»Das weiß ich.«

»Sie nehmen also nicht an – es besteht also nicht die Möglichkeit, dass sie ihren Verstand verliert?«

Wären sie nicht so gute Nachbarn gewesen, hätte Sands vielleicht erwidert, dass Alma kaum Verstand besaß, den sie verlieren konnte. Aber so sagte er vorsichtig: »Vielleicht hat sie eine schlechte Nachricht bekommen, von irgendwelchen Schwierigkeiten in der Familie?«

»Abgesehen von mir hat sie keine Familie.«

»Wenn Sie sich Sorgen machen, sollten Sie vielleicht lieber Ihren Arzt anrufen.«

»Ich glaube, das werde ich auch tun.«

Binnen einer halben Stunde traf George Tracy ein, ein schmächtiger blonder Mann Anfang der Dreißiger, ein glatter und bedächtiger Mann, der Vertrauen ausstrahlte. Er sprach langsam und bewegte sich langsam, als hätte er mehr als genügend Zeit, verzweifelte Frauen zu betreuen.

Rackham regte sich vor Ungeduld auf, während Tracy seinen Mantel auszog, ihn sorgfältig über die Rückenlehne eines Stuhles hängte und sich mit Sands über das Wetter unterhielt.

»Ein wunderbarer Abend«, sagte Tracy, und Almas Stöhnen rollte die Treppe herunter und verzerrte seine Worte, veränderten ihre Bedeutung: Ein schrecklicher Abend, ein grässlicher Abend. »In der Luft liegt bereits ein Hauch von Herbst. Wohnen Sie hier, Mr. Sands?«

»Nebenan.«

»Um Himmels willen, George«, sagte Rackham, »kannst du dich denn nicht beeilen? Immerhin ist es doch möglich, dass Alma stirbt.«

»Das bezweifle ich. Menschen sterben nicht so leicht, wie man manchmal glaubt. Ist sie in ihrem Zimmer?«

»Ja. Und wenn du jetzt bitte ...«

»Nimm es nicht so tragisch, alter Freund.«

Tracy nahm seine Arzttasche und ging zur Treppe, langsam und leise.

»So ist er immer.« Rackham wandte sich mit gekrauster Stirn an Sands. »Dieser Kerl bringt mich noch um. Wetten, wenn er eine Frau in Almas Zustand hätte, würde er bestimmt drei Stufen auf einmal nehmen.«

»Wer weiß? Vielleicht hat er doch eine.«

»Ich weiß Bescheid«, sagte Rackham lebhaft. »Er ist nicht einmal verheiratet. Dazu hätte er keine Zeit, hat er mir gesagt. Er wirkt zwar nicht so, ist jedoch ausgesprochen ehrgeizig.«

»Das sind die meisten Ärzte.«

»Tracy ist es jedenfalls.«

In einem Krug mixte Rackham Martinis, und die beiden Männer saßen vor dem nicht angezündeten Feuer, wartend und lauschend. Die Geräusche von oben hörten langsam auf, und wenig später kam der Arzt wieder herunter.

Rackham ging ihm quer durch das Zimmer entgegen. »Wie geht es ihr?«

»Sie schläft. Ich habe ihr eine Spritze gegeben.«

»Hast du mit ihr gesprochen? Hast du sie gefragt, was denn nun los ist?«

»Sie war nicht in der Verfassung, Fragen zu beantworten.«

»Hast du irgendetwas bei ihr feststellen können?«

»Physisch nicht. Sie ist eine gesunde junge Frau.«

»Physisch also nicht. Soll das vielleicht bedeuten ...?«

»Mach dir keine Gedanken, alter Freund.«

Rackham war Almas wegen zu besorgt, um Tracys Wahl der Worte zu bemerken; aber Sands fielen sie auf, und er überlegte, ob diese Wahl bewusst oder unbewusst gewesen war: Alma ist eine gesunde junge Frau ... Nimm es nicht so ernst, alter Freund.

»Sollte sie morgen Vormittag noch deprimiert sein«, sagte Tracy, »bringe sie einfach mit in die Klinik, wenn du zur Röntgenuntersuchung kommst. Unter unseren Ärzten befindet sich auch ein guter Neurologe.« Er griff nach Hut und Mantel. »Übrigens hoffe ich, dass du die Anweisungen befolgt hast?«

Verdutzt sah Rackham ihn an.

»Welche Anweisungen?«

»Bevor wir spezielle Röntgenaufnahmen machen können, sind bestimmte Mittel notwendig.«

»Ich habe keine Ahnung, wovon du sprichst.«

»Alma habe ich es jedoch sehr klargemacht«, sagte Tracy und versuchte, seiner Stimme einen ärgerlichen Klang zu geben. »Abends solltest du nach dem Essen dreißig Gramm Natriumphosphat nehmen und dich morgen um acht Uhr nüchtern in der Röntgenabteilung melden.«

»Davon hat sie mir nichts gesagt.«

»Ach!«

»Vielleicht hat sie es lediglich vergessen.«

»Ja – sicher. Nun gut, jetzt ist es dazu zu spät.« Er zog seinen Mantel über und bewegte sich zum ersten Mal schnell, als hätte er es eilig, das Haus zu verlassen. Diese Veränderung machte Sands neugierig. Gern hätte er gewusst, warum Tracy plötzlich so viel Wert darauf legte, das Haus zu verlassen, und ob vielleicht irgendein Zusammenhang zwischen Almas Hysterie und der mangelnden Erinnerung an Rackhams Röntgenuntersuchung bestand. Er betrachtete Rackham und kam aufgrund der Blässe und der besorgten Augen zu dem Schluss, dass Rackham in Gedanken diese Verbindung bereits gefunden hatte.

»Soviel ich weiß«, sagte Rackham langsam, »war meine Untersuchung in der Klinik beendet. Herz, Lungen, Stoffwechsel – alles war in bester Ordnung.«

»Die Leute wissen nicht immer über sich Bescheid«, sagte Tracy. »Ich werde also einen neuen Termin für dich ausmachen und dir mit der Post die Anweisungen zusenden. Bist du damit einverstanden?«

»Wahrscheinlich bleibt mir nichts anderes übrig.«

»Also dann – gute Nacht, Mr. Sands. Es hat mich gefreut, Sie kennenzulernen.« Und zu Rackham: »Gute Nacht, alter Freund.«

Als er gegangen war, lehnte Rackham an der Wand und atmete schwer. Schweiß floss an den Seiten seines Gesichtes wie Würmer herunter und verschwand im Kragen seines Bademantels. »Sie müssen verzeihen, Sands. Ich fühle – mir ist nicht gerade sehr gut.«

»Kann ich irgendetwas für Sie tun?«

»Ja«, sagte Rackham. »Drehen Sie die Uhr zurück.«

»Das übersteigt meine Kräfte, wie ich befürchte.«

»Ja ... ja, wie ich auch befürchte.«

»Gute Nacht, Rackham.« Gute Nacht, alter Freund.

»Gute Nacht, Sands.« Auch dir wünsche ich eine gute Nacht, alter Freund.

Von seinem Arbeitszimmer aus konnte Sands die

erleuchteten Fenster von Rackhams Schlafzimmer sehen. Rackhams Schatten bewegte sich hinter den Jalousien hin und her, als suchte er ein Entrinnen vor dem Licht, das seinen Schatten erst sichtbar machte. Hin und her, auf der Suche nach Nirwana.

Sands las bis tief in die Nacht. Das gehörte zu dem Trost des Älterwerdens – wenn die Stunden gezählt waren und zumindest weniger Zeit für Schlaf vergeudet werden musste. Als er zu Bett ging, brannte das Licht in Rackhams Schlafzimmer immer noch.

Durch Bestimmung waren sie gute Nachbarn geworden; ebenfalls durch Bestimmung wurden sie sich jetzt fremd. Wessen Bestimmung es war, ob es Rackham oder Alma war, wusste Sands nicht.

Es kam nicht zu einem endgültigen Bruch, noch zu irgendwelchen Unerfreulichkeiten. Aber die Buchsbaumhecke schien höher und dicker geworden zu sein, und die Betonauffahrt lag meilenweit entfernt. Gelegentlich sah er die Rackhams; sie winkten oder lächelten oder sagten »Schönes Wetter heute« über den Zaun hinweg. Aber das Lächeln von Rackham war dünn und schmerzlich, Alma winkte mit bleischwerem Arm, und keiner von beiden kümmerte sich um das Wetter. Die meiste Zeit blieben sie im Hause, und wenn sie tatsächlich einmal herauskamen, waren sie immer zusammen,

Arm in Arm, gingen langsam und im Gleichschritt. Es war unmöglich zu sagen, wer den Gleichschritt angab und wer sich dem anderen anpasste.

Gegen Ende der ersten Septemberwoche traf Sands Alma zufällig im Stadtzentrum in einem Drugstore. Es war das erste Mal seit jener Nacht, als der Arzt gekommen war, dass er einen von den Rackhams allein sah.

Sie wartete auf ein Medikament und trug ein geblümtes Kleid, das die Üppigkeit ihrer Figur sowie den einfältigen Ausdruck ihres Gesichts noch betonte. Auf Drugstorelänge wirkte sie wie eine ziemlich langweilige und schlecht gekleidete junge Frau mit einer Leidenschaft für handfestes Essen, und es war kaum zu verstehen, was Rackham in ihr gesehen hatte. Aber Rackham war auch nie eine Drugstorelänge von Alma entfernt gewesen; er sah sie nur aus nächster Nähe, sah nur das überraschende und intensive Blau ihrer Augen sowie die Farbe und die Beschaffenheit ihrer Haut, die wie Rahm war. Sands überlegte, ob es ihre Haut und ihre Augen oder aber ihre Ruhe gewesen waren, die Rackham, einen schnellen, nervösen und erregbaren Mann, am meisten gereizt hatten.

Gelassen sagte sie: »Hallo!«

»Hallo, Alma.«

»Herrliches Wetter, nicht wahr?«

»Ja ... Wie geht es Charles?«

»Sie müssen demnächst wieder einmal zum Abendbrot kommen.«

»Sehr gern.«

»Vielleicht nächste Woche. Ich gebe Ihnen noch Bescheid – jetzt muss ich mich beeilen. Charles wartet auf mich. Also bis nächste Woche.«

Aber sie beeilte sich nicht, sondern ging langsam; und Charles hatte auch nicht auf sie, sondern auf Sands gewartet. Er war einfach in Sands Haus gegangen, wanderte im Arbeitszimmer hin und her und rauchte dabei eine Zigarette. Seine Gesichtsfarbe war schlecht und er hatte an Gewicht verloren, aber anscheinend hatte er an innerer Ruhe gewonnen. Sands war sich nicht klar, ob es die Ruhe eines Mannes war, der eine wichtige Entscheidung getroffen hatte, oder die eines Mannes, der am Ende war und sich nicht mehr wehrte.

Sie gaben sich die Hand, fest, und überbrückten damit die vergangene Woche.

»Nett, Sie einmal wiederzusehen, alter Freund«, sagte Rackham.

»Ich bin die ganze Zeit hier gewesen.«

»Ja. Ja, ich weiß ... Ich hatte Verschiedenes zu erledigen, eine ganze Menge zu bedenken.«

»Nehmen Sie Platz. Ich mache Ihnen schnell einen Drink.«

»Nein, danke. Alma wird in Kürze nach Hause kommen, und ich möchte dann zurück sein.«

Wie ein siamesischer Zwilling, dachte Sands, durch ein Wunder getrennt, aber freiwillig zur Vereinigung zurückkehrend – weil die Vereinigung ein lebenswichtiges Organ betraf.

»Ich verstehe«, sagte Sands. Rackham schüttelte den Kopf. »Niemand kann es verstehen, wirklich nicht, obwohl Sie der Sache manchmal sehr nahe kommen, Sands. Sehr nahe.« Seine Wangen erröteten wie die eines Knaben. »Ich finde nicht immer die richtigen Worte und kann meine Gefühle auch nicht immer ausdrücken, aber ich möchte Ihnen, bevor wir abreisen, noch einmal danken und Ihnen sagen, wie sehr Alma und ich Ihre Gesellschaft genossen haben.«

»Machen Sie eine Reise?«

»Ja, und zwar eine ziemlich lange.«

»Wann fahren Sie ab?«

»Heute.«

»Dann müssen Sie erlauben, dass ich Sie zum Bahnhof begleite.«

»Nein, nein«, sagte Rackham schnell. »Das kommt gar nicht in Frage. Ich hasse diese Verlegenheit in letzter Minute. Deswegen bin ich heute Nachmittag herübergekommen, um mich von Ihnen zu verabschieden.«

»Erzählen Sie mir etwas über Ihre Pläne.«

»Das würde ich gern, wenn ich welche hätte. Alles ist noch ziemlich unbestimmt. Ich bin mir nicht klar, wo wir landen werden.«

»Ab und zu würde ich gern von Ihnen hören.«

»Aber natürlich werden Sie von uns hören.« Mit einer ungeduldigen Bewegung seiner Schultern wandte Rackham sich ab, als wollte er möglichst schnell gehen und die Reise am liebsten sofort antreten, bevor irgendetwas passierte, was die Reise verhindern könnte.

»Sie beide werden mir sehr fehlen«, sagte Sands. »Wir haben oft zusammen gelacht.«

Mit gerunzelter Stirn blickte Rackham aus dem Fenster … »Bitte keine Abschiedsreden. Sie könnten meinen Entschluss umstürzen. Ich habe meine Entscheidung jedoch bereits getroffen und möchte nicht noch einmal alles überlegen.«

»Wie Sie wollen.«

»Ich muss jetzt gehen. Alma wundert sich sonst …«

»Alma sah ich heute Nachmittag«, sagte Sands.

»Ach?«

»Sie lud mich für nächste Woche zum Abendbrot ein.« Vor dem offenen Fenster kämpften und lärmten zwei Kolibris, die mit verrückter Genauigkeit immer wieder in den Bougainvilleas verschwanden.

»Alma«, sagte Rackham langsam, »ist manchmal sehr vergesslich.«

»Aber doch nicht so vergesslich. Sie hat keine Ahnung von der Reise, die Sie geplant haben, nicht wahr, Rackham?«

»Die Reise soll eine Überraschung für sie sein. Sie hatte schon immer das Verlangen, die Welt kennenzulernen. Und sie ist noch so jung, dass sie glaubt, woanders wäre es anders als hier … Wir beide dagegen wissen Bescheid.«

»Wirklich?«

»Leben Sie wohl, Sands.«

Vor der Haustür gaben sie sich noch einmal die Hand, und Rackham versprach noch einmal, zu schreiben, während Sands versprach, die Briefe zu beantworten. Dann überquerte Rackham den Rasen und die Betonauffahrt, den Kopf gebeugt, den Rücken gekrümmt. Er sah sich nicht um, als er um die Hecke bog.

Sands ging zu seinem Schreibtisch, suchte im Telefonbuch eine Nummer heraus und wählte dann.

Es meldete sich die Stimme eines Mädchens. »Tracy-Klinik, Röntgenabteilung.«

»Hier ist Charles Rackham«, sagte Sands.

»Ja, Mr. Rackham?«

»Ich muss unerwartet verreisen. Wenn Sie mir den Betrag meiner Rechnung nennen könnten, könnte ich Ihnen vor der Abreise noch einen Scheck schicken.«

»Die Rechnung ist noch nicht ausgestellt, aber der übliche Preis für eine Untersuchung der unteren Verdauungsorgane beträgt fünfundzwanzig Dollar.«

»Warten Sie, durchgeführt wurde die Untersuchung am ...«

»Am fünften. Gestern.«

»Aber ursprünglich war ich für den ersten bestellt, nicht wahr?«

Das Mädchen seufzte, weil ihr diese Frage so unwichtig schien. »Einen Augenblick, Sir, ich werde nachsehen.« Eine halbe Minute später war sie wieder am Apparat. »Von einer Bestellung für den ersten steht bei uns nichts, Sir.«

»Sind Sie sich dessen sicher?«

»Auch ohne das Behandlungsbuch bin ich mir ganz sicher. Der erste war ein Montag. Am Montag kommen bei uns immer die Gallenblasen an die Reihe.«

»Ach so. Vielen Dank.«

Sands verließ das Haus und stieg in seinen Wagen. Bevor er vom Bordstein losfuhr, sah er zu dem Haus der Rackhams hinüber und erkannte Rackham, der auf der Veranda hin und her ging und auf Alma wartete.

Die Tracy-Klinik war weniger eindrucksvoll, als Sands erwartet hatte. Sie war ein zweigeschossiges verputztes Gebäude mit einem roten Ziegeldach. Einige Ziegel waren zerbrochen, und das ganze Gebäude musste dringend neu gestrichen werden; aber die Inneneinrichtung war hübsch und teuer.

Am Empfang erklärte eine Schwester mit kurzgeschnittenem Haar und berufsmäßigem Lächeln, dass Dr. Tracy den ganzen Nachmittag besetzt sei. Die einzige Möglichkeit, ihn zu sprechen, bestünde darin, im Wartezimmer des ersten Stocks zu warten und ihn zwischen zwei Patienten abzufangen.

Sands ging nach oben und setzte sich auf einen Stuhl in einer kleinen Nische am Ende der Halle, in der Nähe von Tracys Tür. Das Gesicht hatte er halb hinter einem aufgeschlagenen Magazin versteckt. Nach einiger Zeit öffnete sich die Tür von Tracys Büro, und über das Magazin hinweg sah Sands den Umriss einer Frau im Türrahmen – eine füllige blonde junge Frau in einem geblümten Kleid.

Tracy folgte ihr in die Halle, und die beiden blieben dort stehen und sahen sich wortlos an. Dann wandte Alma sich ab und ging weg, wobei sie an Sands vorüberkam, ohne ihn zu erkennen, weil ihre Augen durch Tränen geblendet waren. Sands stand auf. »Dr. Tracy?«

Tracy fuhr herum, Überraschung und Ärger verzogen seine Mundwinkel. »Ja? Ach, Sie sind es, Mr. Sands.«

»Könnte ich Sie einen Augenblick sprechen?«

»Den ganzen Nachmittag bin ich bereits restlos besetzt.«

»Es handelt sich um einen Notfall.«

»Also gut. Kommen Sie mit.«

Sie saßen sich an Tracys Schreibtisch gegenüber.

»Für einen Notfall sehen Sie ziemlich gut aus«, sagte Tracy mit trockenem Lächeln.

»Der Notfall bin auch nicht ich. Vielleicht sind Sie es.«

»Wenn ich es bin, werde ich damit allein zurechtkommen, ohne die Hilfe eines Poli – werde ich selbst zurechtkommen.«

Sands beugte sich vor. »Dann hat Alma Ihnen also erzählt, dass ich früher Polizist war.«

»Sie hat es nebenbei erwähnt.«

»Vor wenigen Minuten sah ich, wie Alma Sie verließ ... Sie wäre eine ziemlich hübsche Frau, wenn sie nur lernte, sich entsprechend anzuziehen.«

»Die Kleidung ist bei einer Frau nicht wichtig«, sagte Tracy und errötete leicht. »Abgesehen davon unterhalte ich mich nicht über meine Patienten.«

»Alma ist also eine Patientin von Ihnen?«

»Ja.«

»Seit jenem Abend, als Rackham Sie rief, weil Alma hysterische Anfälle hatte?«

»Schon vorher.«

Sands stand auf, ging zum Fenster und blickte auf die Straße hinaus.

Menschen gingen vorbei, Kinder spielten auf dem Bürgersteig, die Sonne schien, die Palme raschelte im Wind – draußen wirkte alles normal, menschlich und wirklich. Im Gegensatz dazu war die Idee, die sich langsam in seinen Gedanken formte, so grotesk und hässlich, dass er am liebsten aus dem Büro gerannt wäre, um sich den normalen Leuten anzuschließen, die unten auf der Straße vorbeigingen. Aber er wusste, dass es ihm nichts nutzen würde, wenn er jetzt wegliefe. Die Idee würde ihm folgen, würde ihn verfolgen, bis er umkehrte und ihr entgegentrat.

Sie bewegte sich in seinem Kopf wie ein riesiges Rad, und in der Mitte des Rades befand sich – teilnahmslos und unbeweglich – Alma.

Tracys barsche Stimme unterbrach die Drehungen des Rades. »Sind Sie nur hergekommen, um meine Aussicht zu begutachten, Mr. Sands?«

»Sagen wir stattdessen lieber Ihren Standpunkt.«

»Ich bin ein vielbeschäftigter Mann. Sie vergeuden meine Zeit.«

»Aber nein! Ich gebe Ihnen Zeit.«

»Um was zu tun?«

»Um alles noch einmal zu überdenken.«

»Wenn Sie mein Büro nicht sofort verlassen, lasse ich Sie hinauswerfen.« Tracy warf einen Blick auf das Telefon, griff jedoch nicht danach, und auch seine Stimme klang nicht sehr überzeugend.

»Vielleicht hätten Sie mich gar nicht hereinlassen sollen. Warum taten Sie es?«

»Ich dachte, Sie könnten sich auffällig benehmen, wenn ich es nicht täte.«

»Auffälliges Benehmen ist nichts für mich.« Sands wandte sich vom Fenster ab. »Aber Lügner sind es.«

»Was wollen Sie damit andeuten?«

»Ich habe sehr viel über jene Nacht nachgedacht, in der Sie zu Rackhams kamen. In der Erinnerung wirkte das Ganze zu belanglos, zu sehr geplant. Alma hatte einen hysterischen Anfall, und Sie wurden geholt, um sie zu behandeln. Bis dahin klingt alles sehr natürlich.«

Tracy rührte sich zwar, sagte jedoch nichts.

»Der interessante Teil kam erst später. Beiläufig erwähnten Sie Rackham gegenüber, dass er für den folgenden Tag, den ersten September, zu einer Röntgenuntersuchung bestellt wäre. Damals wurde angenommen, dass Alma vergessen hätte, es ihm zu sagen. Nur hatte Alma es gar nicht vergessen. Es gab überhaupt nichts zu vergessen. Vor einer Stunde habe ich mich mit Ihrer Röntgenabteilung in Verbindung gesetzt. Dort existiert keine Aufzeichnung für eine geplante Untersuchung Rackhams am ersten September.«

»So etwas kann verlorengehen.«

»Es ging nicht verloren. Der Termin existierte überhaupt nicht. Sie logen Rackham an. Die Lüge selbst war nicht wichtig, sondern nur ihr Zweck. Eine Lüge aus Eitelkeit oder eine Lüge, um eine Strafe zu vermeiden oder Gewinne einzuheimsen – das alles hätte ich verstanden. Diese Lüge wirkte jedoch albern, sinnlos und belanglos. Ich machte mir Ihretwegen Gedanken. Ich machte mir über Almas Rolle in jener Nacht Gedanken. Ihr Weinen war für eine Frau von Almas trägem Wesen höchst ungewöhnlich. Was aber, wenn das Weinen nur gespielt war? Und was sollte damit gewonnen werden?«

»Nichts«, sagte Tracy müde. »Gewonnen wurde nichts.«

»Dafür war jedoch irgend etwas beabsichtigt – und ich glaube, ich weiß, was es war. Die ganze Szene wurde nur gespielt, um Rackham in Sorge zu versetzen, um ihn für eine größere Szene vorzubereiten. Falls diese nächste Szene bereits gespielt worden ist, vergeude ich hier nur meine Zeit. Wurde sie bereits gespielt?«

»Sie haben eine lebhafte Phantasie.«

»Aber nein. Der Plan ging von Ihnen aus – ich bin ihm nur auf die Spur gekommen.«

»Das alles ist nicht sehr originell, Mr. Sands.« Aber Tracys Gesicht war grau, als wäre Schimmel über seine Haut gewachsen.

»Ich wünschte, Sie hätten recht. Die Rackhams sind mir sehr ans Herz gewachsen.«

Wieder blickte er auf die Straße hinunter, sah jedoch nur das Rad, das sich in seinem Kopf drehte. Alma befand sich nicht mehr in der Mitte des Rades, passiv und unbeweglich; vielmehr wurde sie mit den anderen gedreht – Alma, Tracy und Rackham, die sich am Rand des Rades festklammerten.

Alma, die hingebungsvolle Ehefrau, ein wenig von der törichten Art ... Welche plötzliche Leidenschaft des Hasses oder der Liebe hatte ihr die Fähigkeit zu einem derartigen Betrug verliehen? Sands stellte sich die Szene am Morgen nach Tracys Hausbesuch vor. Rackham, besorgt und nach einer schlaflosen Nacht erschöpft: »Fühlst du dich heute besser, Alma?«

»Ja.«

»Was hat dich denn zum Weinen gebracht?«

»Ich habe mir Sorgen gemacht.«

»Meinetwegen?«

»Ja.«

»Warum hast du mir nichts von dem Termin wegen der Röntgenuntersuchung gesagt?«

»Ich konnte es nicht. Ich hatte so entsetzliche Angst. Ich fürchtete, man würde bei dir irgendetwas Ernstes feststellen.«

»Hat Tracy dir Anlass zu dieser Überlegung gegeben?«

»Er sagte etwas von einer Blockade. Ach, Charles, ich habe so fürchterliche Angst. Wenn dir jemals irgendetwas zustoßen sollte, würde ich sterben. Ohne dich könnte ich nicht leben!«

Für einen gefühlsbetonten und sensitiven Mann wie Rackham war es ein perfekter Plan: Seine ihm ergebene Frau fürchtete sich so, dass sie hysterische Anfälle bekam, und sein guter Freund und Arzt hatte ihr guten Grund dazu gegeben. Rackham war für den nächsten Schritt bereit...

»Nach den Aufzeichnungen Ihrer Röntgenabteilung«, sagte Sands, »wurde Rackham gestern Morgen geröntgt – und zwar seine unteren Verdauungsorgane. Was war das Ergebnis?«

»Die ärztliche Ethik verbietet mir...«

»Sie können sich nicht mehr hinter der Mauer der ärztlichen Ethik verstecken, die bereits so durchlöchert ist. Wie lautet der Befund?«

Es folgte eine lange Pause, bevor Tracy sprach. »Ohne Befund.«

»Sie haben also festgestellt, dass ihm nichts fehlte?«

»Das ist richtig.«

»Haben Sie es Rackham mitgeteilt?«

»Er war heute Nachmittag hier, allein.«

»Warum allein?«

»Ich wollte nicht, dass Alma hörte, was ich zu sagen hatte.«

»Das war sehr rücksichtsvoll von Ihnen.«

»Nein, es war nicht rücksichtsvoll«, sagte Tracy mürrisch. »Ich hatte den Entschluss gefasst, mich von unserer – von unserer Vereinbarung zurückzuziehen, und wollte nur nicht, dass sie es jetzt schon erfuhr.«

»Die Vereinbarung bestand darin, Rackham zu belügen und ihn zu überzeugen, dass er an einer tödlichen Krankheit leide?«

»Ja.«

»Und das haben Sie getan?«

»Nein. Ich zeigte ihm die Röntgenaufnahmen und machte ihm klar, dass ihm überhaupt nichts fehle… Zumindest habe ich es versucht. Alles habe ich versucht. Es hatte keinen Sinn.«

»Was meinen Sie damit?«

»Er wollte mir nicht glauben! Er dachte, ich versuchte, ihm die Wahrheit vorzuenthalten.« Tracy atmete tief ein. »Es ist komisch, nicht wahr? Nach Tagen der Unentschlossenheit und der Quälerei hatte ich mich entschlossen, das Richtige zu tun. Aber es war zu spät. Alma hatte ihre Rolle zu gut gespielt. Sie ist die Einzige, der Rackham glaubt.«

Das Telefon auf Tracys Schreibtisch begann zu läuten, aber Tracy machte keine Anstalten, den Hörer abzunehmen, und wenig später hörte das Läuten auf, und im Zimmer war es wieder ruhig.

»Haben Sie Alma gebeten, ihm die Wahrheit zu sagen?«, sagte Sands.

»Ja, unmittelbar bevor Sie hereinkamen.«

»Und sie hat sich geweigert?«

Tracy gab keine Antwort.

»Sie wollte also, dass er glaubte, an einer tödlichen Krankheit zu leiden?«

»Ich – ja.«

»In der Hoffnung vielleicht, dass er sich dann selbst umbringen würde?«

Wieder schwieg Tracy. Aber eine Antwort war auch nicht erforderlich.

»Ich glaube, dass Alma sich verrechnet hat«, sagte Sands ruhig. »Statt seinen Selbstmord zu planen, plant Rackham eine Reise. Bevor er jedoch abfährt, soll er noch die Wahrheit erfahren – von Ihnen und von Alma.« Sands ging zur Tür. »Kommen Sie, Tracy. Sie müssen einen Hausbesuch machen.«

»Das kann ich unmöglich.« Tracy umklammerte den Tisch mit beiden Händen wie ein Kind, das sich der körperlichen Kraft seiner Eltern widersetzt, die es wegziehen wollen. »Ich komme nicht mit.«

»Sie müssen aber.«

»Nein! Rackham wird mich ruinieren, wenn er die Wahrheit erfährt. Deswegen fing diese ganze Geschichte doch an. Wir hatten Angst, Alma und ich, Angst vor dem, was Rackham tun würde, wenn sie von ihm die Scheidung verlangte. Er ist aus Liebe zu ihr verrückt, förmlich besessen!«

»Und Sie auch?«

»Nicht so sehr wie er. Alma und ich möchten beide dasselbe – ein wenig Frieden, ein wenig Ruhe zusammen. Wir sind uns in vielen Dingen ähnlich.«

»Das kann ich mir vorstellen«, sagte Sands ergrimmt. »Sie möchten dasselbe, ein wenig Frieden, ein wenig Ruhe – und ein wenig von Rackhams Geld?«

»Das Geld kam erst in zweiter Linie.«

»Die aber der ersten sehr dicht folgt. Wie wollten Sie an das Geld herankommen?«

Tracy wiegte den Kopf hin und her wie ein Tier, das Schmerzen leidet. »Sie reden dauernd von Plänen, Ideen und so weiter. Dabei fing es bei uns gar nicht mit irgendwelchen Plänen oder Ideen an. Wir haben uns ganz einfach ineinander verliebt. Seit fast einem Jahr lieben wir uns und wagen nicht, irgendetwas zu unternehmen, weil ich weiß, wie Rackham reagieren wird, wenn wir es ihm sagen. Ich habe schwer gearbeitet, um diese Klinik aufzubauen; Rackham könnte sie und mich binnen einem Monat zerstören.«

»Das ist eine Möglichkeit, mit der Sie rechnen müssen. Kommen Sie, Tracy.«

Sands öffnete die Tür, und die beiden Männer gingen durch die Halle, langsam und im Gleichschritt, als wären sie mit Handschellen aneinandergefesselt.

Eine Schwester kam ihnen auf der Treppe entgegen. »Dr. Tracy, kann jetzt der nächste Patient...?«

»Streichen Sie sämtliche Termine, Miss Leroy.«

»Aber das ist unmög...«

»Ich muss dringend einen Hausbesuch machen.«

»Wird es sehr lange dauern?«

»Das weiß ich nicht.«

Die beiden Männer gingen die Treppe hinab, am Empfang vorbei und in den Sommernachmittag hinaus. Bevor Tracy in den Wagen von Sands stieg, warf er noch einen Blick auf die Klinik, als rechnete er damit, sie nie mehr wiederzusehen.

Sands startete den Wagen und fuhr los.

Nach einiger Zeit sagte Tracy: »Von allen Menschen auf dieser Welt, die an jenem Abend bei Rackhams sein konnten, musste es ausgerechnet ein ehemaliger Polizeibeamter sein.«

»Ein Glück für Sie, dass ich dort war.«

»Glück!« Tracy lachte kurz und barsch auf. »Was hat Glück mit finanziellem Ruin zu tun?«

»Finanzieller Ruin ist immer noch besser als bestimmte andere Arten von Ruin. Hätte Ihr Plan geklappt, hätten Sie sich nie mehr wie ein anständiger Mensch fühlen können.«

»Aber jetzt halten Sie es noch für möglich?«

»Vielleicht, im Laufe der Jahre.«

»Der Jahre.« Mit einem Seufzer wandte Tracy sich ihm zu. »Was werden Sie Rackham erzählen?«

»Nichts. Sie werden es ihm selbst erzählen.«

»Das kann ich nicht. Sie verstehen es nicht. Ich mag Rackham, und dasselbe gilt für Alma. Wir – es ist so schwer zu erklären.«

»Noch schwerer ist es, das alles zu verstehen.« Sands dachte an jene Zeiten zurück, in denen er die Rackhams zusammen erlebt hatte und sie um ihre Gemeinsamkeit beneidet hatte, um ihre gegenseitige Zuneigung. Niemals, weder durch den flüchtigsten Blick noch durch eine Geste der Ungeduld oder einen Versprecher, hatte Alma angedeutet, dass sie leidenschaftlich in einen anderen Mann verliebt war. Er erinnerte sich an die Abende, an denen sie gespielt hatten, an die Abendessen, an die endlosen Unterhaltungen mit Rackham, während Alma mit ihrem Strickzeug dasaß, das Gesicht ruhig und friedlich. Immer hatte Rackham gefragt: »Möchtest du nicht mitspielen, Alma?« Und immer hatte sie geantwortet: »Nein, vielen Dank, Lieber. Ich bin mit meinen Gedanken sehr glücklich.«

Alma und glücklich mit ihren Gedanken an stürmische Freuden und gewaltsames Ende!

»Alma ist in Sie gleichermaßen verliebt?«, sagte Sands.

»Ja.« Es klang absolut überzeugt. »Ungeachtet dessen, was Rackham sagt oder tut – wir haben die Absicht, aneinander festzuhalten.«

»Ich verstehe.«

An Rackhams Haus waren die Jalousien der Sonne wegen heruntergelassen. Sands ging als Erster die Treppe zur Veranda hinauf und drückte auf den Klingelknopf, während Tracy mit steinernem Gesicht und aufrecht wie ein Steuereintreiber oder ein Gerichtsdiener dastand.

Sands hörte das Lärmen der Glocken im Haus und spürte ihre Schwingungen unter seinen Füßen.

»Vielleicht sind sie bereits abgefahren«, sagte er.

»Wohin?«

»Das wollte Rackham mir nicht sagen. Er sagte lediglich, es wäre sein Plan, Alma mit der Reise zu überraschen.«

»Er kann sie doch nicht einfach mitnehmen! Er kann sie doch nicht zwingen, ihn zu begleiten, wenn sie nicht will!«

Wieder drückte Sands auf den Klingelknopf und rief: »Rackham? Alma?« Aber niemand antwortete.

Mit dem Ärmel seines Jacketts wischte er den plötzlich ausbrechenden Schweiß von seiner Stirn. »Ich werde hineingehen.«

»Ich komme mit.«

»Nein.«

Die Tür war unverschlossen. Er betrat die leere Diele und rief die Treppe hoch: »Alma? Rackham? Sind Sie da?«

Das Echo seiner Stimme drang aus düsteren Winkeln wieder zu ihm.

Tracy war ihm gefolgt. »Also sind sie bereits abgereist?«

»Vielleicht nicht. Vielleicht sind sie nur ein Stück spazieren gefahren. Für eine Spazierfahrt ist der Tag wunderschön.«

»Glauben Sie?«

»Gehen Sie nach hinten und sehen Sie nach, ob der Wagen noch in der Garage steht.«

Als Tracy gegangen war, schloss Sands die Tür hinter ihm und schob den Riegel vor. Einen Augenblick blieb er stehen und lauschte Tracys nervösen Schritten auf der Betonauffahrt. Dann drehte er sich um und ging langsam in das Wohnzimmer, überzeugt, dass der Wagen in der Garage stehen würde, mochte der Tag für eine Spazierfahrt auch noch so geeignet sein.

Vor den Fenstern waren die Vorhänge zugezogen, und im Zimmer war es kühl und dunkel, wenn auch lebendig von Bildern und geräuschvoll durch die Vergangenheit.

»Ich möchte mich bei Ihnen bedanken, bevor wir abreisen, Sands.«

»Sie verreisen?«

»Ja, und zwar ziemlich lange.«

»Wann fahren Sie ab?«

»Heute.«

»Dann müssen Sie erlauben, dass ich Sie zum Bahnhof begleite ...«

Aber für Rackhams Reise war kein Bahnhof erforderlich. Vor dem Kamin lag er in einer Blutlache, und neben ihm lag seine Reisebegleiterin, den linken Arm um seine Hüfte gelegt.

Rackham hatte sogar sein Versprechen gehalten

und geschrieben. Der Brief stand auf dem Kaminsims und war nicht an Sands, sondern an Tracy adressiert.

Lieber George:

Du hast alles versucht, mich anzuführen, aber von Alma habe ich die Wahrheit erfahren. Nie konnte sie vor mir etwas verbergen; wir stehen uns viel zu nahe. Dies ist der einfachste Ausweg. Es tut mir leid, dass ich Alma mitnehmen muss, aber sie hat mir so oft erklärt, dass sie ohne mich nicht leben könnte. Ich kann sie in ihrem Kummer nicht zurücklassen.

Denke gelegentlich an uns und versuche, mich nicht allzu streng zu verurteilen.

Charles Rackham

Sands stellte den Brief wieder auf den Sims. Ruhig stand er da, das Herz von einem Splitter der Ironie getroffen: Bevor Rackham den Revolver auf sich gerichtet hatte, hatte er sich neben Alma auf den Boden gelegt und ihren schlaffen Arm liebevoll um seine Hüfte gelegt.

Von draußen drang das Geräusch von Tracys Schritten und dann das Hämmern seiner Fäuste gegen die Haustür herein.

»Sands, ich bin ausgesperrt. Machen Sie die Tür auf. Lassen Sie mich hinein! Sands, hören Sie mich? Machen Sie die Tür auf!«

Sands ging und machte die Tür auf.

Fred Vargas

Fünf Francs das Stück

Schluss, heute Abend würde er keinen einzigen mehr verkaufen. Zu kalt, zu spät, die Straßen hatten sich geleert, es war kurz vor dreiundzwanzig Uhr an der Place Maubert. Der Mann bog nach rechts ab, mit ausgestreckten Armen seinen Wagen vor sich herschiebend. Diese verdammten Einkaufswagen waren nicht gerade Präzisionsinstrumente. Man brauchte allerhand Kraft und musste sich verflucht gut auskennen mit dem Gerät, damit es auf dem rechten Weg blieb. Störrisch wie ein Esel war es, es rollte zur Seite, widersetzte sich. Man musste auf es einreden, musste es anschreien und vorwärtsdrängen, aber genau wie auf einem Esel ließen sich damit auch eine Menge Waren durch die Gegend schleppen. Störrisch, aber loyal. Er hatte seine Einkaufskarre Martin getauft, aus Achtung vor all der Arbeit, mit der sich früher die Esel herumgeplackt hatten.

Der Mann stellte seinen Wagen neben einen Pfosten und schloss ihn mit einer Kette an, an der er eine große Glocke befestigt hatte. Wehe dem Mistkerl, der ihm seine Ladung Schwämme zu klauen versuchte, während er schlief, der käme an den Rechten! Dass er an diesem Tag fünf von seinen Schwämmen verkauft hatte, grenzte schon an ein Wunder. Damit hatte er fünfundzwanzig Francs, plus die restlichen sechs Francs von gestern. Er holte seinen Schlafsack aus einem Beutel, der unter dem Bauch der Karre aufgehängt war, legte sich auf den Luftschacht der Métro und rollte sich zusammen. Unmöglich, sich in der Métro aufzuwärmen, er hätte den Einkaufswagen oben zurücklassen müssen. Wenn man ein Tier hat, muss man Opfer bringen, so ist das nun mal. Nie hätte er Martin allein draußen gelassen. Der Mann fragte sich, ob wohl sein Urgroßvater, als er mit seinem Esel von Stadt zu Stadt zog, gezwungen gewesen war, in den Distelfeldern bei seinem Tier zu schlafen. Egal, einen Urgroßvater oder was auch immer der Art, also so was wie Familie, hatte er eh nie gehabt. Trotzdem denkt man drüber nach. Und wenn er drüber nachdachte, stellte er sich einen Alten mit einem Esel vor, der Martin hieß. Was transportierte der Esel? Gesalzene Heringe vielleicht, Tuche aus Elbeuf, oder Schafsfelle.

Er jedenfalls hatte Zeugs damit herumgekarrt, das er verkaufen wollte. Dermaßen viel Zeugs, dass er gleich drei Wagen kaputtgefahren hatte. Der Esel hier war der vierte einer langen Linie. Er war der erste, der Schwämme trug. Als er die verlassene Schwammmine in einem Hangar in Charenton entdeckt hatte, hatte er geglaubt, er sei gerettet. 9732 Naturschwämme, er hatte sie gezählt, mit Zahlen kannte er sich aus, von Geburt an. Mal fünf Francs. Höher konnte man den Preis nicht ansetzen, denn die Schwämme sahen scheußlich aus. Machte 48 660 Francs, eine Fata Morgana, ein Fluss.

Aber in den vier Monaten, in denen er seine Schwämme nun schon vom Hangar in Charenton nach Paris beförderte und Martin durch sämtliche Straßen der Hauptstadt schob, hatte er genau 512 verkauft. Niemand wollte sie, niemand blieb stehen, niemand sah sich seine Schwämme an, oder seinen Wagen, oder ihn. Bei diesem Tempo brauchte er 2150,3 Tage, um die Halle leerzuräumen, machte sechs Komma eins sieben Jahre, in denen er seinen Esel und seine Knochen durch die Gegend schleppen musste. Zahlen waren seit je sein Ding gewesen. Aber seine Schwämme waren aller Welt schnuppe, abgesehen von fünf Personen pro Tag. Fünf Personen, das war nicht gerade viel, verdammt, bei zwei Millionen Einwohnern, die Paris hatte.

In seinen Schlafsack gewickelt, die Beine angezogen, rechnete der Mann den Prozentsatz der Pariser Schwammkäufer aus. Er sah, wie ein Taxi auf seiner Höhe stehenblieb, aus dem eine Frau stieg, mit sehr schlanken Beinen und einem Mantel aus weißem Pelz. Mit Sicherheit keine Frau, die zum Prozentsatz zählte. Vielleicht wusste sie nicht einmal, was ein Schwamm überhaupt war, wie der sich vollsog, wie man den zusammendrücken konnte. Ohne ihn zu bemerken, ging sie um ihn herum, überquerte die Straße, lief den gegenüberliegenden Bürgersteig entlang und drückte einen Code an einer Haustür. Ein graues Auto fuhr langsam vorbei, erhellte sie mit seinem Scheinwerferlicht, bremste neben ihr. Der Fahrer stieg aus, die Frau drehte sich um. Der Schwammverkäufer, in Alarmbereitschaft, runzelte die Stirn. Er wusste, wie Typen aussehen, die über Frauen herfallen, und es wäre weder zum ersten noch zum letzten Mal, dass er einen von ihnen fertigmachen würde. Von all den schweren, widerspenstigen Wagen, die er herumgeschoben hatte, hatte er Fäuste wie ein Dockarbeiter bekommen. Drei Schüsse fielen, die Frau brach zusammen. Der Mörder sprang ins Auto zurück, gab Gas und verschwand.

Der Schwammverkäufer hatte sich so flach wie möglich auf den Luftschacht der Métro gedrückt. Ein Bündel alter Klamotten, die jemand in der

Kälte liegengelassen hatte, mehr hatte der Mörder von ihm nicht gesehen, wenn er ihn überhaupt gesehen hatte. So hatte die schreckliche Unsichtbarkeit, die Obdachlosen zuteil wird, ihm wenigstens ein Mal das Leben gerettet. Zitternd wand er sich aus dem Schlafsack, rollte ihn zusammen und zwängte ihn in den Plastikbeutel unter dem Bauch der Einkaufskarre. Er näherte sich der Frau und beugte sich in der Dunkelheit über sie. Der Pelzmantel war blutverschmiert, man hätte meinen können, eine junge Robbe auf dem Packeis. Er kniete sich hin, hob die Handtasche auf und öffnete sie hastig. In den Fenstern gingen Lichter an, drei, dann vier. Er warf die Tasche zu Boden und rannte zu seinem Einkaufswagen zurück. Gleich würden die Bullen aufkreuzen, es war nur eine Frage von Minuten, das waren fixe Burschen. Fieberhaft kramte er in seinen Taschen nach dem Schlüssel für das Kettenschloss. Nicht in der Hose, und in der Jacke auch nicht. Er kramte weiter. Weglaufen? Martin im Stich lassen? Machte man so was mit dem treuen und hart arbeitenden Gefährten, der dieser Einkaufswagen gewesen war? Er kehrte seine acht Taschen heraus, tastete sein Hemd ab. Die Bullen, Herrgott, die Bullen und ihre Fragen. Woher kamen die Schwämme? Woher kam der Wagen? Woher kam der Mann? Vor Wut zerrte er an der Einkaufskarre, versuchte sie von dem Metallpfosten loszureißen, so dass die Glocke blöde und lustig durch die Nacht bimmelte. Wenig später eine Sirene und Männer im Laufschritt, dann kurze Rufe, die verfluchte Tatkraft der Polizei. Der Mann beugte sich über seinen Einkaufswagen und steckte seine Arme tief in die Schwämme, die Tränen traten ihm in die Augen.

In der halben Stunde, die dann folgte, war ein ganzer Haufen Bullen über ihn hergefallen. Einerseits war er jemand Wichtiges, der einzige Zeuge dieses Blutbades, und man behandelte ihn rücksichtsvoll, befragte ihn, wollte seinen Namen wissen. Andererseits war er nichts weiter als ein alter, störrischer Haufen Lumpen, und man setzte ihm zu, drohte ihm. Und das Schlimmste – man beab sichtigte, ihn aufs Kommissariat mitzunehmen, ihn allein; mit aller Kraft klammerte er sich an die Einkaufskarre und schrie, dass, wenn man den Wagen nicht mitnehme, er kein Wort sagen werde über das, was er gesehen hatte, eher krepiere er. Mittlerweile hatte man Scheinwerfer auf die Straße geschafft, Fahrzeuge mit Blaulicht standen herum, Fotografen, eine Tragbahre, überall Ausrüstung, man hörte besorgtes Gemurmel, Telefone.

»Begleitet den Burschen zu Fuß bis zum Kommissariat«, sagte eine Stimme in seiner Nähe.

»Mitsamt seinem Einkaufswagen und dem ganzen Dreckzeug drin?«, fragte eine andere Stimme.

»Ich verlasse mich drauf. Knackt das Vorhängeschloss. Ich komme in zwanzig Minuten nach.«

Der Mann mit den Schwämmen drehte sich um und guckte, welche Art von Bulle diesen Befehl erteilt hatte.

Jetzt saß er ihm in einem schlecht beleuchteten Büro gegenüber. Die Einkaufskarre war unter dem besorgten Blick ihres Besitzers im Hof des Kommissariats zwischen zwei großen Fahrzeugen abgestellt worden.

Und nun wartete er mit gebeugtem Rücken auf seinem Stuhl, einen Becher Kaffee in der Hand, seinen zusammengedrückten Plastikbeutel auf den Knien.

Die Telefone hatten immer wieder geklingelt, man war geschäftig hin und her gerannt, es hatte alle möglichen Anweisungen und Befehle gegeben. Ein allgemeines Klarmachen zum Gefecht, weil eine Frau im Pelz abgeknallt worden war. Klar, wenn es Monique gewesen wäre, die Frau vom Kiosk, die ihn jeden Morgen die Nachrichten lesen ließ unter der ausdrücklichen Bedingung, die Zeitung nicht bis zum Falzrand aufzuschlagen, so dass er von der Welt nur eine Längshälfte kannte, ohne je bis zur Mitte vorzustoßen, klar, wenn es Monique gewesen wäre, wären nicht zehn Bullen von einem Büro ins andere gerannt, als stünde das ganze Land vor einer Katastrophe. Man hätte seelenruhig die Kaffeepause abgewartet, um sich gemächlich zum Kiosk zu begeben und den Schaden festzustellen. Und man hätte auch nicht mit aller Welt telefoniert. Während man für die Frau in Weiß die halbe Hauptstadt geweckt hatte, so schien es zumindest. Für diese kleine Frau, die nie einen Schwamm zusammengedrückt hatte.

Der Bulle hatte jetzt alle Telefone aufgelegt. Er strich sich über die Wange, sprach leise mit seinem Mitarbeiter, dann sah er ihn lange an, als versuche er, sein ganzes Leben zu erraten, ohne etwas zu fragen. Hauptkommissar Jean-Baptiste Adamsberg, so hatte er sich vorgestellt. Er hatte seine Papiere verlangt, man hatte seine Fingerabdrücke genommen. Und nun schaute der Bulle ihn an. Er würde ihn befragen, er würde ihn zum Reden bringen, ihn alles erzählen lassen, was er gesehen hatte, von da unten auf dem Bürgersteig. Da würde er lange warten können. Er war der Zeuge, der einzige, unverhoffte Zeuge. Man hatte ihm nicht zugesetzt, man hatte ihm seine Jacke abgenommen, ihm einen Stuhl angeboten und einen heißen Kaffee vor ihn hingestellt. Klar. Der Zeuge, das seltene Objekt, die Nippsache. Man würde ihn zum Reden bringen wollen. Da würde man lange warten können.

»Haben Sie geschlafen?«, fragte der Kommissar. »Als es passierte, haben Sie da geschlafen?«

Der Bulle hatte eine sanfte, interessante Stimme, und der Mann mit den Schwämmen sah von seinem Kaffee auf.

»Ich wollte gerade schlafen«, präzisierte er. »Aber man wird ja immer gestört.«

Adamsberg drehte seinen Ausweis zwischen den Fingern.

»Toussaint, Pi. Ist das Ihr Vorname, ›Pi‹?«

Der Mann mit den Schwämmen richtete sich auf.

»Mein Vorname hat sich im Kaffee aufgelöst«, sagte er mit einem gewissen Stolz. »Das ist alles, was davon übrig geblieben ist.«

Ohne etwas zu entgegnen, sah Adamsberg ihn an, er wartete auf das Weitere, das der Mann wie ein uraltes Gedicht vortrug.

»Zu Allerheiligen hat meine Mutter mich zur Fürsorge gebracht. Sie hat meinen Namen in das Standesregister geschrieben. Jemand hat mich auf den Arm genommen. Jemand anderes hat seine Tasse auf das Register gestellt. Der Vorname ist verwischt in dem Kaffee, nur zwei Buchstaben sind übrig geblieben. Aber ›Geschlecht: männlich‹ hat sich nicht aufgelöst. Glück gehabt.«

»Sollte es ›Pierre‹ heißen?«

»Es ist nur ›Pi‹ übrig geblieben«, sagte der Mann entschieden. »Vielleicht hat meine Mutter ja ›Pi‹ geschrieben.«

Adamsberg nickte.

»Pi«, bestätigte er. »Leben Sie schon lange draußen?«

»Früher war ich Messerhändler, da zog ich von Stadt zu Stadt. Danach habe ich Planen verkauft, Fleckenwasser, Luftpumpen, Leinensocken. Mit neunundvierzig saß ich auf der Straße, mit einem Vorrat an wasserdurchtränkten Taucheruhren.«

Adamsberg sah sich erneut den Ausweis an.

»Das ist jetzt der zehnte Winter«, schloss Pi.

Dann spannte er sich, in Vorbereitung auf den Schwall üblicher Fragen nach der Herkunft der Waren. Aber nichts kam. Der Kommissar richtete sich auf seinem Stuhl auf und fuhr sich mit den Händen übers Gesicht, als wolle er es auseinanderfalten.

»Gibt gerade einen ziemlichen Stunk, oder?«, fragte Pi mit halbem Lächeln.

»Sie können sich gar nicht vorstellen, was für einen Stunk«, antwortete Adamsberg. »Alles hängt von Ihnen ab, von dem, was Sie uns erzählen.«

»Gäbe es auch solchen Stunk, wenn's Monique wäre?«

»Wer ist Monique?«

»Die Frau vom Kiosk, weiter oben auf der Avenue.«

»Wollen Sie die Wahrheit wissen?«

Pi nickte.

»Nun, bei Monique wäre es durchaus nicht dasselbe. Es gäbe einen absolut bescheidenen Stunk, mit einer hübschen kleinen Ermittlung. Und es würden auch nicht zweihundert Typen darauf warten, zu erfahren, was Sie gesehen haben.«

»Sie hat mich nicht gesehen.«

»Sie?«

»Die Frau im Pelz. Sie ist um mich rumgelaufen wie um einen Haufen Lumpen. Sie hat mich nicht mal gesehen. Wieso sollte ich sie also gesehen haben? Gibt keinen Grund dafür, wie du mir, so ich dir.«

»Sie haben sie nicht gesehen?«

»Nur einen Haufen weißen Pelz.«

Adamsberg beugte sich zu ihm vor.

»Aber sie schliefen nicht. Die Schüsse müssen Sie doch aufgeschreckt haben, oder? Drei Schüsse, so was macht doch Lärm.«

»Das ging mich nichts an. Ich hab einen Einkaufswagen zu bewachen. Ich kann mich nicht ums ganze Viertel kümmern.«

»Ihre Fingerabdrücke sind auf ihrer Handtasche. Die haben Sie aufgehoben.«

»Ich hab nichts rausgenommen.«

»Aber Sie haben sich ihr nach der Schießerei genähert. Sie haben nachgesehen.«

»Ja und? Sie ist aus einem Taxi gestiegen, ist um meinen Lumpenhaufen rumgelaufen, dann ist ein Typ in einer Karre gekommen, hat dreimal in den Pelzhaufen geschossen, und fertig. Sonst hab ich wirklich nichts gesehen.«

Adamsberg stand auf und ging im Zimmer umher.

»Du willst uns nicht helfen, stimmt's?«

Pi kniff die Augen zusammen.

»Sie duzen mich?«

»Bullen duzen. Das steigert die Erfolgsquote bei der Polizei.«

»Wenn das so ist, könnte ich Sie also auch duzen?«

»Für dich gibt's keinerlei Grund dazu. Du leistest nichts, denn du willst ja nichts sagen.«

»Werden Sie mir eine verpassen?«

Adamsberg zuckte die Schultern.

»Ich hab nichts gesehen«, sagte Pi. »Es geht mich nichts an.«

Adamsberg lehnte sich an die Wand, schaute ihn an. Der Kerl sah ziemlich mitgenommen aus, Mangel, Kälte und Wein hatte ihm das Gesicht zerfurcht und den Körper ausgehöhlt. Sein mit einer Schere dicht an den Wangen abgeschnittener Bart war noch zur Hälfte rot. Er hatte eine kleine Mädchennase und blaue, von Falten umgebene Augen, lebhaft und flink, die zwischen Flucht und Waffenstillstand schwankten. Es hätte nicht viel gefehlt, und der Kerl hätte seinen Beutel auf den Boden gestellt, die Beine ausgestreckt, und sie hätten ein Weilchen miteinander geplaudert, wie zwei alte Bekannte in einem Eisenbahnwaggon.

»Darf man rauchen?«, fragte Pi.

Adamsberg bejahte, und Pi ließ seinen Plastikbeutel aus der Hand gleiten, aus dem ein alter blauroter Schlafsack herausragte, um eine Zigarette aus seiner Jackentasche zu holen.

»Sie ist erbärmlich«, sagte Adamsberg ohne sich von seiner Wand wegzubewegen, »deine Geschichte mit dem Lumpenhaufen und dem Pelzhaufen, dem Tonkrug und dem Eisenkrug. Soll ich dir erzählen, was unter den Lumpen und unter den Pelzen steckt? Erinnerst du dich nicht mehr?«

»Darunter steckt ein schmuddeliger Kerl, der Schwämme verkauft, und eine saubere Frau, die in ihrem Leben noch keinen gekauft hat.«

»Darunter steckt ein Mann, der in der Scheiße sitzt und eine ganze Menge weiß, und eine bewusstlose Frau mit drei Kugeln im Leib.«

»Sie ist nicht tot?«

»Nein. Aber wenn wir den Täter nicht schnappen, wird er's noch einmal versuchen, da kannst du sicher sein.«

Der Mann mit den Schwämmen runzelte die Stirn.

»Wieso?«, fragte er. »Wenn man Monique überfallen hätte, würde man's am nächsten Tag nicht noch mal probieren.«

»Wir sagten schon, dass es nicht Monique ist.«

»Es ist jemand Wichtiges, stimmt's?«

»Jemand von ganz oben«, sagte Adamsberg und hob den Zeigefinger, »aus den Kreisen des Innenministeriums. Daher auch der Stunk.«

»Tja, ist aber nicht meiner«, sagte Pi in herausforderndem Ton. »Das Ministerium ist mir scheißegal, ob's bei denen Stunk gibt oder nicht. Hab selber welchen, nämlich wie ich 9732 Schwämme loskriege. Und um meine Schwämme schert sich kein Mensch. Keiner hilft mir damit. Und keiner von denen da ganz oben fragt sich, wie ich's anstellen könnte, mir übern Winter nicht die Eier abzufrieren. Und ich soll denen helfen? Soll ihren Job machen und sie schützen? Wer hat denn hier die Schwämme am Hals, die oder ich?«

»Besser, man hat 9732 Schwämme am Hals als drei Kugeln im Leib.«

»Na, da wär ich mir an manchen Abenden nicht

so sicher. Soll ich Ihnen was sagen, Kommissar? Ja, ich hab was gesehen. Ja, ich hab gesehen, wie der Kerl geschossen hat, ja, ich hab seine Karre gesehn!«

»Ich weiß bereits, dass du all das gesehen hast, Pi.«

»Ach ja?«

»Ja. Wenn man auf der Straße lebt, achtet man auf alles, was sich nähert, vor allem, wenn man am Einschlafen ist.«

»Tja, Sie werden denen da ganz oben sagen, dass Pi Toussaint Schwämme verkaufen muss und was anderes zu tun hat, als Frauen in weißem Mantel aus der Patsche zu helfen.«

»Und einfach nur Frauen?«

»Das ist nicht einfach nur eine Frau.«

Die Hände in den Taschen, lief Adamsberg durchs Zimmer und blieb vor Pi stehen.

»Aber es ist uns egal, Pi«, sagte er langsam, »es ist uns vollkommen egal, wer sie ist. Ihr Mantel ist uns egal, ihr Ministerium, und sämtliche Typen, die sich den Hintern wärmen, ohne an deinen zu denken. Das ist deren Scheiße, deren Schändlichkeit, und die werden wir heute Abend nicht reinwaschen, indem wir dreimal mit deinen Schwämmen drüberwischen. Denn dieser Dreck ist dermaßen alt, der ist meterdick. Berge von Dreck nennt man so was. Du bist ein Blödmann, Pi, und soll ich dir sagen, warum?«

»Leg keinen Wert drauf.«

»Diese Berge von Dreck, stell dir vor, die sind nicht von allein entstanden.«

»Im Ernst?«

»Sie sind entstanden aus der Vorstellung, dass es auf der Welt Leute gibt, die wichtiger sind als andere. Dass es schon immer welche gegeben hat und auch in Zukunft geben wird. Und ich werde dir noch was Gewaltiges erzählen: Das ist falsch. Niemand ist wichtiger. Aber du, Pi, glaubst es, und deshalb bist du genauso blöd wie die anderen.«

»Aber ich glaub gar nichts, Scheiße, Mann.«

»Doch. Du glaubst, diese Frau sei wichtig, wichtiger als du, also schweigst du. Ich aber spreche heute Abend nur von einer Frau, die sterben wird, und von nichts anderem.«

»Quark.«

»Jedes Leben ist gleich viel wert, ob's dir nun passt oder nicht. Ihres, deins, meins und Moniques. Das macht immerhin schon vier. Fügst du noch die übrigen sechs Milliarden hinzu, hast du die einzige Zahl, die zählt.«

»Alles Quark«, sagte Pi noch einmal. »Nichts als Gedanken.«

»Von Gedanken lebe ich.«

»Tja, und ich lebe von Schwämmen.«

»Das stimmt nicht.«

Pi verstummte, und Adamsberg setzte sich wieder an seinen Tisch. Nach mehreren Minuten des Schweigens stand er auf und zog sich seine Jacke über.

»Komm«, sagte er, »wir gehen ein Stück.«

»Bei dieser Kälte? Ich fühl mich eigentlich ganz wohl hier, hier ist es warm.«

»Ich kann nicht nachdenken, wenn ich nicht herumlaufe. Wir gehen in die Métro runter. Wenn man die Bahnsteige entlangläuft, kommt man auf Ideen.«

»Ich hab Ihnen sowieso nichts zu sagen.«

»Ich weiß.«

»Und die Métro schließt sowieso gleich. Die werden uns rausschmeißen, ich kenn den Laden.«

»Mich schmeißen die nicht raus.«

»Privilegiert, was?«

»Ja.«

Auf dem menschenleeren Bahnsteig der Station Cardinal-Lemoine, Richtung Austerlitz, lief Adamsberg schweigend mit langsamen Schritten, den Kopf gesenkt, und Pi, schneller, versuchte sich seinem Rhythmus anzupassen, denn dieser Bulle, wenngleich Bulle und fest entschlossen, das Leben der Frau im Mantel zu retten, war trotz allem ein Typ, bei dem man in guter Gesellschaft war. Und Gesellschaft ist das, was man am seltensten hat, wenn man seinen Einkaufswagen vor sich herschiebt. Adamsberg beobachtete eine Maus, die zwischen den Schienen herumhuschte.

»Eigentlich«, sagte Pi plötzlich und wechselte seinen Schlafsack von einem Arm unter den anderen, »mache ich mir auch so meine Gedanken.«

»Und worüber?«

»Über Kreise. Schon seit meiner Geburt. Mal so aufs Geratewohl gefragt, der Knopf an Ihrer Jacke, haben Sie eine Ahnung von seinem Kreisumfang?«

Adamsberg zuckte die Schultern.

»Ich weiß gar nicht, ob ich diesen Knopf je bemerkt habe.«

»Ich schon. Und dieser Knopf, also ich würde sagen, sein Umfang misst einundfünfzig Millimeter.«

Adamsberg blieb stehen.

»Und was bringt das?«, fragte er ernsthaft interessiert.

Pi schüttelte den Kopf.

»Wozu sind Sie Bulle, wenn Sie nicht kapieren, dass das der Schlüssel zur Welt ist. Als ich klein war, in der Schule der Fürsorge, haben sie mich 3,14 genannt. Begreifen Sie den Witz? Pi? 3,14? Der

Durchmesser eines Kreises, multipliziert mit 3,14, ergibt den Kreisumfang. Tja, dieser Witz ist die große Sache meines Lebens gewesen. Heißt also, es war vielleicht ein verdammter Glücksfall, dass mein Name sich in dem Kaffee aufgelöst hat. Ich bin eine Zahl geworden, und nicht irgendeine Zahl, wohlgemerkt.«

»Ich verstehe«, sagte Adamsberg.

»Sie haben keinen Schimmer, was ich alles weiß. Weil, das mit dem Pi funktioniert bei jedem Kreis. Ein Grieche hat es vor Urzeiten rausgekriegt. Diese Griechen waren echte Schlauköpfe. Deine Uhr, willst du den Kreisumfang deiner Uhr wissen, falls es dich gelegentlich interessiert? Oder dein Weinglas, falls du wissen willst, welchen Kreisumfang du getrunken hast? Das Rad von deinem Einkaufswagen, der Umfang deines Kopfes, der Stempel vom Rathaus, das Loch in deinem Schuh, das Innere vom Gänseblümchen, der Flaschenboden, das Fünf-Francs-Stück? Die Welt besteht aus lauter Kreisen. Haben Sie schon mal darüber nachgedacht? Tja, also ich, Pi, kenne sie alle, diese Kreise. Los, testen Sie mich ruhig, wenn Sie mir nicht glauben.«

»Das Gänseblümchen?«

»Mit den Blütenblättern oder bloß das Gelbe in der Mitte?«

»Nur die Mitte.«

»12,24 Millimeter. Das wäre aber schon ein ziemlich großes Gänseblümchen.«

Pi machte eine Pause, damit die Information in ihrer vollen Bedeutung gewürdigt werden konnte.

»Ja«, fing er wieder an und nickte. »Das ist mein Schicksal. Und was ist wohl der größte Kreis, der allerletzte Kreis?«

»Der Erdumfang.«

»Ganz genau, ich sehe, Sie können mir folgen. Und keiner kann den Umfang der Erde errechnen, ohne über Pi zu gehen. Das ist der Trick. Und so habe ich für mich den Schlüssel zur Welt gefunden. Können Sie mir auch sagen, zu was mich das geführt hat?«

»Wenn du meinen Fall so lösen würdest, wie du die Kreise löst, wäre das schon mal was.«

»Ich mag seinen Durchmesser nicht.«

»Das hatte ich verstanden.«

»Wie heißt sie, die Frau?«

»Keine Namen. Verboten.«

»Ach ja? Sie hat also auch ihren Namen verloren?«

»Ja«, sagte Adamsberg lächelnd. »Und sie hat nicht einmal den Umfang davon zurückbehalten.«

»Na gut, dann geben wir ihr eben eine Nummer, genau wie mir. Ist doch barmherziger als immer

›die Frau‹ zu sagen. ›4.21‹, so werden wir sie nennen, weil sie das große Los gezogen hat.«

»Meinetwegen. Sagen wir 4.21.«

Adamsberg brachte Pi zu einem kleinen Hotel, das drei Straßen vom Kommissariat entfernt lag. Gemächlich kehrte er in sein Büro zurück. Dort wartete seit einer halben Stunde ein Abgesandter des Ministeriums auf ihn, sichtlich verärgert. Adamsberg kannte ihn, es war ein junger, brillanter Kerl, ein streitsüchtiger Jämmerling. »Ich habe den Zeugen befragt«, sagte Adamsberg und legte seine Jacke zusammengeknautscht auf einen Stuhl.

»Dazu brauchen Sie aber reichlich lange, Kommissar.«

»Ja.«

»Haben Sie was rausbekommen?«

»Den Kreisumfang der Mitte eines Gänseblümchens. Eines ziemlich großen Gänseblümchens.«

»Wir haben keine Zeit für Späßchen, ich dachte, das hätte man Ihnen deutlich gesagt?«

»Der Typ ist schwierig, und er hat Gründe, es zu sein. Aber er weiß eine Menge.«

»Die Zeit drängt, Kommissar, und ich habe Anweisungen. Hat man Ihnen nicht beigebracht, dass jeder ›schwierige‹ Typ sich in weniger als einer Viertelstunde weichklopfen lässt?«

»Doch, hat man.«

»Worauf warten Sie dann noch?«

»Dass ich es vergesse.«

»Sie wissen, dass ich Ihnen den Fall entziehen kann?«

»Sie werden ihn jedenfalls nicht zum Reden bringen, indem Sie ihm eine verpassen.«

Der Unterstaatssekretär stellte seine Faust auf den Tisch. »Wie dann?«

»Er wird sich nur um uns bemühen, wenn wir uns um ihn bemühen.«

»Ja, was verlangt er denn, verdammt noch mal?«

»Sein Leben will er leben, seine Schwämme verkaufen. 9732 verfaulte Schwämme, das Stück zu fünf Francs.«

»Das ist alles? Dann brauchen wir ihm seine blöden Schwämme doch nur abzukaufen?«

Der Unterstaatssekretär rechnete das Ganze rasch im Kopf durch.

»Früh um acht Uhr haben Sie die fünfzigtausend Francs«, sagte er und stand auf. »Und glauben Sie mir, diese Gunst erweise ich Ihnen nur in Anbetracht Ihrer Dienstjahre. Ich will die Informationen spätestens um zehn Uhr haben.«

»Ich glaube, Sie haben da was nicht richtig verstanden, Herr Unterstaatssekretär«, sagte Adamsberg, ohne sich von seinem Stuhl zu rühren.

»Was denn?«

»Der Mann will nicht gekauft werden. *Er will seine Schwämme verkaufen.* 9732 Schwämme. An Leute. An 9732 verschiedene Personen.«

»Machen Sie Witze oder was, Kommissar? Bilden Sie sich vielleicht ein, dass ich die Schwämme von diesem Kerl verkaufen werde? Dass ich sämtliche Beamte des Staates auf Kundenfang durch die Straßen schicke?«

»Das würde nicht hinhauen«, sagte Adamsberg ruhig. »*Er will seine Schwämme verkaufen.* Er selbst.«

Der Unterstaatssekretär beugte sich zu Adamsberg vor.

»Sagen Sie, Kommissar, bereiten Ihnen die Schwämme von diesem Kerl vielleicht mehr Sorgen als der Schutz ...«

»... von 4.21«, beendete Adamsberg den Satz. »Das ist ihr Codename hier. Ihren richtigen Namen sprechen wir nicht aus.«

»Ja, ist auch besser«, sagte der Unterstaatssekretär und senkte plötzlich die Stimme.

»Ich habe da so etwas wie eine Lösung«, sagte Adamsberg. »Für die Schwämme und für 4.21.«

»Die funktionieren könnte?«

Adamsberg zögerte.

»Vielleicht«, sagte er.

Um halb acht Uhr klopfte der Kommissar an die Tür des Zimmers von Pi Toussaint. Der Schwammverkäufer war schon auf den Beinen, und sie gingen in die Bar des Hotels hinunter. Adamsberg schenkte Kaffee ein, reichte ihm den Brotkorb.

»In meinem Zimmer gab's eine Mordsdusche«, sagte Pi. »Der Strahl hatte sechsundzwanzig Zentimeter Kreisumfang an der Wurzel. Das kann einen ganz schön umpeitschen. Wie geht's ihr?«

»Wem?«

»Na, 4.21.«

»Sie wird's schaffen. Sie wird von fünf Bullen bewacht. Sie hat ein paar Worte gesagt, aber sie erinnert sich an nichts.«

»Der Schock«, meinte Pi.

»Ja. Heute Nacht bin ich auf eine Art Idee gekommen.«

»Und ich hab eine Art Leistung erbracht.«

Pi biss in sein Brötchen, kramte dann in seiner Hosentasche. Er legte einen zweifach gefalteten Zettel auf den Tisch.

»Ich habe Ihnen alles aufgeschrieben«, sagte er. »Wie der Kerl aussah, sein Gang, seine Klamotten, was für eine Karre er fuhr. Und zuletzt das Kennzeichen.«

Adamsberg stellte seine Tasse ab und sah Pi an.

»Du wusstest das Kennzeichen?«

»Zahlen sind nun mal mein Ding. Schon von Geburt an.«

Adamsberg faltete den Zettel auseinander und überflog das Ganze.

»Danke«, sagte er.

»Keine Ursache.«

»Ich gehe kurz telefonieren.«

Ein paar Minuten später kam Adamsberg an den Tisch zurück.

»Alles arrangiert«, sagte er.

»Kannst dir ja vorstellen, mit dem Kennzeichen wird's ein Kinderspiel für euch. Ihr werdet den Kerl heute noch schnappen.«

»Heute Nacht bin ich auf eine Art Idee gekommen, wie man deine Schwämme verkaufen könnte.«

Pi verzog das Gesicht und nahm einen großen Schluck Kaffee.

»Ja, ich auch«, sagte er. »Ich packe sie in einen Einkaufswagen, schiebe ihn das ganze Jahr lang herum und frage die Leute, ob sie sie mir zu fünf Francs das Stück abkaufen.«

»Eine andere Idee.«

»Nicht mehr nötig. Jetzt haben Sie die Infos ja. War's ein guter Einfall?«

»Ein etwas seltsamer.«

»Ein Bullentrick?«

»Ein menschlicher Trick: Gib ihnen irgendwas als Gegenleistung für die fünf Francs.«

Pi legte seine Hände auf den Tisch.

»Na, die kriegen doch den Schwamm! Sagen Sie mal, halten Sie mich für einen Betrüger?«

»Sie sind verfault, deine Schwämme.«

»Was macht man schon groß damit? Man quetscht sie in Dreckwasser zusammen. Nicht gerade zu beneiden, so ein Schwamm.«

»Du gibst den Schwamm und noch etwas anderes.«

»Na, was denn?«

»Na, zum Beispiel schreibst du ihren Namen auf eine Hauswand in Paris.«

»Kapier ich nicht.«

»Jedes Mal, wenn dir jemand einen Schwamm abkauft, malst du seinen Namen auf eine Wand. Immer dieselbe Wand.«

Pi runzelte die Stirn.

»Und ich stell mich mit der Ware davor?«

»So ist es. In einem halben Jahr wirst du dann eine ganze Wand voller Namen haben, eine Art riesiges Manifest der Schwammkäufer, eine Sammlung, fast ein Monument.«

»Sie machen mir vielleicht Spaß. Was soll ich denn mit so einer Wand anfangen?«

»Die ist doch nicht für dich. Sie ist für die Leute.«

»Aber auf so was pfeifen die Leute doch komplett.«

»Auf so was pfeifen sie durchaus nicht. Sie werden vielleicht sogar Schlange stehen vor deinem Einkaufswagen.«

»Und was bringt ihnen das, wenn ich fragen darf?«

»So sind sie in Gesellschaft, das verschafft ihnen ein bisschen Leben. Das ist doch schon mal was.«

»Weil die Leute das nicht haben?«

»Nicht so sehr, wie du glaubst.«

Pi tunkte sein Brötchen in den Kaffee, biss hinein und tunkte es wieder ein.

»Ich kann mich einfach nicht entscheiden, ob's eine komplett blöde Idee ist oder vielleicht doch keine so schlechte.«

»Ich auch nicht.«

Pi trank seinen Kaffee aus, verschränkte die Arme.

»Glauben Sie, ich könnte auch meinen Namen draufschreiben?«, fragte er. »Unten rechts zum Beispiel, als würde ich den ganzen Kram signieren, wenn's vorbei ist?«

»Wenn du Lust dazu hast. Aber auch du musst den Schwamm bezahlen. Das ist der Dreh dabei.«

»Natürlich. Halten Sie mich etwa für einen Schwindler?«

Regungslos dachte Pi weiter nach, während Adamsberg seine Jacke überzog.

»Aber schauen Sie mal«, sagte Pi, »da ist noch ein Haken. Ich hab ja gar keine Wand.«

»Ich schon. Heute Nacht hab ich dem Innenministerium eine abgetrotzt. Ich zeig sie dir.«

»Und Martin?«, fragte Pi und stand auf.

»Wer ist Martin?«

»Na, mein Einkaufswagen.«

»Ja, natürlich. Dein Wagen wird immer noch gut von Bullen bewacht. Er durchlebt gerade außergewöhnliche Stunden, die sich in seinem Leben nicht wiederholen werden. Stör ihn nicht.«

Porte de la Chapelle, Adamsberg und Pi betrachteten schweigend die hohe Giebelwand eines leerstehenden grauen Hauses.

»Gehört das dem Staat?«, fragte Pi schließlich.

»Das Trocadéro wollten sie mir nicht geben.«

»Kann man sich denken.«

»Solange man was draufmalen kann«, sagte Adamsberg.

»Ja. Jede Mauer ist gleich viel wert.« Pi näherte sich dem Gebäude und befühlte mit der flachen Hand den Putz. »Wann fange ich an?«

»Morgen bekommst du Farbe und eine Leiter. Danach musst du selbst zusehen.«

»Kann ich mir die Farben aussuchen?«

»Du bist der Chef.«

»Ich werde runde Töpfe nehmen. So bekomme ich was mit Durchmessern.«

Die beiden Männer gaben sich die Hand, und Pi verzog das Gesicht.

»Du musst es nicht machen«, erinnerte ihn Adamsberg. »Vielleicht ist es ja doch eine blöde Idee.«

»Sie gefällt mir. In einem Monat werden mir die Namen schon bis zum Knie gehen.«

»Was drückt dich dann noch?«

»4.21. Weiß sie, dass ich, Pi Toussaint, den Dreckskerl gefunden habe, der auf sie abgefeuert hat?«

»Sie wird's erfahren.«

Adamsberg entfernte sich langsam, Hände in den Taschen.

»Hey!«, rief Pi. »Glauben Sie, dass sie herkommen wird? Glauben Sie, dass sie herkommt und mir einen Schwamm abkauft? Und ihren Namen auf die Wand schreibt?«

Adamsberg wandte sich um, sah zu der grauen Wand hoch und breitete die Arme zum Zeichen der Unkenntnis aus.

»Du wirst es erfahren!«, rief er. »Und wenn du es erfährst, sag mir Bescheid.«

Er winkte kurz und ging weiter.

»Diese Geschichte schreibst du«, murmelte er, »und ich werde herkommen und sie lesen.«

Patricia Highsmith

Damit muss man leben

»Vergiss nicht, alle Türen abzuschließen«, sagte Stan. »Jemand könnte glauben, es ist keiner da, weil kein Wagen vor dem Haus steht.«

»Alle Türen? Sind ja nur zwei. Du hast mich noch gar nichts gefragt – also danach, wie es jetzt aussieht.«

Stan lachte. »Na, bestimmt sind die Bilder schon alle aufgehängt, und die Bücher stehen in den Regalen.«

»Noch nicht ganz, aber deine Hemden und Pullover – und die Küche ist auch fertig. Es sieht alles ... ich bin so froh, Stan. Und Cassie ist auch glücklich. Sie läuft überall herum und schnurrt. Also dann bis morgen. Gegen elf, hast du gesagt?«

»Ja. Kümmere dich nicht ums Mittagessen, ich bringe alles mit.«

»Schönen Gruß an deine Mutter. Fein, dass es ihr bessergeht.«

»Danke, Schatz.« Stan legte auf.

Cassie, ihre vierjährige rötlich-weiß gescheckte

Katze, saß da und musterte Ginnie, als hätte sie noch nie ein Telefon gesehen. Sie schnurrte schon wieder. Wie benommen von dem vielen Platz, dachte Ginnie. Voller Wonne begann Cassie mit ihren Pfötchen den Teppich zu bearbeiten, und Ginnie musste lachen.

Nach sechs Jahren Mietwohnung in New York hatten Ginnie und Stan Brixton ein Haus in Connecticut gekauft. Ihre Möbel waren schon vor einer Woche gekommen, während sie in der Stadt den Haushalt auflösten, und gestern hatten sie die restlichen kleineren Sachen herübergeschafft wie Besteck, Geschirr, einige Bilder, Koffer, Küchengerät und die Katze. Heute Morgen war Stan mit ihrem Sohn Freddie nach New Hope in Pennsylvania gefahren, wo seine Mutter lebte; sie wollten über Nacht bleiben. Stans Mutter hatte einen zweiten Herzanfall gehabt und erholte sich zu Hause. »Jedes Mal wenn ich sie sehe, denke ich, es ist vielleicht das letzte Mal. Du hast doch nichts dagegen, wenn ich hinfahre, Ginnie? So wäre auch Freddie aus dem Weg, während du herumfuhrwerkst.« Ginnie hatte nichts dagegen gehabt.

Herumfuhrwerken war Stans Wort für Aufräumen und sogar fürs Putzen. Ginnie fand, sie habe gute Arbeit geleistet, seit Stan und Freddie am Morgen aufgebrochen waren. Die schöne blauweiße französische Vase, die Ginnie immer an ein Gemälde von Monet erinnerte, stand jetzt, mit roten Rosen aus dem Garten, auf dem Bücherregal im Wohnzimmer. Auch in der Küche war Ginnie gut vorangekommen und hatte alles so untergebracht, wie sie es wollte und wie es dann bleiben konnte. Cassie hatte ihre Katzenkiste (»Was für ein Euphemismus, das Ding ist doch voller Dreck«, sagte Stan öfter) in einer Ecke der unteren Toilette. Im oberen Geschoss war sogar ein zweites WC. Rings um das auf einem Hügel gelegene Haus gab es im Umkreis von fast einer Meile keine Nachbarn; nicht dass all das Land ihnen gehört hätte, aber es waren Felder und Weiden. Als sie und Stan im Juni zum ersten Mal hergekommen waren, hatten unweit Schafe und Ziegen gegrast. Sowohl sie selbst als auch Stan hatten sich auf Anhieb in das Haus verliebt.

Stanley Brixton war Schriftsteller und Literaturkritiker, Ginnie verfasste Artikel und steckte mitten in ihrem zweiten Roman. Ihr erster hatte zwar einen Verleger gefunden, aber nur mäßigen Erfolg gehabt. Von einem Erstling konnte man keinen Kassenschlager erwarten, hatte Stan gesagt, außer bei einem extremen Werbeaufwand. Doch das war Schnee von gestern. Ginnie ging es jetzt viel mehr um den Roman, an dem sie gerade schrieb. Sie hatten das Haus mit einem Hypothekenkredit gekauft und rechneten sich aus, mit ihrer beider freiberuflicher Arbeit ohne New York und reguläre Achtstundenjobs auszukommen. Stan hatte schon drei Bücher veröffentlicht, Abenteuergeschichten mit politischem Hintergrund. Er war zweiunddreißig und hatte drei Jahre lang als Überseekorrespondent für einen Zeitungskonzern gearbeitet.

Ginnie bückte sich, um ein Stück feste Schnur vom Wohnzimmerteppich aufzuheben; von den Anstrengungen des Tages tat ihr der Rücken weh. Sie hatte eigentlich den Fernseher einschalten wollen, aber die Nachrichten waren gerade vorbei, das sah sie auf ihrer Uhr, und vielleicht ging sie besser gleich ins Bett, um dann am nächsten Morgen zeitig aufzustehen. »Cassie?«

Cassie antwortete mit einem ebenso gesitteten wie gedämpften »Mm-wu-ah?«.

»Hunger?« Das Wort kannte Cassie. »Nein, du hast schon genug bekommen. Weißt du nicht, dass du langsam ein Bäuchlein kriegst wie eine ältere Dame? Komm schon! Wollen wir zusammen hochgehen?« Ginnie trat zur Eingangstür, die bereits mit einem Sicherheitsschloss verriegelt war, aber sie legte auch noch die Kette vor. Gähnend schaltete sie unten überall das Licht aus und stieg die Treppe hoch. Cassie folgte ihr.

Ginnie nahm schnell ein Bad, das zweite an diesem Tag, zog ein Nachthemd an, putzte sich die Zähne und schlüpfte ins Bett. Sie merkte gleich, dass sie zu müde war, um noch in einem der britischen Politmagazine zu blättern, Stans Lieblingslektüre, von denen sie ein paar neben dem Bett bereitgelegt hatte. Sie knipste die Nachttischlampe aus. *Daheim.* Sie und Stan hatten erst einmal hier übernachtet, letztes Wochenende beim Umzug der großen Möbel. Dies war Ginnies erste Nacht allein im Haus, das immer noch keinen Namen trug. *So etwas wie ›Die Sparbüchse‹ vielleicht,* hatte Stan vorgeschlagen. *Denk du dir mal was aus.* Ginnie versuchte, sich etwas auszudenken – eine Tätigkeit, die sie sofort noch schläfriger machte.

Sie erwachte von einem knirschenden Geräusch, wie Autoreifen auf einer Kieseinfahrt. Sie richtete sich im Bett etwas auf. Hatte sie das gehört? Auf ihrer Einfahrt gab es praktisch keinen Kies, nur gestampfte Erde. Aber …

War das nicht ein *Klicken*? Von irgendwoher. Vorn, hinten? Oder war es nur ein Zweig gewesen, der aufs Dach gefallen war?

Sie hatte doch alle Türen verriegelt, oder?

In diesem Moment wurde Ginnie klar, dass sie die Hintertür nicht verriegelt hatte. Eine Minute lang, in der sie angestrengt lauschte, war alles still.

Wie ärgerlich, jetzt musste sie noch einmal hinunter! Aber es musste sein, damit sie Stan mit reinem Gewissen gegenübertreten konnte. Ginnie ertastete den Schalter der Nachttischlampe und stieg aus dem Bett.

Inzwischen dachte sie, dass das Geräusch, das sie vielleicht gehört hatte, nur Einbildung oder ein Traumfetzen gewesen sein konnte. Aber wie argwöhnisch, hastig und bang Cassie neben ihr herging, fiel ihr ebenso auf.

Im matten Schein des Treppenhauslichts fand Ginnie den Weg bis in die Küche, wo sie die grelle Deckenlampe einschaltete. Sofort ging sie zur Hintertür und legte den Riegel des Yale-Schlosses vor. Dann lauschte sie wieder. Alles war still. Die große Küche sah aus wie sonst mit ihrer halb modernen, halb altmodischen Einrichtung – Elektroherd, weißer Geschirrschrank mit Schubladen unten und Regalfächern oben, Doppelspüle, riesiger neuer Kühlschrank.

Ginnie ging wieder nach oben, Cassie trottete ihr immer noch nach. Cassie war die Kurzform von Cassandra, den Namen hatte ihr Stan gegeben, als sie noch klein war, weil sie immer so düster und unerbittlich pessimistisch ausgesehen hatte. Ginnie dämmerte gerade wieder weg, als sie unten ein Rumpeln hörte, als ob jemand gestolpert wäre. Sie knipste die Nachttischlampe wieder an, und eine jähe Angst durchzuckte sie, als sie Cassie sah, die stocksteif auf dem Bett kauerte und wie gebannt die offene Schlafzimmertür fixierte.

Von unten her ertönte ein weiteres Rumpeln und dann das unverwechselbare Geräusch einer Schublade, die aufgezogen wurde, und das konnte nur die Kommode im Esszimmer sein, wo das Silber aufbewahrt wurde.

Sie hatte jemanden mit sich eingesperrt!

Ihr erster Gedanke war es, die Polizei zu rufen, aber das Telefon stand unten im Wohnzimmer.

Geh nach unten, trau dich, und drohe ihm – oder ihnen – mit irgendetwas, sagte sie sich. Vielleicht war es ein Jugendlicher, ein Halbstarker aus dem Ort, der froh wäre, unerkannt mit dem Schrecken davonzukommen. Ginnie sprang aus dem Bett, streifte Stans Bademantel über, ein robustes Flanellteil, und zog den Gürtel entschlossen fest. Sie stieg die Stufen hinunter. Jetzt hörte sie noch mehr Geräusche.

»Wer ist da?«, rief sie keck.

»Och, bloß ich, gute Frau«, erwiderte eine ziemlich tiefe Stimme.

Die Lampen im Wohnzimmer und im Esszimmer brannten taghell.

Im Wohnzimmer sah sich Ginnie plötzlich einer

Gestalt mit Strumpfmaske und Motorradkluft gegenüber: schwarze Hose, schwarze Stiefel, schwarze Kunststoffjacke. In den Strumpf waren Schlitze für die Augen geschnitten. Und der Mann trug einen schmutzigen Stoffbeutel, eine Art Postsack, in dem ganz offensichtlich bereits das gesamte Silberbesteck verschwunden war, denn die Schublade der Kommode stand offen und gähnend leer. Er musste sich in einer Esszimmerecke versteckt haben, als sie hinuntergekommen war, um die Hintertür zu verriegeln, dachte Ginnie. Die maskierte Gestalt drückte die Schublade achtlos zu, die jedoch klemmte.

»Schön ruhig bleiben, dann passiert Ihnen nichts. Kapiert?« Die Stimme klang nach einem Mann von mindestens fünfundzwanzig.

Ginnie sah weder Schusswaffe noch Messer. »Was glauben Sie eigentlich, was Sie hier tun?«

»Na, was wohl?« Der Mann machte unbeirrt weiter. Als Nächstes wanderten die beiden Kerzenleuchter vom Esstisch in den Sack. Ebenso das silberne Tischfeuerzeug.

Hatte er noch jemanden bei sich? Ginnie sah zur Küche hinüber, entdeckte aber niemanden, und es war auch nichts von dort zu hören. »Ich rufe jetzt die Polizei«, sagte sie und ging auf den Apparat im Wohnzimmer zu.

»Telefonleitung ist gekappt, meine Beste. Bleiben Sie ganz ruhig, hier draußen hört Sie sowieso keiner, selbst wenn Sie schreien.«

Stimmte das? Leider schon. Ginnie verwendete ein paar Sekunden lang darauf, sich das Aussehen des Mannes einzuprägen: etwa eins fünfundsiebzig, durchschnittliche Figur, eher schlank, breite Hände – aber waren sie das wirklich, schwer zu sagen in den blauen Gummihandschuhen – und ziemlich große Füße. Ob blond oder brünett, konnte sie wegen der Strumpfmaske nicht erkennen. Normalerweise fesselten und knebelten Einbrecher dieser Sorte ihre Opfer. Das wollte Ginnie tunlichst vermeiden.

»Falls Sie nach Geld suchen, momentan ist nicht allzu viel im Haus«, sagte Ginnie, »außer dem, was ich oben in meiner Handtasche habe, an die dreißig Dollar. Nehmen Sie sich das ruhig.«

»Dazu komme ich schon noch«, sagte er lachend und durchsuchte jetzt das Wohnzimmer. Er nahm sich den Brieföffner vom Couchtisch, dann Freddies Foto vom Klavier, weil es einen silbernen Rahmen hatte.

Ginnie überlegte, ihm einen Schlag auf den Kopf zu versetzen – aber womit? Sie sah nichts, was schwer und zugleich handlich genug war, bis auf einen der Stühle vielleicht. Doch was, wenn sie ihn nicht auf Anhieb traf? War die Telefonleitung wirklich gekappt? Sie bewegte sich auf den Apparat in der Ecke zu.

»Bleiben Sie von der Tür weg! Da, wo ich Sie sehen kann.«

»Mia-wu-uh-*auh*!« Das war Cassie, ein hohes Wimmern, im Allgemeinen das Zeichen, dass sie sich gleich übergeben würde, doch jetzt herrschten andere Bedingungen. Cassie schien drauf und dran, auf den Mann loszugehen.

»Zurück, Cassie, ganz ruhig«, sagte Ginnie.

»Katzen mag ich nicht«, sagte der Maskierte über die Schulter.

Viel mehr konnte er aus dem Wohnzimmer nicht mitnehmen, dachte Ginnie. Die Bilder an den Wänden waren zu groß. Und welcher Einbrecher interessierte sich schon für Bilder, jedenfalls für solche wie die paar Ölgemälde von befreundeten Malern und zwei oder drei Aquarelle. War das alles hier überhaupt Wirklichkeit? Griff da tatsächlich ein Wildfremder nach dem alten Nähkorb ihrer Mutter, sah hinein und knallte ihn dann auf den Boden? Packte die französische Vase und kippte das Wasser samt den Rosen in den offenen Kamin? Die Vase verschwand im Sack.

»Was gibt's oben noch?« Der hässliche Kopf wandte sich zu ihr. »Gehen wir mal rauf.«

»Oben ist *gar nichts*!«, kreischte Ginnie. Sie hastete zum Telefon, obwohl sie wusste, dass die Leitung durchgeschnitten sein würde, aber sie wollte es mit eigenen Augen sehen und streckte doch bereits die Hand danach aus. Dann sah sie das gekappte Kabel am Boden, das etwa einen Meter vom Apparat entfernt im Leeren endete.

Der Maskenmann kicherte. »Hab ich doch gesagt.« Aus seiner hinteren Hosentasche ragte eine rote Taschenlampe. Er war jetzt im Flur und wollte die Treppe nehmen. Das Licht im Treppenhaus war an, dennoch zog er die Taschenlampe hervor.

»Da oben *ist* nichts, ich sag's Ihnen!« Ginnie merkte, dass sie ihm wie ein Dussel hinterhertappte und dabei Stans Morgenmantel raffen musste, um nicht auf den Stufen zu stolpern.

»Nette Kuschelecke!«, sagte der Maskenmann, als er ins Schlafzimmer kam. »Und was haben wir hier? Irgendwas von Interesse?«

Bürste und Kamm von der Ankleidekommode, beide mit versilbertem Griff, waren von Interesse, ebenso wie der Handspiegel, und so kam alles in den Sack, der schon auf dem Boden schleifte.

»Aha! Gefällt mir!« Er hatte das schwere Holzkästchen mit den Messingkanten entdeckt, in dem Stan seine Manschettenknöpfe, Taschentücher und Frackfliegen aufbewahrte; es war dem Maskenmann aber offenbar zu groß, denn er blieb unschlüssig davor stehen und sagte dann: »Dafür komm ich noch mal wieder.« Er blickte sich nach kleineren Beutestücken um, und so wurden noch Ginnies schwarzlederne Schmuckschatulle und ihr Dunhill-Feuerzeug vom Nachttisch eingesackt. »Seien Sie froh, dass ich Sie nicht vergewaltige. Keine Zeit für so was.« Dies in scherzhaftem Ton.

Meine Güte, dachte Ginnie, man könnte meinen, Stan und ich wären reich! Dabei hätte sie sich und Stan nie und nimmer als reich eingeschätzt oder geglaubt, sie besäßen irgendetwas, wofür sich ein Einbruch überhaupt lohnte. Zweifellos hatten sie in New York sechs Jahre lang Glück gehabt – kein einziger Überfall oder Einbruch –, und für Drogensüchtige war ja schon eine Schreibmaschine etwas Lohnendes! Nein, reich waren sie nicht, aber der Kerl nahm ihnen alles, was sie besaßen, all die *hübschen* Sachen, die sie im Laufe der Jahre zusammengetragen hatten. Ginnie sah zu, wie er ihre Handtasche öffnete, die Dollarscheine aus dem Portemonnaie zog. Aber das war das wenigste.

»Sie glauben doch nicht etwa, Sie kommen damit durch«, sagte Ginnie. »In einer so kleinen Ortschaft? Sie haben nicht die geringste Chance. Wenn Sie diese Sachen nicht alle hierlassen, werde ich Sie ruck, zuck anzeigen…«

»Ach, halten Sie doch den Mund. Was sind hier oben sonst noch für Zimmer?«

Cassie fauchte. Sie war ihnen die Treppe hinauf gefolgt.

Ein schwarzer Stiefel schlug seitwärts aus und traf die Katze voll in die Rippen.

»Rühren Sie die Katze nicht an!«, schrie Ginnie auf.

Fauchend hechtete sich Cassie knurrend auf den Stiefelschaft und krallte sich in das Knie des Mannes.

Ginnie war einen Moment lang verblüfft – und stolz auf Cassie.

»Satansbraten!«, sagte der Maskierte, packte die Katze mit der behandschuhten Hand am schlaffen Fell im Genick und knallte sie mit einem Rückhandschlenker gegen die Wand. Die Katze fiel hechelnd zu Boden, der Mann stampfte auf sie zu und trat ihr gegen den Kopf.

»Sie *Schwein*!«, brüllte Ginnie.

»So viel zu Ihrem räudigen – Katzenvieh!«, sagte die beigefarbene Strumpfmaske und trat noch einmal kräftig zu. Seine Stimme war heiser vor Wut, und nun stolzierte er mit seiner Taschenlampe in den Flur hinaus, auf der Suche nach weiteren Räumen.

Benommen stakste Ginnie hinterher.

Im Gästezimmer stand nur eine Kommode, die leer war, aber der Mann zog trotzdem etliche Schubladen auf, um genau nachzusehen. Freddies Zimmer enthielt nichts bis auf ein Bett und einen Tisch. Hier verlor der Einbrecher keine Zeit.

Aus dem Flur sah Ginnie ins Schlafzimmer auf ihre Katze zurück. Das Tier zuckte kurz und lag dann reglos da. Ein Bein hatte gezuckt. Ginnie stand da wie zur Salzsäule erstarrt. Sie hatte soeben Cassie sterben sehen, das wurde ihr klar.

»Bin gleich wieder zurück«, sagte der maskierte Mann und ging rasch die Treppe hinunter. Der Sack war jetzt so schwer, dass er ihn über die Schulter geschlungen trug.

Endlich bewegte sich Ginnie, ruckweise, so wie jemand, der aus einer Narkose erwacht. Ihr Körper und ihr Verstand schienen nicht zusammenzugehören. Ihre Hand griff nach dem Treppengeländer und verfehlte es. Sie hatte jetzt keinerlei Angst mehr, obwohl ihr das nicht klar bewusst war. Sie trottete einfach hinter der maskierten Gestalt her, ihrem Feind, und sie wäre selbst dann nicht stehengeblieben, wenn er eine Waffe auf sie gerichtet hätte. Als sie die Küche erreicht hatte, war er schon außer Sicht. Die Küchentür stand offen, und kühle Zugluft wehte herein. Ginnie durchquerte den Raum, sah nach links zur Einfahrt hinaus und erkannte den schwankenden Lichtbalken der Taschenlampe, als der Mann gerade den Sack in einen Wagen wuchtete. Sie hörte das Raunen zweier Männerstimmen. Er hatte also einen Komplizen, der auf ihn wartete!

Und jetzt kam er zurück.

Unvermittelt riss Ginnie einen Küchenhocker hoch, der einen viereckigen Resopalsitz und Beine aus Chromstahl hatte. Sobald die maskierte Gestalt über die Küchenschwelle trat, holte Ginnie mit dem Hocker aus und traf ihn mit der Kante des Hockersitzes voll gegen die Stirn.

Der Schwung trug den Mann noch ein Stück vorwärts, doch dann sackte er ein, geriet ins Wanken, und Ginnie, zwei Hockerbeine fest in den Händen, knallte ihm das Möbel noch einmal mit voller Wucht auf den Kopf. Der Mann sank mit dumpfem Krach und lautem Scheppern auf dem Linoleum zusammen. Noch ein Schlag als Zugabe auf den bestrumpften Hinterkopf. Mit Freude und Erleichterung sah sie Blut durch den beigefarbenen Stoff sickern.

»Frankie? – Alles in Ordnung? – *Frankie!*«

Die Stimme kam von dem Wagen auf der Einfahrt.

Ganz ruhig jetzt und nicht im mindesten furchtsam wappnete sich Ginnie für den nächsten Eindringling. Ein Hockerbein hielt sie in der rechten Hand, die linke stützte den Resopalsitz. Sie wartete, einen knappen Meter hinter der offenen Tür, auf die Geräusche von Stiefeln auf der Einfahrt, auf die nächste Gestalt im Türrahmen.

Stattdessen hörte sie, wie ein Automotor angelassen wurde, sah das Aufleuchten der Scheinwerfer durch die Tür. Der Wagen setzte auf der Einfahrt zurück.

Irgendwann stellte Ginnie den Hocker ab. Im Haus war wieder alles still. Der Mann auf dem Fußboden bewegte sich nicht. War er tot?

Das ist mir egal. Schnurzegal ist mir das, sagte Ginnie zu sich selbst.

Aber es war ihr nicht egal. Was war, wenn er aufwachte? Wenn er nun dringend zum Arzt oder ins Krankenhaus musste? Und es gab nicht einmal Telefon. Das nächstgelegene Haus lag eine Meile entfernt, das Dorf noch ein Stück weiter. Ginnie würde die ganze Strecke mit der Taschenlampe abgehen müssen. Klar, wenn ihr unterwegs ein Wagen entgegenkam, würde der Fahrer vielleicht anhalten und sie fragen, was los war, und dann könnte sie darum bitten, einen Arzt oder einen Krankenwagen herzuschicken. Diese Gedanken fuhren Ginnie in wenigen Sekunden durch den Kopf, dann kehrte sie zu den Tatsachen zurück. Und Tatsache war, dass der Mann womöglich tot war. Getötet von ihr.

Und Cassie war auch tot. Ginnie sah ins Wohnzimmer hinüber. Cassies Tod war viel wirklicher und wichtiger als der reglose Körper zu ihren Füßen, der nur möglicherweise tot war. Ginnie ließ sich an der Küchenspüle ein Glas Wasser einlaufen.

Draußen war alles still. Ginnie war inzwischen gelassen genug, um sich klarzumachen, dass der Komplize des Einbrechers sein Heil wohl in der Flucht gesehen hatte. Und zurückkehren würde er vermutlich nicht, auch nicht mit Verstärkung. Immerhin hatte er die Beute im Kofferraum – das Silber, ihre Schmuckschatulle, all die hübschen Sachen.

Ginnie starrte auf die große schwarzgekleidete Gestalt auf ihrem Küchenboden. Er hatte sich nicht im mindesten bewegt. Die rechte Hand lag unter ihm, der linke Arm war nach oben weit ausgestreckt. Der bestrumpfte Kopf lag ein Stück zu ihr gewandt, ein Schlitz klaffte offen. Sie konnte jedoch nicht sehen, was sich hinter diesem Schlitz tat.

»Sind Sie *wach*?«, fragte Ginnie ziemlich laut.

Sie wartete.

Ihr war klar, sie würde nicht darum herumkommen. Am besten fühlt man den Puls am Handgelenk, dachte sie, und zwang sich auch gleich dazu, den Gedanken in die Tat umzusetzen. Sie streifte den Gummihandschuh ein Stück zurück und ergriff das blond behaarte Handgelenk, das ihr erstaunlich breit vorkam, jedenfalls viel breiter als Stans. Einen Puls konnte sie nicht fühlen. Sie verlagerte den Druckpunkt ihres Daumens und versuchte es noch einmal. Kein Pulsschlag.

Also hatte sie jemanden umgebracht. Aber so richtig erfasste sie es noch nicht.

Zwei Gedanken schwirrten ihr durch den Kopf: Sie musste Cassie wegschaffen, sie dazu in ein Handtuch oder so etwas wickeln, und sie würde ganz bestimmt nicht hier schlafen oder auch nur im Haus bleiben, solange auf dem Küchenboden eine Leiche lag.

Von einem Stapel im Küchenbord nahm Ginnie ein sauberes gefaltetes Geschirrhandtuch, und dann noch eins, und ging damit den Flur entlang und die Treppe hinauf. Cassie blutete. Oder vielmehr hatte sie geblutet. Der Fleck auf dem Teppich war dunkelrot. Eins von Cassies Augen quoll fast aus der Höhle hervor. Ginnie hob das Tier so behutsam auf, als wäre es noch am Leben und nur verletzt, raffte mehrere ausgetretene Darmschlingen auf und schlug Cassie in ein Handtuch ein, breitete dann das zweite Handtuch auseinander und legte ihr auch das um. Dann trug sie Cassie hinunter ins

Wohnzimmer, wo sie die tote Katze neben dem Kamin auf den Boden legte. Zufällig lag direkt neben Cassie eine rote Rose.

Zuerst muss das Blut weg, sagte sie sich. Sie holte eine Plastikschüssel aus der Küche, ließ kaltes Wasser hineinlaufen und nahm einen Schwamm. Im Obergeschoss ging sie auf allen vieren an die Arbeit, wechselte zwischendurch im Badezimmer das Wasser. Es war eine beruhigende Tätigkeit, genau wie sie es erwartet hatte.

Nächste Aufgabe: sich anziehen und das erstbeste Telefon suchen. Ginnie machte wie automatisch weiter, und auf einmal stand sie in Bluejeans, Turnschuhen, Pullover und Jacke in der Küche, das Portemonnaie in der Tasche. Das leere Portemonnaie, wie ihr einfiel. Die Hausschlüssel hielt sie in der linken Hand. Ohne triftigen Grund entschied sie sich, das Küchenlicht eingeschaltet zu lassen. An der Vordertür war immer noch die Kette vorgeschoben, stellte sie fest, und auch die Taschenlampe steckte in ihrer Jackentasche, sie musste sie vom Tisch in der Eingangshalle genommen haben, als sie die Treppe heruntergekommen war.

Sie ging hinaus, schloss die Küchentür von außen ab und nahm die Einfahrt bis zur Straße.

Kein Mond am Himmel. Sie marschierte mit eingeschalteter Taschenlampe auf der linken Straßenseite in Richtung Dorf, dabei leuchtete sie einmal kurz auf ihre Armbanduhr und sah, dass es zwanzig nach eins war. Im Licht der Sterne, ein wenig auch von der Taschenlampe erhellt, konnte sie links in der Ferne auf einer Weide ein Haus ausmachen, das aber stockdunkel und so weit weg war, dass Ginnie doch lieber auf das Dorf zuhielt.

Sie lief weiter. Dunkle Straße. Ein mühseliger Marsch. Gingen denn hier *alle* so früh ins Bett?

In der Ferne blinkten zwei oder drei weiße Straßenlaternen, die Lichter des Dorfs. Aber sicher kam doch schon vor dem Dorf ein Auto vorbei.

Es kam keins. Ginnie schleppte sich weiter bis zum Ortseingang, der beidseitig der Straße von schmucken weißen Schildern mit dem Namen EAST KINDALE markiert war.

Du liebe Güte, dachte Ginnie. *Darf das denn wahr sein, was ich hier tue? Was ich gleich sagen muss?*

Kein Licht zeigte sich in den schmucken, meist weißen Häusern. Nicht einmal das Connecticut Yankee Inn war beleuchtet, der einzige Hotel- und Schankbetrieb im Ort, wie Stan einmal festgestellt hatte. Trotzdem trottete Ginnie die Stufen hinauf und klopfte an die Tür. Im Licht der Taschenlampe sah sie dann den Türklopfer aus Messing.

Tok-tok-tok!

Die Minuten verrannen. Hab Geduld, sagte sich Ginnie. Du bist überreizt.

Sie konnte nicht anders und klopfte noch einmal.

»Wer ist da?«, rief eine Männerstimme.

»Ich bin eine Nachbarin! Es ist ein Unfall passiert!«

Ginnie warf sich der Gestalt, die ihr die Tür öffnete, beinahe an den Hals. Es war ein Mann in einem karierten Frotteebademantel über einem Schlafanzug. Sie hätte sich auch einer Frau oder einem Kind an den Hals geworfen.

Dann saß sie auf einem harten Stuhl in einer Art Wohnzimmer. Sie hatte ihre Geschichte soeben hervorgesprudelt.

»Wir ... wir rufen gleich die Polizei, Ma'am. Oder einen Krankenwagen, wie Sie wollen. Aber so wie Sie das erzählt haben ...« Der Mann war Mitte sechzig und sehr verschlafen.

Seine Frau, die weit fähiger wirkte, hatte sich dazugesellt. Sie trug einen Morgenmantel und rosa Pantoffeln. »Die Polizei, Jake. Der Mann dürfte tot sein, nach allem, was die Dame sagt. Und auch wenn er's nicht ist, wird die Polizei wissen, was zu tun ist.«

»Hallo Ethel, sind Sie das?«, sagte der Mann ins Telefon. »Hören Sie, wir brauchen die Polizei, und zwar sofort. Sie kennen doch das Haus, wo die

Hardwicks früher gewohnt haben? Genau, schicken Sie sie dorthin... Nein, es brennt nicht. Kann ich jetzt nicht erklären. Aber es muss jemand dort sein... sagen wir in fünf Minuten?«

Die Frau schob Ginnie ein volles Glas in die Hand. Ginnie merkte, dass ihre Zähne klapperten. Sie fröstelte, obwohl es draußen nicht kalt war. Es war Anfang September, erinnerte sie sich.

»Die wollen sicher mit Ihnen sprechen.« Der Mann, der gerade noch im karierten Bademantel gewesen war, trug jetzt eine Hose und eine Freizeitjacke mit Gürtel. »Sie müssen ihnen die genaue Uhrzeit sagen, als es passierte, und so weiter.«

Ginnie wusste das alles. Sie dankte der Frau und ging dann mit dem Mann zu seinem Wagen hinaus. Es war ein einfacher Viertürer, und beim Einsteigen fiel Ginnie auf dem Boden beim Beifahrersitz eine leere Chipstüte auf.

In der Einfahrt stand ein Polizeiwagen. Jemand klopfte an die Hintertür, und Ginnie sah, dass sie das Licht in der Küche angelassen hatte.

»Hey, Jake, was ist los?«, rief ein Polizist, der gerade aus dem Wagen stieg.

»Bei der Dame hier ist eingebrochen worden«, sagte Ginnies Begleiter. »Sie glaubt... Na ja, Sie haben ja die Schlüssel, oder, Mrs. Brixton?«

»Ja, selbstverständlich.« Ginnie wühlte in ihrer

Tasche. Sie atmete etwas kurz und musste sich daran erinnern, dass sie ruhig bleiben und alle Fragen wahrheitsgetreu beantworten musste. Sie öffnete die Hintertür zur Küche.

Ein Polizist kauerte bei der Gestalt des Einbrechers nieder. »Tot«, sagte er.

»Die... Mrs. Brixton sagte, sie hat ihn mit einem Küchenhocker getroffen. Mit dem hier, Ma'am?« Der Mann namens Jake zeigte auf den gelben Resopalhocker.

»Ja. Er kam gerade wieder ins Haus *zurück*, verstehen Sie. Verstehen Sie?« Ginnie würgte und gab es einstweilen auf.

Jake räusperte sich und sagte: »Mrs. Brixton und ihr Mann sind erst vor kurzem hergezogen. Der Mann ist heute Nacht nicht da. Sie hatte die Hintertür nicht abgeschlossen, und zwei – na, jedenfalls einer ist hereingekommen, dieser hier. Er ist mit einem ganzen Sack voll Beutegut hinaus, hat es in einem wartenden Wagen verstaut und ist zurückgekommen, um sich noch mehr zu holen, und da hat Mrs. Brixton auf ihn eingedroschen.«

»Mm-hmm«, murmelte der Polizist, der immer noch neben der Leiche kauerte. »Den Mann hier rühren wir besser gar nicht an, bis die Kriminalpolizei da ist. Dürfte ich mal Ihr Telefon benutzen, Mrs. Brixton?«

»Das Kabel wurde durchgeschnitten«, warf Jake ein. »Deswegen musste sie ja zu Fuß bis zu mir kommen.«

Der zweite Polizist ging hinaus, um vom Streifenwagen aus zu telefonieren. Sein Kollege setzte Wasser für Kaffee auf (oder hatte er Tee gesagt?) und plauderte mit Jake über die Touristen und einen gemeinsamen Bekannten, der vor kurzem geheiratet hatte – als ob sie einander seit vielen Jahren kannten. Ginnie saß auf einem der Stühle im Esszimmer. Der Polizist fragte sie, wo der Instantkaffee war, falls sie welchen dahatte, und Ginnie stand auf, um ihm die Kaffeedose zu zeigen, die sie im Schrank neben dem Ofen aufbewahrte.

»Schlimmer Einstand in einem neuen Haus«, bemerkte der Polizist und hielt seine dampfende Tasse in der Hand. »Aber wir wünschen Ihnen alle …« Er stockte mitten im Satz. Sein Blick flackerte, und er sah Ginnie nicht mehr in die Augen.

Zwei Zivilbeamte trafen ein. Aufnahmen von der Leiche wurden gemacht. Ginnie durchkämmte das ganze Haus mit einem der Kriminalpolizisten, der alle Gegenstände auflistete, die der Einbrecher mitgenommen hatte. Nein, die Farbe des Autos hatte sie nicht gesehen und das Kennzeichen schon gar nicht. Die Leiche auf dem Fußboden wurde zugedeckt und auf einer Trage hinausgebracht. Ginnie bekam es nur aus den Augenwinkeln mit, und selbst davor versuchte der Polizist sie abzuschirmen. Sie befand sich zu diesem Zeitpunkt im Esszimmer und zählte das fehlende Tafelsilber auf.

»Ich wollte ihn nicht umbringen!«, rief sie mittendrin aus und unterbrach den Polizisten in seinem Satz. »*Umbringen* nicht, ehrlich!«

Stan kam ziemlich früh an, gegen acht Uhr, mit Freddie, und fuhr gleich zum Connecticut Yankee Inn, um Ginnie abzuholen. Sie hatte dort übernachtet, und jemand war so nett gewesen, Stan unter der Nummer anzurufen, die Ginnie ihm gegeben hatte.

»Sie hat einen Schock davongetragen«, sagte Jake zu Stan.

Stan sah etwas verdattert drein. Aber immerhin hatte er schon erfahren, was passiert war, so dass Ginnie nicht alles noch einmal erzählen musste.

»All unsere hübschen Sachen«, sagte Ginnie. »Und die Katze …«

»Die Polizei kann die Sachen ja vielleicht wiederbeschaffen, Ginnie. Und wenn nicht, dann kaufen wir neue. Wenigstens ist uns nichts passiert.« Stan schob das kantige Kinn vor, aber er lächelte. Er sah kurz zu Freddie hinüber, der in der Tür stand und etwas blass wirkte, weil er zu wenig geschlafen hatte. »Kommt jetzt. Wir fahren nach Hause.«

Er nahm Ginnies Hand. Seine Hand fühlte sich warm an, und sie merkte, dass ihre eigenen Hände kalt waren.

Ginnie wusste, alle versuchten ihr vorzuenthalten, wer der tote Mann gewesen war, aber zwei Tage später sah sie den Namen zufällig gedruckt – in einer zusammengefalteten Zeitung, die im Lebensmittelgeschäft auf dem Tresen lag. Auch ein Foto des Mannes war dabei, ein Bursche mit blonden Locken und trotzigem Gesichtsausdruck. *Frank Collins, 24, aus Hartford …*

Stan fand, sie sollten ruhig weiter in dem Haus wohnen und sich allmählich die »hübschen Sachen« nachkaufen, von denen Ginnie dauernd sprach. Außerdem fand er, sie sollte wieder an ihrem Roman arbeiten.

»Ich will aber keine hübschen Sachen mehr haben. Jetzt nicht mehr.« Das stimmte zwar, aber es war nicht alles. Das Schlimmste war, dass sie jemanden umgebracht, ein Leben beendet hatte. Sie fasste es nicht ganz, konnte es deshalb irgendwie weder glauben noch verstehen.

»Wenigstens eine neue Katze könnten wir uns anschaffen.«

»Noch nicht.«

Manche Leute sprachen sie an (etwa Mrs. Gladys Durham, die auf der anderen Seite von East Kindale ein Stück außerhalb wohnte) und sagten Dinge wie: »Sie haben sich nichts vorzuwerfen. Sie haben das zur Verteidigung Ihres Zuhauses getan. Glauben Sie mir, manch einer wünschte sich Ihren Mut – wenn auf einmal jemand hereinplatzt und uns bestehlen will …«

»Ich würde es genauso machen wie Sie … ohne viel Federlesens!« Das sagte die forsche Georgia Hamilton, eine frischverheiratete Frau mit schwarzen Locken, die im Ort East Kindale selbst lebte und in der Lokalpolitik aktiv war. Sie kam ausdrücklich, um Ginnie zu besuchen und sich bei ihr und Stan vorzustellen. »Diese Gangster von elendsweit her – Hartford, ausgerechnet! –, kommen einfach herüber, um uns auszuplündern, nur weil sie denken, bei uns wäre was zu holen, ein bisschen Familiensilber und sonst noch ein paar *hübsche Sachen …*«

Da war sie wieder, diese Wendung: die *hübschen Sachen.*

Irgendwann kam Stan abends mit zwei silbernen Kerzenleuchtern für den Esstisch nach Hause. »Keine hundert Dollar, das können wir uns leisten«, sagte er.

Ginnie sah darin in erster Linie den Anreiz für

einen weiteren Einbruch. Aber schön waren sie, das ja. Georgianischer Stil. Moderne Kopien, aber recht gute. Allerdings vermittelten sie ihr kein ästhetisches Vergnügen.

»Hast du ein bisschen was an deinem Buch machen können heute Nachmittag?«, fragte Stan gut gelaunt. Er war fast drei Stunden lang außer Haus gewesen. Ginnie zuliebe hatte er sich beim Wegfahren vergewissert, dass alle Türen verschlossen waren. Er hatte eine Schubkarre aus Metall für die Gartenarbeit gekauft, die noch auf dem Wagendach festgebunden war.

»Nein«, sagte Ginnie. »Aber ich glaube, ich komme trotzdem voran. Ich muss erst wieder meine Konzentration zurückgewinnen, weißt du?«

»Sicher weiß ich«, sagte Stan. »Ich bin auch Schriftsteller, oder was glaubst du?«

Die Polizei hatte das Silber nie gefunden und Ginnies Lederetui auch nicht, in dem sie ihren Verlobungsring aufbewahrt hatte (er war zu klein geworden, und sie war noch nicht dazu gekommen, ihn weiten zu lassen), ebenso wenig die Goldkette ihrer Großmutter et cetera. Stan hatte Ginnie gesagt, sie hätten alle Kumpane des Kerls überprüft, der in ihr Haus eingebrochen war, aber ohne Ergebnis. Die Polizei hielt es für möglich, dass der Tote seinen Komplizen erst kurz zuvor kennengelernt hatte, möglicherweise erst in der Nacht des Einbruchs.

»Liebes«, sagte Stan, »was meinst du, sollten wir nicht einfach von hier *wegziehen*? Ich bin dafür – wenn es für dich … weniger …«

Ginnie schüttelte den Kopf. Es lag nicht am Haus. Inzwischen (zwei Monate später) dachte sie nicht mehr an den Leichnam auf dem Boden, wenn sie in die Küche kam. Es war eher etwas in ihr selbst. »Nein«, sagte sie.

»Also … ich finde, du solltest mit einem Psychiater reden. Für ein einmaliges Gespräch vielleicht«, fügte er schnell hinzu, als Ginnie widersprechen wollte. »Es reicht nicht, wenn irgendwelche Nachbarinnen dir sagen, dass du richtig gehandelt hast. Das sagt dir besser ein Profi.« Stan sagte es lachend. Er war in Turnschuhen und alten Sachen, und er hatte einiges getippt an diesem Tag.

Ginnie willigte ein, Stan zuliebe.

Der Psychiater war in Hartford, er war Stan von einem der Allgemeinmediziner im Ort empfohlen worden. Stan fuhr Ginnie hin und wartete im Auto auf sie. Es hätte eine einstündige Sitzung werden sollen, aber Ginnie kam schon nach etwa vierzig Minuten wieder heraus.

»Er hat mir ein paar Tabletten verschrieben«, sagte Ginnie.

»Ist das *alles*? Was hat er denn gesagt?«

»Och.« Ginnie zuckte die Achseln. »Dasselbe wie alle anderen – dass, na ja, dass niemand mir einen Vorwurf macht, dass selbst die Polizei kein Theater gemacht hat, also...« Wieder zuckte sie die Achseln, blickte zu Stan hinüber und sah die maßlose Enttäuschung in seiner Miene, als er von ihr weg und geradeaus durch die Windschutzscheibe in die Ferne blickte.

Ginnie wusste, dass er über die Frage der »Schuld« nachdachte und sie gleich wieder verwarf, allein schon das Wort nicht gelten ließ. Sie hatte gesagt, nein, sie fühle sich nicht schuldig, denn das war nicht ihr Problem, das wäre viel zu einfach gewesen. Sie fühlte sich durcheinander, das hatte sie schon oft gesagt, und sie konnte nichts dagegen tun.

»Du solltest wirklich ein Buch darüber schreiben, einen Roman«, sagte Stan – mindestens zum vierten Mal schon.

»Wie denn, wenn ich nicht mit mir selbst ins Reine komme, wenn ich das Ganze nicht wenigstens analysieren kann?« Auch das hatte Ginnie schon dreimal, wenn nicht viermal gesagt. Es war, als trüge sie ein unlösbares Rätsel mit sich herum. »Ein Buch zu schreiben kann ja nicht heißen, auf dem Papier herumzustammeln.«

Daraufhin ließ Stan den Motor an.

Die Tabletten waren ein leichtes Sedativ, das mit einer Art Stimmungsaufheller kombiniert war. Sie bewirkten bei Ginnie keinerlei Veränderung.

Zwei Monate vergingen. Ginnie blieb fest und versagte es sich, irgendwelche »hübschen Sachen« zu kaufen, also hatten sie nur die zwei hübschen Kerzenleuchter. Sie aßen mit Chromstahlbesteck. Freddie überwand die Phase der Anspannung und unterdrückter Aufregung, mit der er reagiert hatte (er hatte sehr wohl eine Vorstellung davon, was sich in der Küche abgespielt hatte), und benahm sich in Ginnies Augen wieder durchaus normal, was immer normal bedeuten mochte. Ginnie arbeitete weiter an ihrem Buch, das sie vor dem Umzug begonnen hatte. Sie träumte nie von dem Mord beziehungsweise von dem Totschlag, und eigentlich fragte sie sich öfter, ob es nicht sogar besser wäre, davon zu träumen.

Doch wenn sie unter Menschen war – und es war eine überraschend kontaktfreudige Gegend des Landes, gesellige Anlässe ergaben sich genügend –, verspürte sie manchmal, wenn sich gerade eine Pause im Gespräch ergab, das Verlangen, so etwas zu sagen wie: »Übrigens, wussten Sie eigentlich, dass ich einmal jemanden umgebracht habe?«

Worauf sich alle Blicke ihr zuwandten, außer natürlich derjenigen, die das schon von ihr gehört hatten, vielleicht sogar schon mehrmals.

Stan war dann immer ganz angespannt und durcheinander, da es ihm schon wieder nicht gelungen war, rechtzeitig einzugreifen, ehe Ginnie loslegte. Bei Einladungen und derartigen Gelegenheiten war er meist sehr nervös, da er wie ein Fechter ständig versuchte, mit völlig beliebigen Bemerkungen im Voraus zu parieren, nur um Ginnie von ihrem Vorstoß abzuhalten. *Das ist einfach etwas, mit dem sie, also er und Ginnie, würden leben müssen,* sagte sich Stan.

Und es würde wahrscheinlich auch ewig so weitergehen, selbst wenn Freddie schon zwölf oder gar zwanzig war. Tatsächlich hatte es ihre Ehe bereits halbwegs zerstört. Andererseits lohnte es sich deshalb keinesfalls, an Scheidung zu denken. Er liebte Ginnie weiterhin. Schließlich war sie immer noch Ginnie. Sie war nur irgendwie anders. Selbst Ginnie hatte das schon einmal von sich gesagt.

»Es ist wohl einfach etwas, mit dem ich leben muss«, murmelte Stan vor sich hin.

»Was?« Das war Georgia Hamilton, zu seiner Linken, die ihn nicht ganz verstanden hatte. »Ach ja, ich weiß, ich weiß.« Sie lächelte verständnisvoll. »Aber vielleicht tut es ihr ja gut.«

Seine Frau war mitten in ihrer Geschichte. Wenigstens machte Ginnie es immer kurz, und hin und wieder erntete sie sogar ein paar Lacher.

Donna Leon

Ohne ein Geheimnis ist alles nichts

Erzähler, Perspektive und Verbrechen: Wie schreibt man einen Kriminalroman?

Wenn man einen Kriminalroman schreiben will, muss man ein paar wichtige Entscheidungen treffen. Zunächst einmal muss man, glaube ich, die Frage der Perspektive klären. Der Autor muss festlegen, ob die erzählende Person selbst eine Figur sein soll und nun dreihundert Seiten lang mitteilt, was »ich« sah, dachte und entdeckte, oder ob die Geschichte in der dritten Person erzählt werden soll. Im letzteren Fall stellt sich die Frage, ob der Erzähler mit allwissender, distanzierter Stimme sprechen soll oder ob das berichtende Bewusstsein einer der Figuren im Buch gehören wird.

Die praktische Gefahr, die mit dem Erzählen in der ersten Person verbunden ist, liegt auf der Hand: Sie betrifft die Informationsbeschaffung. Es gibt nur eine beschränkte Zahl von Möglichkeiten, wie eine Figur in einem Roman an Informationen kommen kann. Sie kann etwas hören, etwas sehen oder etwas lesen (gewiss, sie kann auch riechen und schmecken, aber das bringt uns nicht wirklich weiter). Hört sie jemandem zu? Belauscht sie jemanden? Bekommt sie zufällig etwas mit? Wenn sie dem zuhören soll, was andere ihr erzählen, muss sie so sympathisch angelegt sein, dass viele unterschiedliche Leute Vertrauen zu ihr fassen und ihr Geständnisse machen. Wenn sie lauscht oder zufällig etwas mitbekommt, muss sie viel Glück haben und jeweils am richtigen Ort sein, wenn dort die falschen Sachen gesagt werden.

Der richtige Ort. Wo immer er sein mag, die Figur muss jedenfalls viel Zeit dort verbringen, um mitzubekommen, was vor sich geht und wer was tut. Sie muss mit anderen Figuren genau in dem Augenblick zusammensitzen, wenn sie bereit sind, den Mund aufzumachen; sie muss Zugang zu Orten haben, an denen Informationen verborgen liegen könnten; sie muss clever genug sein, Bruchstücke von Informationen zusammenzusetzen, bevor eine andere Figur es tut und, was noch wichtiger ist, bevor der Leser es tut.

So weit die praktischen Überlegungen; hinzu kommen die ästhetischen. Was für ein Mensch soll der Erzähler, soll die Erzählerin sein? Er muss, sie muss interessant genug sein, um die Aufmerksamkeit des Lesers das ganze Buch hindurch zu fesseln. Der Leser muss die Erzählerfigur sympathisch finden können, er soll sie mögen, soll sich über ihren Erfolg freuen, vor allem, wenn der Schreiber mit dem Gedanken spielt, sie in einem anderen Buch noch einmal zu verwenden.

Wenn ein Ich erzählen soll, muss der Autor bestimmen, wie sehr dieses Ich ihm gleichen soll. Eine wichtige Frage ist die des Geschlechts: Soll das erzählende Ich das gleiche Geschlecht haben wie der Autor, wie die Autorin? Sodann die Frage des allgemeinen Bildungs- und Intelligenzniveaus. Ich habe einmal zwei Jahre lang Kriminalromane für die *London Sunday Times* besprochen, und noch jetzt kommen mir die Tränen, wenn ich an all die hochtrabenden Anmaßungen ungebildeter Leute denke – die einfallslosen »orientalischen Teppiche« und die »Ölgemälde«, die doch nur schmerzlich deutlich machen, dass der Autor keine Ahnung von dem Unterschied zwischen einem Nain und einem Sarugh oder zwischen einem Picasso und einem Degas hat. Mir scheint es ratsam, sich einen Erzähler zu schaffen, der einem selbst ziemlich ähnlich ist, zumindest was Intelligenz und Bildung angeht. So zu tun, als gehöre man zum anderen Geschlecht, ist erheblich einfacher, als den Anschein zu erwecken, man sei schlauer, als man wirklich ist.

Was für eine Familie hat der Erzähler, und sollen seine Angehörigen in der Geschichte eine Rolle übernehmen? Wie steht es mit seinem Beruf? Was tut er, und was für Spezialkenntnisse verlangt dieser Beruf vom Autor? Die Berufswahl hat natürlich auch Auswirkungen darauf, wie der Erzähler in die Handlung gerät.

Zur Zeit ist es in Serienromanen Mode, den Erzähler von Buch zu Buch durch die Zeit schreiten zu lassen und den Leser nach und nach mit immer mehr Informationen über sein Privatleben zu versorgen. Wer anfängt zu schreiben, weiß nie, ob nicht der Erfolg des ersten Buches ein zweites und ein drittes nach sich zieht. Deshalb ist man gut beraten, einen Erzähler zu schaffen, der so jung oder so interessant ist, dass er auch in künftigen Büchern auftreten kann.

Wenn in der dritten Person erzählt werden soll, wie es in den meisten Romanen geschieht, dann stellen sich andere Fragen, die geklärt werden müssen. Wie weit reichen Wissen und Kenntnisstand des Erzählers, und was für Anspielungen macht er? Mir scheint, man muss bei diesen Überlegungen vor allem das Zielpublikum im Auge behalten. Wer für ein amerikanisches Publikum schreibt, muss einen bestimmten – leider ziemlich niedrigen – Wissensstand voraussetzen, der sich von dem eines europäischen Publikums unterscheidet. Auch das Niveau der Prosa muss bedacht werden. Will man lange, komplizierte Sätze bauen, oder sollen sic klar und einfach sein, wie dies in zeitgenössischen Kriminalromanen häufig der Fall ist? Soll es im Text Anspielungen auf die griechische Vasenmalerei oder auf »Baywatch« geben? Nichts ärgert den Leser so sehr wie eine Anspielung, die er nicht versteht, denn sie weckt in ihm die Vorstellung vom hochnäsigen, überheblichen Autor – und für diesen Autor ist das der Todeskuss.

Humor? Was soll der Erzähler komisch finden? Und was soll seiner Vorstellung nach der Leser komisch finden? Über eine Figur zu schreiben: von ihr die Wahrheit erwarten sei ungefähr so, als würde man von Mutter Teresa Modetipps erwarten, ist etwas ganz anderes, als wenn man schreibt: dies sei so, als würde man von Mutter Teresa einen Orgasmus erwarten. Noch indem ich dies niederschreibe, widert mich die Vulgarität dieser zweiten Formulierung an. Ein Schlaumeier, der es wissen will, braucht nur einen einzigen Fehltritt dieser Art zu begehen, und sein Buch wird über den Stapel der unverlangt eingesandten Manuskripte nie hinauskommen, falls aber doch, wird es den Leser nicht über die Seite hinauslocken, auf der diese Formulierung steht. Das hoffe ich zumindest.

Auch die ethischen Grundsätze des Erzählers und damit indirekt auch die des Autors müssen bedacht und bestimmt werden. Weil die meisten Krimis mit irgendeiner Lösung enden – der Bösewicht wird verhaftet, der Geschädigte bekommt seine Rache –, erwarten die Leser einen zielgerichteten Handlungsverlauf und einen Abschluss, zwei Vorzüge, mit denen das wirkliche Leben nur selten aufwarten kann. Deshalb muss der Autor bestimmen, wer bestraft werden soll und in welchem Umfang dies geschehen soll, wohl wissend, dass die Leser beides wünschen und wollen. Ein Genie wie Patricia Highsmith bringt es fertig, eine Reihe von ganz und gar unmoralischen Erzählern auftreten zu lassen, denen es, während sie ihre abscheulichen Taten erfolgreich ausführen, dennoch gelingt, sich die Sympathie des Lesers zu bewahren. Aber Patricia Highsmith ist eben im Unterschied zu uns anderen ein Genie.

Wenn die Frage der Erzählerstimme geklärt ist, muss man festlegen, was für ein Verbrechen im Mittelpunkt stehen soll. Im sogenannten goldenen Zeitalter des Kriminalromans wurden die Morde meist aus persönlichen Motiven begangen, und die Aufgabe des Kriminalkommissars oder des Privatdetektivs bestand darin, herauszufinden, wer Lord Farnsworthy in der Bibliothek mit einem malaiischen Kris umgebracht hatte. Solche Bücher werden zwar immer noch geschrieben, aber eigentlich interessieren sie niemanden mehr. Deshalb hat der Kriminalroman seinen Blickwinkel erweitert und beschäftigt sich nun mit allgemeineren gesellschaftlichen Missständen oder Verbrechen. Beliebt sind im Augenblick Themen wie Kindesmissbrauch, Umweltverschmutzung, Korruption, Drogenhandel, Mafia oder ein Cocktail aus diesen Motiven. Aber anders als der Mord an Seiner Lordschaft, bei dem der Verfasser allenfalls darauf achten musste, die Halsschlagader richtig zu plazieren, verlangt jedes dieser neuen Themen vom Autor gründliche Recherchen, damit die Fakten stimmen. Er sollte darauf achten, dass das Kokain aus dem richtigen Land kommt, dass der Giftmüll auf dem richtigen Weg transportiert wird und dass auch seine Angaben über die Zusammensetzung der neuesten Designerdroge stimmen.

Wenn der Schreiber das Geschlecht der erzählenden Person, die Erzählperspektive und das Verbrechen festgelegt hat, steht er vor der Aufgabe, die Hauptfigur mit dem Geschehen in Verbindung zu bringen. Sofern der Held zur Polizei gehört, ist die Sache einfach: Er untersucht den Fall. Sofern er Privatdetektiv, Kopfgeldjäger, Anwalt oder sonst einer von denen ist, die sich im Umfeld des Verbrechens bewegen, verhält es sich genauso: Es ist ihr Job. Wenn der Protagonist jedoch nur zufällig in einen Fall verwickelt wird, muss sich der Schreiber ein Motiv für das Interesse ausdenken, das seine Figur an dem Verbrechen entwickelt, und er muss ihr obendrein die Mittel in die Hand geben, sich die Informationen zu verschaffen, die letztlich zur Lösung des *mystery*, des Rätsels oder Geheimnisses, führen. Und ein Geheimnis sollte schon da sein.

Ruth Rendells frühes Meisterwerk *A Judgement in Stone* (›Urteil in Stein‹) beginnt mit dem Satz: »Eunice Parchman tötete die Coverdales, weil sie weder lesen noch schreiben konnten.« Hier gibt es also anscheinend kein Geheimnis, weil wir die Täterin und sogar den Grund für ihre Tat von Anfang an kennen. Aber im weiteren Fortgang erfüllt das Buch den Leser mit einem atemberaubenden Grauen, indem es ihn miterleben lässt, wie sich das Verhängnis seinen Opfern nähert, wie sie jene Frage stellen und jene Entdeckungen machen, die sie in den Untergang führen werden, während der Leser stumm diesseits der Buchseite verharren muss und nichts tun kann, um die braven Leute vor dem Bösen zu retten, das in ihr Leben gedrungen ist. Aber auch Ruth Rendell ist ein Genie.

Viele zeitgenössische Kriminalromane zeigen eine Welt voller Korruption, und ebenso viele scheinen fasziniert von Serienmördern. Für die Bücher des goldenen Zeitalters dagegen war das Verbrechen meistens eine Unterbrechung im allgemein friedlichen Lauf einer geordneten Welt. Viele der neueren Romane haben eine »Problematik« – das heißt, sie äußern sich auf diese oder jene Weise über den allgemeinen Zustand der Welt. Es kann um den Machtmissbrauch von Leuten, die an irgendwelchen Schaltstellen sitzen, gehen oder um die Korruption, die sich fast unvermeidlich aus der Anhäufung von Macht ergibt. Agatha Christie hatte es nie mit einer »Problematik« zu tun, immer mit »Geheimnissen«.

Bevor man zu schreiben beginnt, sollte man die thematische Reichweite des Romans festlegen: Betrifft die Lösung nur eine einzige schuldige Partei, oder ist eine größere gesellschaftliche oder politische Gruppe in das Verbrechen verwickelt? Soll es überhaupt eine Auflösung geben, oder sollen die Schuldigen der Gerechtigkeit entgehen?

In meinem Kurs an der Universität Maryland erkläre ich den Studenten immer, das meiste von dem, was ich zu sagen habe, sei als Vorschlag gemeint – ich hätte nun mal diese Bücher geschrieben und würde seit mehr als vierzig Jahren solche Bücher lesen und hätte außerdem viel darüber nachgedacht, was zu einem solchen Buch gehört. Aber ein Buch schreiben ist etwas anderes, als ein chemisches Experiment auszuführen. Es gibt keine festen Regeln, und deshalb warne ich meine Studenten: Wenn ich mich mal zu einer Formulierung wie »ihr sollt« oder »der Autor soll« hinreißen lasse, dann bedeutet das eigentlich nur »Die meisten Autoren machen es so« oder »Das hat in vielen Romanen gut funktioniert«.

Aber gerade im Umgang mit jungen Autoren kann man der Versuchung nicht leicht widerstehen, ihnen einfach zu sagen, was sie tun sollen. Also sage ich ihnen, obwohl ich selbst es noch nie so gemacht habe, sie sollten sich eine Skizze machen, aus der hervorgeht, was in den verschiedenen Teilen ihres Buches geschehen wird. Ich selbst weiß am Anfang nie genau, was in einem Buch passieren wird. Trotzdem sage ich meinen Studenten, sie müssten die ganze Sache unbedingt durchplanen und das Ende müsse feststehen, ehe sie den Anfang niederschrieben. Anscheinend hilft es, wenn sich junge Autoren an eine solche Disziplin halten.

Über einen Punkt habe ich bisher noch nicht gesprochen, wahrscheinlich, weil er sich so schwer packen lässt: Der Autor muss die Gefühle, die der Leser ihm und seinen Figuren entgegenbringt, unbedingt unter Kontrolle haben. Für wenigstens eine der Gestalten seines Buches muss der Leser Sympathie empfinden. Es kann das Opfer sein, so dass die Suche der Hauptfigur nach demjenigen, der diese Person getötet oder ihr Schaden zugefügt hat, dringlich und bedeutungsvoll wird. Es kann auch die Hauptfigur selbst sein, so dass sich der Leser wirklich wünscht, sie möge in allem, was sie sich vornimmt, erfolgreich sein. Außerdem kommt es darauf an, dass der Leser den Erzähler mag – und diese Sympathie erwächst wohl vor allem aus den tausend ungreifbaren Einzelheiten, aus denen sich auch im wirklichen Leben ergibt, ob Menschen positiv aufeinander reagieren oder nicht. Deshalb darf der Erzähler den Leser nicht herablassend oder gönnerhaft behandeln, sondern muss ihm Respekt entgegenbringen. Wenn der Erzähler arrogant sein soll, muss sich diese Arroganz gegen Leute richten, die noch arroganter sind als er. Wenn der Erzähler direkt oder indirekt ein moralisches Urteil fällen soll, dann muss es so ausfallen, dass der Leser jedenfalls zustimmt. Ich empfehle allerdings, jeglichen Parteieifer – sei es in Fragen der Ökologie, der Religion oder des Joggings – zu vermeiden.

Ein Beispiel dafür, wie wichtig das sein kann, findet man wiederum bei Patricia Highsmith. Ripley ist ein Mörder; fast könnte man ihn als Monster bezeichnen. Und trotzdem ist er auf eine gefährliche Weise sympathisch – eine Entdeckung, für die seine Opfer einen hohen Preis zahlen. Wäre er nicht so sympathisch und würden die Leser nicht so erfolgreich dazu verleitet, sich seine Meinungen anzueignen und Verständnis für seine Entscheidungen aufzubringen, dann müsste das Buch scheitern, es würde durch die moralische Verkommenheit der Hauptgestalt ins Bodenlose gezogen. So aber wirken Ripleys Charme, sein Humor, seine geistreiche Art derart verführerisch, dass viele Leser über einen kleinen Mord oder ein bisschen Gewalt gern hinwegsehen.

Ein anderer Trend des modernen Kriminalromans geht dahin, die Handlung in einer bestimmten ›Welt‹ oder ›Szene‹ spielen zu lassen: Sport, Gastronomie, Kunst, Theater, das antike Rom, das viktorianische England … Nun sind Krimi-Leser oft intelligente, gebildete Leute. Deshalb empfinden sie mitunter Schuldgefühle, wenn sie Mordgeschichten lesen. Wenn nun der Verfasser sein Buch in einer ›Szene‹ ansiedelt und dem Leser allerlei Tatsachen und Informationen über diese Welt liefert, dann versorgt er ihn nicht nur mit einer Geschichte, er hilft ihm auch, das Gesicht zu wahren, indem er ihm vorgaukelt, er läse etwas Informatives, daher Wertvolles.

Der Schreiber, der seinen Roman in einer solchen Welt plazieren will, sollte sich in ihr sehr gut auskennen. Mein Lieblingsbeispiel dafür, was hier schiefgehen kann, ist ein kürzlich erschienener Roman, der im Rom des Kaisers Vespasian spielt. Hier trägt die Heldin eine Toga (das förmliche Gewand des freien römischen Mannes) und bekommt Briefe auf Papier, das in Europa noch für mindestens weitere tausend Jahre nicht in Gebrauch kam.

Über das Umschreiben, Redigieren und Überdenken habe ich wenig zu sagen, denn mir scheint, die Entscheidungen, die hier gefällt werden, hängen ganz von den Eigenheiten des einzelnen Autors ab. Ich empfehle allerdings, das eigene Buch mit jemandem zu besprechen, den man für klüger hält, als man selbst ist. Ich stelle immer wieder fest, dass ich, wenn ich mit jemandem einen Plot bespreche oder ihm Motive, Zusammenhänge und Handlungsverlauf erkläre, auf bisher übersehene Ungereimtheiten meiner Geschichte stoße.

Wem man das Manuskript zum Lesen gibt, hängt davon ab, was für ein Buch man schreiben will. Soll es eine Mordgeschichte im alten Stil sein, dann sollte sie jemand zu lesen bekommen, der schon viele Geschichten dieser Art kennt. Wenn der Schreiber aber ein ernsthafteres Ziel verfolgt, dann sollte er das Manuskript jemandem geben, der keine Mordgeschichten liest, sondern das, was ich bis an mein Grab »richtige Bücher« nennen werde. Natürlich steht es dem Schriftsteller nachher frei, das, was solche Leser über sein Manuskript sagen, anzunehmen oder zu verwerfen. Negative Kritik ist übrigens leichter zu ertragen, wenn sich der Verfasser ganz von seinem Werk distanziert und so tut, als wäre es von jemand anderem geschrieben. Die Kritik, die einen oft wie ein Blitz treffen kann, schlägt dann fern vom eigenen Haus ein und tut weniger weh. Es kostet mich immer große Mühe, meine Studenten davon zu überzeugen, dass die Zuneigung oder die Achtung, die ich für sie empfinde, durch das, was ich womöglich über ihre Texte zu sagen habe, nicht im Geringsten beeinträchtigt wird. Aber den Text zu beurteilen – darauf verstehe ich mich, und nichts, was ich für den Verfasser vielleicht empfinde, beeinflusst meine Meinung über das, was ich lese.

Vor dreißig Jahren hat die amerikanische Lyrikerin Elizabeth Bishop unter dem Pseudonym ›Mr. Margolis‹ eine Zeitlang *creative writing* unterrichtet. Über ihre Erfahrungen dort schreibt sie: »Die meisten meiner bemitleidenswerten Bewerber hatten anscheinend nie in ihrem Leben etwas gelesen, außer vielleicht eine einzelne, besonders denkwürdige Geschichte vom Typ ›Wahrhaftiges Geständnis‹. Die gewaltige Kluft zwischen den sonderbar farblosen, zusammengestückelten kleinen Seiten, die sie mir schickten, und dem, was sie an Gedrucktem sahen, fiel ihnen überhaupt nicht auf. Oder sie dachten, Mr. Margolis brauche nur seinen Zauberstab zu schwingen, und schon würden die kleinen Haufen trübseliger Wortknochen, wie Hühnerbeine oder Fischgräten, Fleisch und Lebendigkeit ansetzen und sich in packende, ergreifende, spannende Geschichten und ausgewachsene Romane verwandeln.«

Aber so funktioniert das leider nicht.

Nachweis

Joan Aiken (4. September 1924, Rye / Sussex – 4. Januar 2004, Petworth / West Sussex)
Das Lateinfossil. Aus dem Englischen von Renate Orth-Guttmann. Aus: J. Aiken, *Wie es mir einfällt.* Copyright © 1991 by Diogenes Verlag, Zürich. Titel der Originalausgabe: ›The Windscreen Weepers‹; © 1968 by Joan Aiken

Agatha Christie (15. September 1890, Torquay – 12. Januar 1976, Wallingford)
Villa Nachtigall. Aus dem Englischen von Günter Eichel. Aus: Agatha Christie, *Villa Nachtigall.* Copyright © Agatha Christie Ltd. / © 1964, 1974 by Diogenes Verlag, Zürich

Doris Dörrie (*26. Mai 1955, Hannover)
Mit Messer und Gabel. Aus: Doris Dörrie, *Was wollen Sie von mir?* Copyright © 1989 by Diogenes Verlag, Zürich

Celia Fremlin (*20. Juni 1914, Kingsbury)
Spiel mit dem Feuer. Aus dem Englischen von Ursula Kösters-Roth. Aus: Celia Fremlin, *Ein schöner Tag zum Sterben.* Copyright © 1991 by Diogenes Verlag, Zürich

Patricia Highsmith (19. Januar 1921, Fort Worth / Texas – 4. Februar 1995, Locarno / Tessin)
Damit muss man leben. Aus dem Amerikanischen von Werner Richter. Aus: Patricia Highsmith, *Leise, leise im Wind.* Copyright © 2004 by Diogenes Verlag, Zürich

P. D. James (*3. August 1920, Oxford)
Das Mädchen, das Friedhöfe liebte. Aus dem Englischen von Keto von Waberer. Aus: Marie Smith, *MordsFrauen.* © der deutschen Übersetzung: 1991 Deutscher Taschenbuch Verlag, München. Copyright © 1983 by P. D. James. Veröffentlicht mit Genehmigung der Paul und Peter Fritz AG in Zürich

Donna Leon (*28. September 1942, New Jersey)
Iss nur, das tut dir gut! Aus dem Amerikanischen von Monika Elwenspoek. Erstmals erschienen in Brigitte 11/1998. Copyright © 2009 by Diogenes Verlag, Zürich
Ohne ein Geheimnis ist alles nichts. Aus dem Amerikanischen von Reinhard Kaiser. Aus: Donna Leon, *Über Venedig, Musik, Menschen und Bücher.* Copyright © 2005 by Diogenes Verlag, Zürich

Margaret Millar (5. Februar 1915, Kitchener / Ontario – 26. März 1994, Santa Barbara / Kalifornien)
Das Ehepaar von nebenan. Aus dem Amerikanischen von Günter Eichel (Originaltitel: ›The couple next door‹). © 1954 by Davis Publications, Inc. Copyright renewed 1982 by Margaret Millar. Aus: *Dolly Dolittles Crime Club I.* Copyright © 1971 by Diogenes Verlag, Zürich

Ingrid Noll (*29. September 1935, Schanghai)
Herr Krebs ist Fisch. Aus: Ingrid Noll, *Falsche Zungen.* Copyright © 2004 by Diogenes Verlag, Zürich

Ruth Rendell (*17. Februar 1930, London)
Der Pfeifer. Aus dem Englischen von Edith Walter. Aus: Ruth Rendell, *Die neue Freundin.* Rowohlt, Reinbeck 1986. Copyright © 1975, 1982, 1985 by Kingsmarkham Enterprises Ltd.

Fred Vargas (*7. Juni 1957, Paris)
Fünf Francs das Stück. Aus dem Französischen von Julia Schoch. Aus: Fred Vargas, *Die schwarzen Wasser der Seine.*

Ingrid Noll im Diogenes Verlag

»Sie ist voller Lebensklugheit, Menschenkenntnis und verarbeiteter Erfahrung. Sie will eine gute Geschichte gut erzählen, und das kann sie.«
Georg Hensel / Frankfurter Allgemeine Zeitung

»Wer einmal anfängt, ihre Romane zu lesen, hört nicht mehr auf, ja wird süchtig nach mehr. Sie erzählt temporeich und spannend und immer mit Ironie.«
Christa Spatz / Frankfurter Rundschau

»Weit mehr als für Leichen interessiert sich die Autorin für die psychologischen Verstrickungen ihrer Figuren, für die Motive und Zwangsmechanismen, die zu den Dramen des Alltags führen.«
Klaus Reitz / Mannheimer Morgen

»Eine fesselnd formulierende, mit viel schwarzem Humor ausgestattete Neurosen-Spezialistin in Patricia-Highsmith-Format.«
Markus Vanhoefer / Münchner Merkur

Der Hahn ist tot
Roman

Die Häupter meiner Lieben
Roman

Die Apothekerin
Roman

Der Schweinepascha
in 15 Bildern. Illustriert von der Autorin

Kalt ist der Abendhauch
Roman

Röslein rot
Roman

Selige Witwen
Roman

Rabenbrüder
Roman

Falsche Zungen
Gesammelte Geschichten
Ausgewählte Geschichten auch als Diogenes Hörbuch erschienen, gelesen von Cordula Trantow

Ladylike
Roman
Auch als Diogenes Hörbuch erschienen, gelesen von Maria Becker

Kuckuckskind
Roman
Auch als Diogenes Hörbuch erschienen, gelesen von Franziska Pigulla

Donna Leon im Diogenes Verlag

»Ich kann nicht behaupten, daß Brunetti eine Erfindung von mir ist, es kommt der Wahrheit viel näher zu sagen, daß ich ihn eines Tages entdeckte, während er hinter dem Opernhaus ›La Fenice‹ in vollendeter Gestalt aus dem Polizeiboot stieg.« *Donna Leon*

»Donna Leons Krimis mit dem attraktiven Commissario Brunetti haben eine ähnliche Sogwirkung wie die Stadt, in der sie spielen.«
Franziska Wolffheim / Brigitte, Hamburg

»Commissario Brunetti ist einzigartig.«
Publishers Weekly, New York

Die Fälle für Commissario Brunetti:

Venezianisches Finale
Roman. Aus dem Amerikanischen von Monika Elwenspoek

Endstation Venedig
Roman. Deutsch von Monika Elwenspoek

Venezianische Scharade
Roman. Deutsch von Monika Elwenspoek

Vendetta
Roman. Deutsch von Monika Elwenspoek

Acqua alta
Roman. Deutsch von Monika Elwenspoek

Sanft entschlafen
Roman. Deutsch von Monika Elwenspoek

Nobiltà
Roman. Deutsch von Monika Elwenspoek

In Sachen Signora Brunetti
Roman. Deutsch von Monika Elwenspoek

Feine Freunde
Roman. Deutsch von Monika Elwenspoek

Das Gesetz der Lagune
Roman. Deutsch von Monika Elwenspoek

Die dunkle Stunde der Serenissima
Roman. Deutsch von Christa E. Seibicke

Verschwiegene Kanäle
Roman. Deutsch von Christa E. Seibicke

Beweise, daß es böse ist
Roman. Deutsch von Christa E. Seibicke

Blutige Steine
Roman. Deutsch von Christa E. Seibicke
Auch als Diogenes Hörbuch erschienen, gelesen von Achim Höppner

Wie durch ein dunkles Glas

Roman. Deutsch von Christa E. Seibicke
Auch als Diogenes Hörbuch erschienen, gelesen von Jochen Striebeck

Lasset die Kinder zu mir kommen

Roman. Deutsch von Christa E. Seibicke
Auch als Diogenes Hörbuch erschienen, gelesen von Jochen Striebeck

Das Mädchen seiner Träume

Roman. Deutsch von Christa E Seibicke
Auch als Diogenes Hörbuch erschienen, gelesen von Jochen Striebeck

Außerdem erschienen:

Über Venedig, Musik, Menschen und Bücher

Deutsch von Thomas Bodmer, Christiane Buchner, Monika Elwenspoek, Reinhard Kaiser und Christa E. Seibicke
Ausgewählte Geschichten auch als Diogenes Hörbuch erschienen: *Latin Lover*, gelesen von Hannelore Hoger

Mein Venedig

Deutsch von Monika Elwenspoek und Christa E. Seibicke
Auch als Diogenes Hörbuch erschienen, gelesen von Hannelore Hoger

Toni Sepeda

Mit Brunetti durch Venedig

Vorwort von Donna Leon. Deutsch von Christa E. Seibicke. Mit 12 Stadtplanausschnitten und einer Karte der Lagune

Patricia Highsmith im Diogenes Verlag

Im Frühling 2002 hat der Diogenes Verlag eine Werkausgabe von Patricia Highsmith mit weltweit unveröffentlichten Stories aus dem Nachlaß und mit Neuübersetzungen ihres zu Lebzeiten erschienenen Werks gestartet (u.a. von Nikolaus Stingl, Melanie Walz, Irene Rumler, Christa E. Seibicke, Dirk van Gunsteren, Werner Richter und Matthias Jendis). Alle Bände in neuer Ausstattung, kritisch durchgesehen nach den Originaltexten und mit einem Nachwort zu Lebens- und Werkgeschichte. Die Edition macht sich erstmals die Aufzeichnungen der Autorin zur Entstehungsgeschichte einzelner Werke, zu Plänen und Inspirationsquellen zunutze und informiert über den schöpferischen Prozeß und über die Lebenszusammenhänge, wie sie sich aus den Notiz- und Tagebüchern der Autorin rekonstruieren lassen.

Werkausgabe in 32 Bänden. Herausgegeben von Paul Ingendaay und Anna von Planta in Zusammenarbeit mit Ina Lannert, Barbara Rohrer und Kate Kingsley Skattebol. Jeder Band mit einem Nachwort von Paul Ingendaay.

Bisher erschienen:
(Stand Sommer 2008)

Zwei Fremde im Zug
Roman. Aus dem Amerikanischen von Melanie Walz

Der Schrei der Eule
Roman. Deutsch von Irene Rumler

Das Zittern des Fälschers
Roman. Deutsch von Dirk van Gunsteren

Die stille Mitte der Welt
Stories. Deutsch von Melanie Walz

Lösegeld für einen Hund
Roman. Deutsch von Christa E. Seibicke

Der talentierte Mr. Ripley
Roman. Deutsch von Melanie Walz

Ripley Under Ground
Roman. Deutsch von Melanie Walz

Die Augen der Mrs. Blynn
Stories. Deutsch von Christa E. Seibicke

Der Schneckenforscher
Stories. Deutsch von Dirk van Gunsteren

Ripley's Game oder Der amerikanische Freund
Roman. Deutsch von Matthias Jendis

Ediths Tagebuch
Roman. Deutsch von Irene Rumler

Tiefe Wasser
Roman. Deutsch von Nikolaus Stingl

Die zwei Gesichter des Januars
Roman. Deutsch von Werner Richter

Der süße Wahn
Roman. Deutsch von Christa E. Seibicke

Die gläserne Zelle
Roman. Deutsch von Werner Richter

Leise, leise im Wind
Stories. Deutsch von Werner Richter
Zwei Stories (›Der Mann, der seine Bücher im Kopf schrieb‹ und ›Leise, leise im Wind‹) auch als Diogenes Hörbuch erschienen: *Der Mann, der seine Bücher im Kopf schrieb*, gelesen von Jochen Striebeck

Der Junge, der Ripley folgte
Roman. Deutsch von Matthias Jendis

Venedig kann sehr kalt sein
Roman. Deutsch von Matthias Jendis

Kleine Mordgeschichten für Tierfreunde / Kleine Geschichten für Weiberfeinde
Stories. Deutsch von Melanie Walz
Ausgewählte Stories auch als Diogenes Hörbuch erschienen: *Kleine Mordgeschichten für Tierfreunde*, gelesen von Alice Schwarzer

Elsies Lebenslust
Roman. Deutsch von Dirk van Gunsteren

Ripley Under Water
Roman. Deutsch von Matthias Jendis

Salz und sein Preis
Roman. Deutsch von Melanie Walz (vormals: *Carol.* Roman einer ungewöhnlichen Liebe)

Keiner von uns
Stories. Deutsch von Matthias Jendis

Der Stümper
Roman. Deutsch von Melanie Walz

Ein Spiel für die Lebenden
Roman. Deutsch von Bernhard Robben

Nixen auf dem Golfplatz
Stories. Deutsch von Matthias Jendis

›Small g‹ – eine Sommeridylle
Roman. Deutsch von Matthias Jendis

Der Geschichtenerzähler
Roman. Deutsch von Matthias Jendis

Leute, die an die Tür klopfen
Roman. Deutsch von Manfred Allié

Geschichten von natürlichen und unnatürlichen Katastrophen
Stories. Deutsch von Matthias Jendis

In Vorbereitung:

Materialienband
(vorm.: *Patricia Highsmith – Leben und Werk*)

Suspense oder Wie man einen Thriller schreibt
Werkstattbericht

Doris Dörrie
im Diogenes Verlag

»Doris Dörrie ist als Erzählerin Spezialistin in diffizilen Angelegenheiten der kleinen Rache und gezielten Ohrfeigen zum Zwecke der Unterstützung des eigenen Selbstwertgefühles. Sie ist eine sehr gute Kurzgeschichten-Schreiberin mit der erforderlichen Prise Selbstironie und mit stilistischer Eleganz.«
Annemarie Stoltenberg / Die Zeit, Hamburg

»Es ist vollkommen gleichgültig, ob Sie Doris Dörrie in der Badewanne, im Intercity-Großraumwagen, im Lehnstuhl oder in der Straßenbahn lesen, nur: Lesen Sie sie!« *Deutschlandfunk, Köln*

Liebe, Schmerz und das ganze verdammte Zeug
Vier Geschichten
Daraus die Geschichte *Männer* auch als Diogenes Hörbuch erschienen, gelesen von Anna König

»Was wollen Sie von mir?«
Erzählungen. Mit Fotos von Helge Weindler

Der Mann meiner Träume
Erzählung
Auch als Diogenes Hörbuch erschienen, gelesen von Heike Makatsch

Für immer und ewig
Eine Art Reigen

Bin ich schön?
Erzählungen

Samsara
Erzählungen

Was machen wir jetzt?
Roman

Happy
Ein Drama

Das blaue Kleid
Roman

Mitten ins Herz
und andere Geschichten. Ausgewählt von Daniel Keel. Mit einem Nachwort der Autorin

Und was wird aus mir?
Roman
Auch als Diogenes Hörbuch erschienen, gelesen von Doris Dörrie

Kirschblüten – Hanami
Ein Filmbuch

Kinderbücher:

Mimi
Mit Bildern von Julia Kaergel

Mimi ist sauer
Mit Bildern von Julia Kaergel

Mimi entdeckt die Welt
Mit Bildern von Julia Kaergel

Mimi und Mozart
Mit Bildern von Julia Kaergel

Barbara Vine im Diogenes Verlag

Barbara Vine (i.e. Ruth Rendell) wurde 1930 in London geboren, wo sie auch heute lebt. Sie arbeitete als Reporterin und Redakteurin für verschiedene Magazine. Seit 1965 schreibt sie Romane und Stories, die verschiedentlich ausgezeichnet wurden.

»Barbara Vine alias Ruth Rendell ist in der englischsprachigen Welt längst zum Synonym für anspruchsvollste Kriminalliteratur geworden.«
Österreichischer Rundfunk, Wien

»Ihre Romane spüren den finstersten Besessenheiten, den Obsessionen, Zwängen und emotionalen Abhängigkeiten, den Selbsttäuschungen und Realitätsverlusten von Liebes- oder Haßsüchtigen nach. Barbara Vine: die beste Reiseführerin nach Tory-England und ins Innere der britischen Kollektivseele.«
Sigrid Löffler/profil, Wien

Die im Dunkeln sieht man doch

Es scheint die Sonne noch so schön

Das Haus der Stufen

Liebesbeweise

König Salomons Teppich

Schwefelhochzeit

Der schwarze Falter

Heuschrecken

Königliche Krankheit

Aus der Welt

Alle Romane aus dem Englischen
von Renate Orth-Guttmann

Joan Aiken im Diogenes Verlag

Joan Aiken, Tochter des amerikanischen Lyrikers Conrad Aiken, kam 1924 in England zur Welt. Nach ihrem Studium in Oxford arbeitete sie bei der BBC, dann als Bibliothekarin, Redakteurin und Werbetexterin. Seit 1953 sind rund 60 Bücher von ihr erschienen, darunter neben Kriminalromanen auch Liebes- und Familienromane sowie Geschichten für Kinder. Joan Aiken lebte abwechslungsweise in der englischen Grafschaft Sussex und in New York. Sie starb im Alter von 79 Jahren in Petworth, England.

»Joan Aiken war eine großartige Erzählerin, die sowohl für Erwachsene wie für Kinder schrieb, Gesellschaftsromane ebenso wie Krimis.«
Herbert Pehmer / Extrablatt, Wien

Die Kristallkrähe
Roman. Aus dem Englischen von Helmut Degner

Das Mädchen aus Paris
Roman. Deutsch von Nikolaus Stingl

Der letzte Satz
Roman. Deutsch von Edith Walter

Fanny und Scylla
oder Die zweite Frau. Roman. Deutsch von Brigitte Mentz

Die jüngste Miss Ward
Roman. Deutsch von Renate Orth-Guttmann

Der Schmuck der Lady Catherine
Roman. Deutsch von Renate Orth-Guttmann

Margaret Millar im Diogenes Verlag

»Margaret Millar beweist in ihren Krimis ein psychologisches Gespür für die Abgründe menschlichen Denkens und Handelns hinter den bürgerlichen Fassaden. Ohne Schnörkel, ohne jemals langatmig zu werden, erzählt sie spannende und beklemmende Geschichten, die den Leser nicht loslassen.« *Radio Bremen*

»Margaret Millars Blick ist so scharf wie der von Patricia Highsmith; noch entschiedener enthält sie sich jeden Effektes, jeder Extravaganz.«
Die Zeit, Hamburg

Die Feindin
Roman. Aus dem Amerikanischen von Elizabeth Gilbert

Liebe Mutter, es geht mir gut ...
Roman. Deutsch von Elizabeth Gilbert

Die Süßholzraspler
Roman. Deutsch von Georg Kahn-Ackermann und Susanne Feigl

Von hier an wird's gefährlich
Roman. Deutsch von Fritz Güttinger

Fragt morgen nach mir
Roman. Deutsch von Anne Uhde

Der Mord von Miranda
Roman. Deutsch von Hans Hermann

Nymphen gehören ins Meer!
Roman. Deutsch von Otto Bayer

Fast wie ein Engel
Roman. Deutsch von Luise Däbritz

Die lauschenden Wände
Roman. Deutsch von Karin Polz

Banshee die Todesfee
Roman. Deutsch von Renate Orth-Guttmann

Gesetze sind wie Spinnennetze
Roman. Deutsch von Jobst-Christian Rojahn

Blinde Augen sehen mehr
Roman. Deutsch von Renate Orth-Guttmann

Wie du mir
Roman. Deutsch von Renate Orth-Guttmann

Letzter Auftritt von Rose
Roman. Deutsch von Nikolaus Stingl

Stiller Trost
Roman. Deutsch von Klaus Schomburg

Umgarnt
Roman. Deutsch von Monika Elwenspoek

Da waren's nur noch neun
Roman. Deutsch von Ilse Bezzenberger

Es liegt in der Familie
Roman. Deutsch von Klaus Schomburg